U0043861

致我的獵物

Beneath the Skin

by Nicci French

作者—妮基·法蘭齊

譯者—謝雅文

M小說28

致我的獵物

Beneath the Skin

作　　者　妮基・法蘭齊 Nicci French
譯　　者　謝雅文
封面設計　張溥輝

總 經 理　陳逸瑛
總 編 輯　劉麗真
業　　務　陳玫潾
行銷企畫　陳彩玉、蔡宛玲
責任編輯　林欣璇

城邦讀書花園
www.cite.com.tw

發 行 人　凃玉雲
出　　版　臉譜出版
發　　行　英屬蓋曼群島商家庭傳媒股份有限公司城邦分公司
台北市民生東路二段141號2樓
讀讀者服務專線：02-25007718；02-25007719
服務時間：週一至週五9:30～12:00 ；13:30～17:30
24小時傳眞服務：02-25001990；02-25001991
讀者服務信箱E-mail：service@readingclub.com.tw
劃撥帳號：19863813 書虫股份有限公司
英屬蓋曼群島商家庭傳媒股份有限公司城邦分公司
城邦網址： http://www.cite.com.tw
臉譜推理星空網址： http://www.faces.com.tw

香港發行　城邦（香港）出版集團
香港灣仔駱克道193號東超商業中心1樓
電話：852-25086231/傳眞：852-25789337
email：hkcite@biznetvigator.com

馬新發行　城邦（馬新）出版集團
Cite (M) Sdn. Bhd. (458372 U)
11, Jalan 30D/146, Desa Tasik, Sungai Besi,
57000 Kuala Lumpur, Malaysia
電話：603-90563833/傳眞：603-90562833
email：citekl@cite.com.tw

初版一刷　2016年5月

ISBN 978-986-235-505-3
定價380元 (本書如有缺頁、破損、倒裝，請寄回本社更換)

國家圖書館出版品預行編目資料

致我的獵物 / 妮基・法蘭齊(Nicci French)著；謝雅文譯. -- 初版. -- 臺北市：臉譜出版：家庭傳媒城邦分公司發行, 2016.05
面；　公分. -- (M小說；28)
譯自：Beneath the skin
ISBN 978-986-235-505-3 (平裝)

873.57　　105004562

每逢夏天，她們的身體就沾黏暑熱。暑熱滲入她們裸膚的毛細孔，強光穿進她們的暗處；我幻想暑熱在她們體內泛起漣漪，讓她們蠢蠢欲動。皮膚底下發亮的暗色液體。她們褪去衣裳，那些冬季穿的，厚重封閉的衣物，讓陽光親吻肌膚：照耀胳臂，照耀頸背。艷陽傾瀉而下，流過她們的乳間，她們把頭一仰，任日光灑落臉上。她們閉上眼、張開嘴；塗了或沒塗唇膏的嘴。暑熱在她們經過的人行道上悸動，赤裸的雙腿開著，輕盈的裙襬隨著跨步的韻律飄動。女人。每逢夏天，我觀察，我聞，我記得她們。

她們注視自己在店家櫥窗的倒影，緊縮小腹，挺直腰桿，我也注視她們。我觀察她們觀察自己。她們以為自己毫不起眼，卻不知我時刻留意。

留著薑黃色頭髮、穿背心裙的女子。其中一邊肩帶在肩上扭曲。她的鼻頭有雀斑；鎖骨上有個大斑點。沒穿胸罩。走動的時候，甩動她覆著汗毛的蒼白胳臂，乳頭在緊身棉質洋裝下激凸。胸小。髖骨尖突。穿平底涼鞋。第二個趾頭比拇指大。一雙綠眼恰似河底那般混濁。睫毛色淺；眨眼的次數太頻繁了。薄唇；嘴角殘留唇膏的餘跡。她在暑熱下弓著背，舉起一隻手拭去前額的汗珠，胳肢窩深處有片薑黃色的髮茬，大概刮了幾天了。腿上刮了又長的毛同樣刺人，摸起來大概像沾濕的砂紙。她的皮膚快長斑了，頭髮也塌黏在額頭上。她厭惡暑熱，這個女的，被暑熱打敗了。

那個巨乳、肚腩鬆軟、長了一頭濃密黑髮的女人，你以為她會更難受——那種噸位，那些肥肉。但她沒有抵抗，任陽光進攻。我看著她攤開肥大鬆軟的身軀。一圈圈汗水在她的胳臂下，吸附在她的綠色T恤上，汗水從她的脖子淌下，流經她粗直的髮辮。她的胳臂和足蹬高跟鞋的粗腿上，可見汗水映著深色汗毛微光閃爍。她腋毛濃密；光窺那裡，便足以知道她其他部位的體毛多寡。她人中也長了深色的細毛，她的嘴又紅又潤，宛若一顆熟透的梅子。她吃的肉捲是用褐色蠟紙包著的，上面滲了幾塊油漬。她一口貝齒咬下泥狀的食物。一顆番茄籽卡在她的上排齒間，滲出的油脂流過她的下頦，她也沒費事去擦。裙子卡在她的臀縫，往上撩了一點。

暑熱使女人的面貌變得噁心。有的像沙漠裡的昆蟲枯竭皺縮。乾裂的皺紋布滿臉，像在上唇縫了好幾針，又在眼袋交錯。艷陽吸乾她們的水分。特別是那些老女人，她們會穿長袖掩蓋皺巴巴的胳臂，戴帽子遮臉。其他女人腐爛發臭；皮膚難以抑制她們的崩壞。她們走近，我就能聞到：在她們搽在手腕、抹在耳後的體香劑、香皂、香水之下，我可以聞到熟透了、腐朽的氣味。

不過她們其中有些在艷陽下依舊綻放如花；清新且皮膚光滑；絲綢般的秀髮，有的往後綁，有的散在臉龐四周。我坐在公園長凳上，看著她們隻身或成群而過，發燙的雙腳往曬得褪色的草地上踩。驕陽在她們身上閃耀。穿黃色洋裝的黑人女孩，陽光在她發光的肌膚表面彈跳；豐盈油膩的頭髮。我聽見她路過時的笑聲，彷彿從她強健身體的秘密深處，所發出的粗啞嗓音。我窺看她們的陰暗面：胳肢窩的縫隙，膝蓋背面的彎處，乳溝深處。隱而不顯的部位。她們以為沒人注意。

有時我能看見她們衣服底下穿了什麼。穿無袖白色襯衫的女人，胸罩肩帶一直從肩膀滑落。灰色的，穿髒了。她套件乾淨襯衫，胸罩新舊卻不在意。她以為沒人注意。我偏偏注意這些小細節。衣服褶邊底下的襯裙。有缺口的指甲油。她們試圖化妝掩蓋的斑點。不合襯的鈕扣。沾了泥巴的污漬，衣領邊上的污穢。戴了多年變緊的戒指，手指在指環周圍腫起。

她們經過我身邊。我透過玻璃窗觀察她們，她們還以為自己獨處。這個女的在午後小憩，在她家廚房，在那條我偶爾拜訪的靜謐小街。她以尷尬的角度垂著腦袋——不一會兒就會驚醒，不知自己身在何方——她的嘴鬆弛張啟。臉頰上有條細微唾沫，宛如蝸牛曳過的痕跡。

上車，撩起洋裝，內衣一閃而逝。長橘皮的大腿。

精心穿戴的絲巾下露出親熱過後的愛痕。

懷孕了，我能從洋裝薄薄的布料看見她的肚臍。

帶著寶寶，短衫上沾著牛奶污漬，嬰兒頭垂躺在她的肩上，那裡可見一小塊嘔吐物。

一咧嘴笑，露出腫脹、往回縮的牙齦；缺角的門牙；瓷齒冠。

金髮的分線處露出褐色的軌跡，原本的髮色長出來了。

粗厚發黃的腳趾甲洩漏她的年紀。

雪白的腿上顯現靜脈曲張的初期徵兆，彷彿一條紫色的蟲子在皮膚底下蠕動。

公園裡，她們躺在草地上任陽光照耀。她們坐在酒吧的戶外座位，唇上沾了啤酒泡沫。有時我搭地下鐵，和她們一同站著；混濁的空氣貼著發熱的肌膚。有時我坐在她們身旁，大腿彼此磨蹭。有時我為她們開門，尾隨她們走進涼爽的圖書館、藝廊、商店，觀察她們走路的姿態，看她們怎麼轉頭，怎麼把頭髮撥到耳後。怎麼微笑，怎麼迴避目光。有時她們無畏直視。

再過幾個星期，夏天就要登堂入室進城了。

第一部　柔伊

1

要不是那顆西瓜，我也不會聲名大噪。要不是暑熱難耐，我也不會去買西瓜。所以我最好還是從暑熱開始講起。

那是個炎炎夏日。這麼說你或許會產生錯誤的印象。或許會聯想到地中海和荒涼的海灘，色彩繽紛的小紙傘斜垂在大杯飲料外。不是那回事。暑熱像個肥滋滋生疥癬油膩膩放臭屁快要死的大老狗，在六月初移居倫敦，而且整整三個星期沒有離開。一切變得愈來愈濕黏，天空一天天由藍轉爲灰灰黃黃的工業用色。如今哈洛威街像是條巨大的排氣管，汽車排放的廢氣被壓得與街同低，因爲上層的某處有更毒的污染源。我們這些行人只好像菸草實驗室放出來的米可魯，對彼此狂咳。原本六月初能換上夏日洋裝，感受輕薄的衣服貼著肌膚很令人愉快。可是每晚回家，洋裝總是又濕又黏，每天早上我都得就著洗臉台洗髮。

平常我在班上朗讀的書都是以政府強加的法西斯極權原則做爲依據；不過，今天早上我就這麼叛逆一次，爲學生朗讀一則《冒險王兄弟兔》的故事。那是我清理我爸公寓時，在一箱破爛童書中找到的讀物。我在陳年成績單、我出生前人家的往返魚雁和俗氣的瓷器裝飾品前徘徊，悼念那些隨之而來的感傷回憶。那些書我統統留著，因爲我覺得有天或許我會生孩子，到時候就能讀童書給他們聽，老媽在過世前爲我讀的，後來交給老爸每晚哄我入睡；因此；高聲朗讀成了另一件遺失的儀式，在我的回憶裡變得彌足珍貴美好。每當我高聲爲孩子朗讀，心裡就有一小部分覺得我化爲輕柔的、朦朧的母親，正在爲我曾經也當過的孩子讀書。

我眞希望能夠志得意滿地說，全班都被我說的古典老派故事迷得神魂顚倒。可能課桌前學生哀鳴、挖鼻孔、望著天花板發呆、或用手肘輕推彼此的現象比平常少了些。但後來當我問起這個故事，最大的迴響竟是沒有人知道什麼是西瓜。我在用紅的綠的粉筆在黑板上爲學生畫了一個。反正西瓜樣子那麼卡通，連我都會畫。學生們各個一臉茫然。

於是，我說如果他們乖乖的，隔天我就帶西瓜來班上，結果孩子表現得出奇聽話。搭公車回家的途中，我比平常晚一站下車，等公車轉過七姐妹路才下。我走回頭路，沿途經過蔬果商和小攤販。在第一個水果高高疊起的攤販，買了一磅黃金絨櫻桃，貪婪地啃食。櫻桃酸酸的，多汁又新鮮，彷彿讓我置身於從小長大的鄉間，在薄暮向晚時分，坐在綠蔭底下。才剛過五點，所以開始要塞車了。熱騰騰的廢氣撲面，但我的心情稱得上愉悅。我正一如往常努力穿過人群，看起來許多行人似乎心情不錯，衣服的顏色亮麗繽紛。我的城市幽閉恐懼症空間，由平常十一公尺的距離降爲六、七公尺才會發作。

我買了顆籃球大小、保齡球重量的西瓜。店員得拿四個購物袋，一個套一個把西瓜裝起來，我幾乎沒什麼辦法提它，只好輕手輕腳地把袋子往肩上扛。這個動作差點害我自己跌進車潮，扛著西瓜活像個男人把一袋煤炭扛在背上。只要走三百碼就能回到公寓，我應該辦得到。

我越過七姐妹路，轉進哈洛威街，沿途得到路人的注目禮。一個穿著清涼的妙齡金髮妞弓著背，背著用購物袋裝盛、看起來肯定跟她一樣重的鐵砂，天曉得他們以爲我在搞什麼名堂。

然後事情就這麼發生了。當下是什麼感覺？那是一個剎那、一個衝動、一下出手，然後成過眼雲煙。我只有在跟別人講起這件事，聽別人跟我說發生了什麼事，才在腦中透過動作重播，重建事發經過。一輛公車從內車道向我駛來，差一點就要撞上我，沒想到同時有人從公車後部的出入口平台跳車。即使正值交通尖峰時間，公車在哈洛威街仍逼近全速地開動。一般人不會那樣跳下公車，就算倫敦人也不例外，所以起初我以為他可能是在公車後面闖紅燈過馬路。但他撞上人行道和差點失去重心的疾速，告訴我他鐵定是跳車。

後來我才發現原來有兩個人，他倆顯然是被帶子纏在一塊兒。後面那個是個女的，年紀比男的大。但也稱不上老。她撞上地面時，著實沒站穩腳步，慘兮兮地滾了幾圈。我看見她雙腳在半空伸得老高，然後撞向垃圾筒。我看見，也聽見，她腦袋撞上人行道。男的自行掙脫。抓著一個皮包。她的皮包。用兩手將它環抱胸前。有人大叫。他全速逃跑。臉上帶著詭異緊繃的笑容，雙眼呆滯。他直接衝向我，所以我不得不讓開。但我就是沒讓開。我讓西瓜從肩頭滑落，身子往後一仰，把它甩出去。我非得往後仰，否則它會垂直落下，把我也往地上拽。假如它以環狀繞過我的身體，我很快就抓不牢它了；不過它突然停止運行，朝男人的肚子打個正著。

人們的討論繞著最佳擊球點打轉。我小學時打過跑柱式棒球，朝球揮棒，球多半會打在球棒邊緣，然後可憐兮兮地、軟趴趴地滾到旁邊。但是球偶爾也會擊中對的位置，接著幾乎不費吹灰之力，開始飛翔。板球棒也有所謂的最佳擊球點，只不過那稱為「要點」。網球拍也有最佳擊球點，棒球也不例外。而這名奪包搶匪正好接到我的西瓜在最佳圓弧點的最佳擊球點。西瓜擊中他腹部時，發出最美妙的砰然一響。空氣中咻地一聲，他跟著戲劇性地倒地，彷彿衣服裡面沒有身體，試圖在人行道上把自己折疊起來。他不像樹木慢慢倒下，反倒像是一座基部埋了炸藥要被拆除的高樓。前一秒巍然聳立，下一秒只剩瓦礫灰燼。

接下來，要是那個男的起來攻擊我，我也沒有任何對策。西瓜砸人這招只能使出一次。幸好他起不來，只在人行道上爬了一下，我們就被群衆包圍。後來我看不到他了，但心裡卻惦記那個女的。幾個人擋住我的路，想跟我說話，但我硬是穿過人潮。我頭暈眼花、莫名興奮。好想狂笑還是走醉步。可是那個女的沒什麼好笑的。她臉朝下，身子扭曲，頹倒在人行道上。石頭路面留有大量血跡，又深又濃。我以爲她必死無疑，沒想到她的一條腿竟古怪地抽搐。她打扮時尙，一身套裝配短短的灰裙。我腦袋一瞬間閃過一個畫面，她今早吃早餐，接著上班，下班後在回家的路上，想著晚上要做什麼，爲自己安排世俗且撫慰人心的計畫，這件意外驟然發生，改變她的人生。她爲什麼不鬆手放開那個蠢包包？可能帶子卡在她胳臂了。

站著圍觀的群衆顯得不安。我們都期盼某個有權威的人——醫生、警察、或穿制服的人——站出來接手，把它當做例行事項，按照正規管道處理。但就是沒人挺身而出。

「這裡有醫生嗎？」我身旁的老太太問道。

哦，媽的。我在師資培訓的第二學期上過爲期兩天的急救課程。於是我邁向前，跪在她身邊，感覺周遭緊繃的氣氛緩和下來。我知道該怎麼餵蹣跚學步的小娃吃藥，但除了這句關鍵格言：「不做沒把握的事。」其他跟這件意外有關的急救法我一律想不起來。她失去意識。臉和嘴巴周圍有許多鮮血。另一句話浮現腦海。「復元體位。」於是，我盡量輕巧地把她的臉轉向我。這時身後傳來嫌惡的喘氣和措辭。

「有人叫救護車了嗎？」我問道。

「我剛打手機了，」有人說。

我深吸一口氣，將手指伸進女人的口中。她留著一頭紅髮，膚色慘白。年紀比我最初以爲的輕，說不定長得很標緻。不曉得在她閉闔的眼瞼下，眼珠是什麼顏色。也許她有雙綠眼。紅髮配綠眼。我從她口中舀出濃稠的血。我望著自己血紅的手，看見一顆牙或牙齒的幾分之一。她體內某處傳來一聲呻吟。還有咳嗽。應該是好兆頭吧。我聽見附近傳來非常響亮的警笛聲。抬頭一看。我被一個穿制服的男人推開。無所謂。

我左手伸進口袋，摸到一張面紙，小心翼翼地抹去手指的血漬和穢物。我的西瓜。西瓜還沒拿呢。我又晃回去找。男人坐起身了，兩名警察，一男一女，低頭望著他。我看見我的藍色塑膠袋了。

「我的，」我邊說邊將它拾起。「我掉的。」

「是她做的，」有人說。「是她攔住他的。」

「把他撂倒夠猛的，」另一人說；附近有個女的聽了笑出聲。

男人抬頭凝視我。我以爲他會目露復仇的兇光，沒想到他只是一臉困惑茫然。

「是眞的嗎？」女警面露一絲猜疑地說。

「是，」我疲倦地答道。「不過我要走了。」

男警官邁步向前。「親愛的，我們要了解一些詳情。」

「你們想知道什麼？」

他掏出一本筆記簿。「首先是妳的姓名跟地址。」

還有件事滿好笑的。原來我比自己以爲的還要震驚。名字想得起來，雖然連這都要費點腦筋。但房子明明在我名下，又住了一年半，地址卻怎麼也記不得。我得從口袋掏出日記，把地址讀給他們聽，我的手顫抖不已，幾乎認不出字了。他們一定以爲我瘋了。

2

點名表上我點到姓氏E開頭的學生：E代表戴米恩．艾弗雷特，他是個瘦巴巴的小男孩，戴著大鏡片的眼鏡，一邊的鏡腳還用膠帶黏合，耳朵油蠟蠟的，老是焦慮地咧著嘴，膝蓋結滿痂，那都是其他男孩在操場推他跌倒的痕跡。

「有，老師，」他輕聲答話，這時寶琳．道格拉斯把頭探進教室已經開了的門內。

「柔伊，耽誤妳一點時間，」她說。我起身，不安地撫平洋裝，再走到她面前。走廊上有陣透心涼的宜人微風，但我仍發現有顆汗珠從寶琳精心撲粉的臉龐淌下，她平常發白捲縮的頭髮，濕濕地黏在太陽穴上。「我接到《憲報》記者的來電。」

「那是什麼？」

「一家地方報紙。想跟妳談談妳見義勇爲的事蹟。」

「什麼？那個哦。那——」

「對方提到西瓜。」

「啊，對，這個嘛，其實是——」

「還會派一位攝影師來。安靜！」最後一句是講給我們身後那圈在地板上坐立難安的孩子聽。

「抱歉給妳添麻煩了。把他們打發走就好了。」

「小事一樁，」寶琳堅定地說。「我安排他們在下課時間，十點四十五左右採訪。」

「妳確定？」我半信半疑地看著她。

「對學校或許是正面宣傳。」她望向我身後。「就是那顆？」

我轉頭回望那顆穿綠條紋衣的巨型水果，只見它無辜地躺在我們身後的架上。

「就是那顆。」

「看妳弱不禁風，沒想到力氣還挺大的。好吧，待會兒見囉。」

我坐回原座，拾起點名表。

「剛點到誰了？哦，卡迪查。」

「有。」

記者是名身材矮胖的中年男子，鼻毛冒出鼻孔，胸毛也長出襯衫衣領。我一直記不起他叫什麼名字，這挺難爲情的，因爲我姓啥名誰他記得一清二楚。大概叫鮑伯來著吧。他的臉漲成深紅色，胳肢窩醃了幾大圈的汗漬。他採訪的時候，用簡潔的速記法在一本破爛筆記本裡抄寫，肥胖的拳頭不斷從握著的筆往下滑。陪他前來的攝影師看起來年約十七歲：剃了個深色平頭、單耳戴耳環、牛仔褲緊到我一直覺得他蹲到地上拍照時，褲子會裂開。鮑伯訪問我的同時，攝影師在教室東晃西晃，透過相機鏡頭從不同角度凝視我。他們來之前，我已梳理頭髮、稍微上妝。露意絲對此很堅持，把我推進教職員盥洗室，並拿了把梳子跟在我身後進來。我眞希望當時多費點工夫。如今我穿著裙襬歪扭的奶油色舊洋裝坐在那裡，心裡感到不太踏實。

「妳決定撞他之前，腦裡閃過什麼念頭？」

「想都沒想就直接撞了。」

「所以，妳不怕嗎？」

「不怕。根本沒時間害怕。」

他在筆記本上振筆疾書。我感覺自己應該對事發經過下更機智、更風趣的評註。

「妳是哪裡人？阿拉圖妮安這個姓搭在妳這個金髮女孩身上怪怪的。」

「我老家在雪菲爾附近的一個小鎮。」

「這麼說，妳剛搬來倫敦。」他沒等我答覆便逕自往下說。「是幼稚園老師，對吧？」

「是托兒所。」

「妳今年幾歲？」

「二十三。」

「嗯。」他熟思深慮地凝視我，好像在農業拍賣會上為一隻沒出息的家畜估價。「妳幾公斤？」

「什麼？大概快四十八吧。」

「四十七，」他竊笑說。「太妙了。他塊頭很大，不是嗎？」他吸吮手上的筆。「妳認為，如果每個人都像妳這樣見義勇為，這個社會會不會更加祥和？」

「這很難說欸。」我胡亂摸索某種前後一致的論點。「我的意思是，萬一西瓜沒砸中壞人？或者砸錯人呢？」

柔伊・阿拉圖妮安，成了不擅辭令的青年人代表。他眉頭深鎖，連抄下我講什麼話的樣子都懶得裝了。

「當巾幗英雄的感覺怎樣？」

在那之前的問題，某種程度上來說，還挺有趣的，但現在我有點火了。但想也知道，我無法用言語合理表達心中的怒火。「就碰到了，」我說。「我不想以什麼封號自居。你知不知道被搶的那個女人現在怎樣了？」

「她沒事，只是斷了幾根肋骨，需要換幾顆新牙。」

「幫她跟西瓜拍幾張照好了。」攝影師男孩說。

鮑伯點點頭。

「好，那是新聞的重點。」

他從架上取下水果，抱著它東搖西晃地走來。

「哎呀，」他邊說邊把西瓜擱在我大腿上。「怪不得妳能把他打趴。好，看這裡，下巴往上抬一點。親愛的，笑一個。妳打贏一場仗了嘛。漂亮。」

我保持微笑，直到笑容在臉上起皺。我看見露意絲在門口往裡望，咧著大嘴笑。我胸口也冒出咯咯竊笑。

接下來，他要我跟西瓜還有孩子一同入鏡。我擺出維多利亞時代拘謹女教師的架勢，但沒想到寶琳已經答應人家了。攝影師提議切西瓜。多汁味美的深粉紅色，外皮顏色較淺，有黑亮的小籽，聞起來是富含纖維的清涼。我將它切成三十二片：孩子一人一片，我也一片。他們以我爲中心，站在悶熱的混凝土操場上，手拿西瓜對著鏡頭微笑。都聚攏了。一、二、三，西瓜甜不甜？

那家地方報紙在星期五出刊，我登上了頭版。那張我被孩子跟西瓜簇擁的照片登得好大。「女英雄和西瓜」。標題下得有點流於俗套。除了達利一隻手指伸進鼻孔，蘿絲的裙子塞進內褲，其他都算不錯。寶琳似乎很滿意。她將這篇報導貼在門廳的布告欄，不過照片漸漸被孩子塗鴉地不成原樣。後來她跟我說，一家全國性的報社打來，他們有興趣追蹤後續的故事。她在午休時間臨時安排採訪和攝影的機會。教職員會議我可以不用去了。前提當然是我同意的話。她已經請學校秘書再去買一顆西瓜了。

我以爲事情可以就此落幕。新聞凝聚的威力令我迷惘。我幾乎認不得隔天在《每日郵報》內頁的那個女人，一顆巨大的西瓜壓得她喘不過氣，上面還有個斗大的標題。那個笑容靦腆、將一頭金髮整齊塞在耳後的女人，看起來不像我；那些話也不像我會說出口的。現今世上還有眞實的新聞報導嗎？報紙下一頁的頁底有個篇幅極小的新聞，報導喀什米爾有一輛巴士翻落橋下，死傷慘重。假如英國籍二十三歲的金髮女老師也在車上，報社或許會再加點篇幅。

「媽的，」稍晚我跟弗雷提起這個插曲，他這麼回我。他看完一部二頭肌激凸的猛男朝彼此下頷互毆、以拳擊肉聲有如槍響的電影，然後一面安慰我，一面拿濕氣重的洋芋片沾醋吃。「別貶低自己。妳那可是英雄事蹟。只有一秒能下決定，而妳做出正確的選擇。」他用纖細長繭的手捧著我的下巴。我感覺他眼中看著的不是我，而是照片裡笑得含蓄的女人。他吻了我。「有的人見義勇爲，是用肉身撲在手榴彈上，而妳是用西瓜出擊。這是唯一的差別。回妳家了好嗎？時間還早。」

「我還有堆成三碼高的作業跟表格要改要寫。」

「一下下就好。」

他把最後一點洋芋片扔進滿溢的垃圾筒，跨過人行道上的狗屎，用他長長的胳臂環繞我的肩。儘管街上彌漫汽車廢氣、土耳其烤肉店和英式炸魚薯條店的油炸味，我仍能聞到他身上的菸草味和刈草香。他捲起襯衫衣袖，露出帶刮痕的古銅色前臂。他淺色的頭髮垂到眼前。在充斥工業熱氣的傍晚，他沁涼可口。我抗拒不了。

弗雷是我新交的男友，或新交的什麼。所以，或許這是最美好的階段。經過艱難尷尬的交往初期，得像個喜劇演員面對挑剔的觀衆出場，使勁渾身解數要討到笑聲與掌聲。不過就我跟他這個例子，完全不需要任何形式的笑聲。但我們也跟在家裡閒晃、完全忽視對方一絲不掛的階段離得很遠。

他一年到頭多半當園丁討生活，因而練就精瘦強健的身材。可以看見他肌膚底下的肌肉泛起漣漪。他的前臂、脖子跟臉曬得古銅，但胸膛和腹部卻如牛奶般蒼白。

我們也還沒步入用臨床的、制度化的模式脫掉衣服再折好放在各自椅子上的階段。只要一進我家家門——好像老是在我家——我們還是會迫不及待纏綿一番。它使其他一切變得不那麼重要。偶爾孩子在下午的課堂上坐立難安，我心裡也慵懶倦怠，這時我會想起弗雷和下課後的傍晚，心情就隨之撥雲見日。

事後我們點了菸，躺在我小小的臥室，聽著音樂和樓下街上的汽車鳴喇叭。有人放聲吼道：「婊子，臭婊子，我要妳吃不完兜著走。」我們聽見腳步重踏人行道的聲音，一個女人驚聲尖叫。我算是習慣了。不像以前嚇得整晚無法入睡。

弗雷打開床頭燈，瞬間照亮了陰鬱昏暗骯髒的公寓。我怎麼會買下這個鬼地方？又要怎麼脫手？就算我爲老屋上新妝——把前屋主留下的脆薄橘色窗簾拆掉，在污穢的亮光漆地板鋪上地毯，在米色碎木板上貼壁紙、重漆起泡的窗框、在牆上掛鏡子和圖畫——無論室內設計有多高明，都掩飾不了這間公寓的狹小黑暗。什麼建商在原本就夠狹窄的空間又挖了這個洞。在美其名叫客廳的窗戶，其實只是把隔間牆切成一半，隔著那面牆，有時我能聽見素未謀面的鄰居對著某個可憐的女人罵髒話。出於一時的哀傷寂寞和需要一個名爲家的地方住，我花光老爸過世留給我的所有積蓄。只不過，它從來沒給我家的感覺，如今房價飆升，我卻被困在這個鬼地方。這種天氣下，我就算每天清理窗戶，到了晚上仍會積累油膩的髒污。

「我去泡點茶。」

「牛奶喝完囉。」

「冰箱裡有啤酒嗎？」他滿懷希望地問。

「沒了。」

「那家裡有什麼？」

「大概還有麥片吧。」

「沒牛奶要麥片幹麼？」

這是對事實的陳述，而非我該回答的問題。他這種穿褲子公事公辦的方式我認得。他準備要吻一下我的臉頰，然後離開。造訪的目的達成了。

「可以當零食吃啊，」我茫茫然地說。「像吃薯片那樣。」

我腦子裡想的是那個被搶的女人；她的身子像被扔出窗外的殘破洋娃娃飛過半空。

「別忘了明天，」他說。

「我記得。」

「那夥人要來。」

「我沒忘。」

我在床上坐起身，默想著要打的成績。

「晚安囉。喏，有幾封信妳沒拆。」

第一封是帳單，我看了一眼就把它往桌子其他帳單上擱著。另一封信的字跡又大又捲：

親愛的阿拉圖妮安小姐，從妳的姓氏看來，我猜妳不是英國人，不過照片上看起來卻很像。我並不是種族主義者，我有很多朋友跟妳一樣，不過……

我把信放回桌上，按摩我的太陽穴。媽的。瘋子。我最不缺的就是這個。

3

我被門鈴聲吵醒。起初我以爲這肯定是什麼玩笑，還是什麼酒鬼按錯門鈴，錯把我家當旅館大門。我微掀起居室的窗簾想一看究竟，可是角度不對。我看了一眼手錶。才剛過七點。我想不到有誰會在這個時候找我。因爲身上一絲不掛，我先套上一件鮮黃色的塑膠雨衣再下樓。

我微開大門，公寓大樓的門直接面向哈洛威街，所以我可不想讓車水馬龍被我剛起床的素顏嚇到動彈不得。一見是郵差，我的心就往下沉。如果郵差親遞郵件給本人，通常都沒有好消息。通常要收件人簽名，以茲證明你收到這封印紅字的恐怖帳單，威脅再不繳錢就要讓你電話斷線。

但他看起來心情不錯。在他身後，我能看見依舊涼爽但即將轉爲炙熱的清晨。以前我沒見過這位郵差，不曉得他是不是新來的，但他穿著相當迷人的藍色嗶嘰短褲和清爽的藍色短袖襯衫。顯然是公務夏裝，不過看起來很帥。他看上去不算年輕，但是個帶《海灘遊俠》氣質的郵差。於是我踏上門階，興趣濃厚地望著他，他也略帶好奇地回望我。我發現雨衣太小，中間的部位闔不攏，於是我把它拉緊，但或許只是弄巧成拙。開始感覺像是你星期五晚上從酒吧回家，打開電視看見七〇年代初期英式低俗黃色喜劇。可悲宅男看的色情片。

「C室？」他問道。

「對。」

「這些是妳的信。信箱塞不下。」

答案揭曉。許許多多不同的信封堆成好幾疊，用橡皮筋捆在一塊兒。是誰在跟我開玩笑？我得費好大一番工夫，才能一手抱著這些包裹，另一手把雨衣拉緊。

「祝妳生日快樂的？」他眨著眼對我說。

「不是，」我說完就用沒穿鞋的一隻腳把門關上。

我把信抱上樓，然後攤在客廳桌上。我挑了紫丁香色的信封來拆，但不用拆就知道信裡寫些什麼。有個一百多年前從亞美尼亞移民來英國、兩手空空只帶一份優格食譜的曾祖父或曾曾祖父，意味著妳的名字在電話簿上會相當醒目。他爲什麼不像其他移民那樣改姓？我開始讀信。

親愛的柔伊．阿拉圖妮安：

我在今天的早報讀到妳的英勇事蹟。首先，請讓我爲妳在撂倒那個人時所發揮的勇氣喝采。如果我太過叨擾……

我跳著往下看，翻頁再翻頁。這位珍娜．伊格頓（小姐）用綠筆正反兩面寫了五頁。等等再看好了。我拆開一個看起來比較正常的信封。

親愛的柔伊：

恭喜。妳幹得太漂亮了，假如有更多人像妳這樣見義勇爲，倫敦會成爲一個更適合居住的城市。我也覺得報紙上的妳很上相，這其實是我寫信來的原因。我名叫詹姆士・岡特，今年二十五歲，我覺得我長得挺不賴的，只是一直遇不到對的人，遇不到「眞命天女」，如果妳……

我折回信紙，往伊格頓寄來的信上一擱。另一封信更像是包裹。我把它拆了。裡面有半折半捲的一捆紙。我看到圖表、箭頭和主題分欄別類地排列。但果不其然，第一頁還是以書信的方式寫給我。

親愛的柔伊・阿拉圖妮安小姐：

（這個名字眞有趣。或許妳是祆教徒？可以在（下方的）表格作答。下面會回到（祆教始祖）這個主題。）

妳抵抗了黑暗勢力。不過，妳也知道，其他勢力就沒那麼容易抗拒了。妳聽過撒旦的尾巴嗎？如果聽過，可以略過下文，爲了方便閱讀起見，請從我爲妳標上星號的那節開始讀起。像是這樣（★），不過這只是示範。爲求方便閱讀，我會爲妳標上兩個星號，以免造成混淆。

我把這封信擱在詹姆士．岡特的來信上，進浴室洗手。洗手不夠，看來我得沖個澡。我家總有個不便之處。我喜歡有霧面門的、可以站在裡面的淋浴間。我曾跟一個男的交往，回首過往，他唯一的優點就是，家裡有個功能強大的淋浴器，除了一般掛在上面的蓮蓬頭，還有六種不同的噴頭。反觀在我家洗澡，就得蹲在浴缸，調整腐蝕的水閥、扭轉纜線。儘管如此，我還是躺在浴缸，把法蘭絨巾蓋在臉上任水沖。彷彿躺在一條暖呼呼的濕毯子下。

接著我走出浴室，換上工作服。我沖了杯咖啡，點燃一根菸。感覺好點了。如果問我怎樣會感覺好很多，那就是讓那疊信憑空不見。無奈它仍不動如山地待在桌上。那些寄件人全都知道我家地址。嗯，應該不是全都知道。我又稍微查看一下，發現好幾封原本是寄到報社的，後來才被轉寄過來。或許有些用意良善。在我看來，至少那些人是用寫信的，而不是電話騷擾或登門拜訪。

想到這裡，電話響了，把我嚇了一跳。不是粉絲。是號稱幫我努力賣房子的房仲蓋伊打來的。

「我有一兩個客戶想看妳房子。」

「可以啊，」我說。「你有鑰匙嘛。星期一來看房子的那對夫妻呢？他們怎麼說？其實我對他們沒抱希望。男的看起來冷冷的。女的說話很客氣，不過談到我家又另當別論。」

「地點他們有所疑慮，」蓋伊一派輕鬆地說。「也有點嫌小。他們覺得要花太多工夫整修了。基本上興趣不大。」

「今天要來看房子的最好別太晚來。我請了朋友過來小聚。」

「慶生嗎？」

我深吸一口氣。

「蓋伊，你眞的想知道聚會的原因？」

「這個嘛……」

「我要辦的這場週年派對，是爲了慶祝房子在市場賣了半年。」

「不會吧？」

「是眞的。」

「感覺沒半年那麼久欸。」

他不太相信。掛上電話後，我更加絕望地環顧屋內。陌生人馬上要來看房子了。我搬到倫敦時，姑姑送我一本居家整理妙方的書。書上提供如果只剩十五分鐘，如何把家整理乾淨的訣竅。那萬一只剩一分鐘呢？我鋪好床、把門口的小地毯攤平、沖洗咖啡杯、將它整齊地倒擺在流理台旁。我在碗櫥裡找到一個硬紙箱，把信全往裡一倒，再往床底下塞。花了一分半鐘，上學要遲到了。汗流浹背地遲到，但今天才剛要開始熱呢。

「那麼，親愛的，要怎樣才能讓房子好賣點呢？」

露意絲站在窗畔，一手拿罐啤酒，一手拿菸朝哈洛威街揮舞。

「很簡單啊，」我說。「把這條路拆了。把隔壁的酒吧跟再隔壁的土耳其烤肉店也拆了。重新翻修。一切都很糟，對不對？我從買下房子的那一刻起就開始討厭它了，就算賠錢我也要賣掉。我想租一間有花園之類的舒適小公寓。剛好趕上房市景氣的趨勢。一定會碰上什麼瘋子想買。」我吸了口菸。「雖然已經有很多瘋子來看房，我需要找到對的瘋子。」

露意絲笑了。她提早來是爲了幫我準備派對、跟我好好聊天，還有基本上她是個好人。

「我大老遠跑來這裡不是跟妳聊房地產的。跟我說說這位新男士。他今晚會來嗎？」

「他們全都會來。」

「什麼叫全都會？妳男友不只一個？」

我咯咯竊笑。

「不是啦。他會跟一群男生朋友來。他們好像小學還是很小的時候就認識了。就像一手啤酒。妳懂的，不得拆售。」

露意絲眉頭一皺。

「這不是什麼特殊的多P吧？如果是的話，每個細節都要老實跟我說哦。」

「不是。那幾個不會老是打擾我的兩人世界。」

「怎麼認識的？」

我又點了一根菸。

「我同時認識他們幾個。幾個星期前，我到肖迪奇參加一個藝廊宴會。結果發生經典悲劇。我認識的朋友根本沒去。所以我手裡拿著酒杯在展場一間晃過一間，假裝要去什麼重要的地方。妳懂我意思吧？」

「這種感覺我太了解了，」露意絲說。

「總之我後來上樓，發現有群年輕帥哥圍著彈珠台，又吵又笑地大顯身手，比其他人更自得其樂。其中一個男的——碰巧不是弗雷——四下張望，問我想不想玩。所以我加入了。大夥兒玩得很開心，隔天晚上我又和他們在市區碰面。」

露意絲一臉若有所思。

「所以妳難以抉擇該挑哪個來一對一約會？」

「才不是那回事呢，」我說。「又隔一天，弗雷打來我家，約我出去。我問他有沒有先經過那幫朋友同意，說到這個，他就變得有點羞怯。」我再探出窗外一點。「他們來了。」

露意絲向外凝視。他們在路上，離這頭有點距離，還沒發現我們。

「看起來人不錯，」她一本正經地說。

「中間那個提大袋子的是弗雷，頭髮淡褐色、幾乎是金色。」

「所以妳挑了看起來最帥的。」

「穿超長外套的是鄧肯。」

「這麼熱怎麼受得了？」

「顯然這樣他看起來像是美墨邊境西部片裡的槍手。外套他從來不脫的。另外兩個是兄弟。伯賽兄弟。戴眼鏡又戴帽子的叫葛蘭姆。頭髮比較長的叫莫里斯。嗨！」最後她扯開嗓門向樓下的他們打招呼。

他們驚嚇地抬起頭。

「我們很想上樓，」鄧肯叫道。「可惜得去參加派對。」

「閉嘴啦，」我說。「喏，接著。」

我把一串鑰匙扔下樓，我不得不說這招太厲害了，因為葛蘭姆帽子一脫，把鑰匙接個正著。男孩消失在我們的視線範圍，自己開門上樓。

「快點，」露意絲說。「還有三十秒。我該嫁給哪一個？哪個最有前途？可以暫時把弗雷剔除。」

我想了兩秒。

「葛蘭姆在當攝影助理。」

「了解。」

「鄧肯跟莫里斯是同事。做各式各樣跟電腦有關的事。這塊我一竅不通，大概命中注定不會懂。鄧肯是任何派對的開心果；如果單獨跟莫里斯說話，他這個人還滿害羞的。」

「他們是那對兄弟檔，對吧？」

「不是，兄弟檔是莫里斯跟葛蘭姆。鄧肯是紅頭髮那個，長相完全不同。」

「好吧。目前聽起來搞電腦的好像比較優。莫里斯是兄弟檔裡害羞的那個，鄧肯是健談的紅髮男。」

然後他們進門，把屋內塞滿。先前跟男孩們談起派對，他們無禮地問哪些女生會參加，在街上也吵吵鬧鬧，不過一到我家，由我當中間人介紹給露意絲時，他們則稍微變得斯文靜默。從某種角度來說，這是我喜歡他們的原因。

弗雷過來給我一個纏綿的吻，我不由自主地覺得這是爲了展示給在場的每個人看。他到底是想展現情感還是劃清地盤？接著他拿出看樣子像是色彩鮮亮的一條簾子。

「這或許會有幫助。可以掛在濕氣太重的那面牆上，」他說。

「弗雷，謝了。」我半信半疑地望著它。有點亮度，但色彩相互抵觸。「不過房產鑑定員還是可以把布掀開，看牆壁的眞實面貌。」

「等房產鑑定員來了再煩惱。先掛上吧。」

「哦，好吧。」

「柔伊說你們電腦很強，」露意絲對鄧肯說。

跟我們站在一塊兒的莫里斯微微羞紅了臉，挺可愛的。

「她是這麼想啦，」鄧肯邊說邊拉開一瓶啤酒的拉環：「可是她標準很低。我們只是教她怎麼操作她的那台電腦。」他啜飲一口啤酒。「不可否認的是，這是項了不起的成就。像是教松鼠找堅果。」

「可是松鼠明明是找堅果的專家，」莫里斯提出異議。

「沒錯，」鄧肯說。

「所以本來就很厲害啦，」莫里斯堅持己見。

「沒錯，柔伊使用電腦，跟松鼠找堅果一樣厲害。」

「那你應該說像教松鼠玩雜耍。」

鄧肯一臉困惑。

「可是怎樣都教不會松鼠玩雜耍。」

我幫露意絲把酒杯斟滿。

「他們可以鬥嘴鬥好幾小時，」我說。「感情很好。畢竟是從小玩到大的。」

我走進廚房拿點薯片，露意絲也跟著進來。客廳裡的男孩我們一覽無遺。

「他很帥耶，」她邊說邊用下巴往弗雷那頭指。「他在抽什麼？看起來很放鬆。有種異國情調。」

「他有嬉皮的一面。不過放鬆是好事。」

「你們之間是玩真的？」

我就著她的酒杯啜飲一口。「這個問題請容我之後再答，」我說。

其他幾位朋友也紛至沓來。首先是跟我同校的好老師約翰，他約過我，只可惜就晚了那麼幾天，還有兩個我透過露意絲認識的女性朋友。結果這真的成了個小型慶祝會。幾杯黃湯下肚，我開始對他們，對這群新朋友感到友好。我是他們唯一的共通點。一年前，我孤單迷惘，他們這幾個我誰也不認識；而如今，這些人全都在小週末的夜晚來到我所謂的家。這時突然傳來叮噹響。弗雷拿叉子叩擊玻璃酒瓶。

「安靜、安靜，」他說道。其實大家早就靜下來了。「雖然我不習慣在公共場合發言什麼的。我只想勇於表明心意，我很喜歡這間公寓，讓我們一同舉杯，希望半年後再來這裡聚首，共度一個美好的夜晚。」大家夥兒舉起酒杯和酒瓶。有道光在我面前一閃而逝，原來是葛蘭姆在拍照。他老是幹這種事——跟他聊天聊到一半，他就會舉起宛如第三隻眼的相機對準你。這滿令人驚慌失措，彷彿他說話或聽你說話的過程，其實只是在捕捉完美的鏡頭。「還有，」弗雷繼續說：「今天也是我們的紀念日。」四周響起一陣驚呼，尤其是我。「沒錯，」他說：「我跟柔伊第一次……嗯……」他頓了一下。「嗯……見面，已經九天了。」我身後的鄧肯和葛蘭姆在憋笑，其他人倒是不動聲色。我一度感覺自己困在橄欖球俱樂部的晚宴。

「弗雷，」我說；但他舉手要我住口。

「等一下，」他說。「這樣美好的夜晚，如果不隆重紀念，豈不可惜了……這是什麼？」他用驚奇但假到可悲的語氣說最後一句話，同時彎腰在我的扶手椅背後翻找，然後取出一個用褐色包裝紙裹著的大包裹。「這個要嘛又是柔伊匿名粉絲的供品，不然就是禮物。」

「白癡，」我沒有惡意地說。看起來像幅畫。我把包裝紙拆了，然後答案揭曉。「你這個混蛋，」我笑著說。那是鑲了框的整頁《太陽報》，大標題是「我與西瓜」，副標是「往外一擲，金髮妹制伏搶匪。」

「致辭，」露意絲把手弓成杯狀說。「致辭。」

「這個嘛，」我話才出口，就被門鈴打斷。「等一下，」我說。「一下就好。」

我開門看見一個穿燈芯絨西裝和橡膠靴的男人。

「我是來看房子的，」他說。「方便嗎？」

「方便、方便，」我殷切地說。「請上樓。」

我領他上樓，訪客的談笑聲變得清晰可聞。

「妳在辦派對呀，」他說。

「對，」我說。「今天我生日。」

4

來信漸漸由密轉疏。起初的洪泛成了涓流，最終全然枯竭。其實還挺好笑的。有次我把一疊信帶去跟弗雷和那夥男生見面。我們坐在倫敦蘇活區一家酒吧外的座位，一邊暢飲酷涼啤酒，一邊傳閱信件，不時大聲朗讀信裡的精選佳句。莫里斯正和鄧肯進行外人無法理解的對話，包括挑戰對方說出七矮人的名字、電影《豪勇七蛟龍》的角色、或七原罪的罪名；在此同時，我與葛蘭姆和弗雷的談話內容就嚴肅得多。

「我只是在想，英國人閒來沒事寫滿八頁的信，在電話簿裡找我名字，買郵票寄信，他們的人生難道沒有其他更有意義的事情可做嗎？」

「沒，他們沒有，」弗雷說。他把手搭在我膝上。「妳是女神。妳跟妳的西瓜。以前就好愛妳了。但是現在妳成了男性幻想的對象。這個法力無邊的美女。男人都想要妳這種人穿著高跟鞋，在我們身上踏來踏去。」然後他屈身湊近，對著我耳畔低語，吐出暖呼呼的氣：「不過妳只屬於我。」

「別鬧了，」我說。「這不好笑。」

「現在妳懂名人過的生活了，」葛蘭姆說。「趁挺得住的時候好好享受。」

「哦，拜託，有誰能同情我一下啊？莫里斯，有什麼話能幫我出頭的？」

「對啊，」弗雷說。「莫里斯，快跟我們說。你有什麼建議可以給這位必須應付成名壓力的美女？」

接著他傾身向前，輕甩了莫里斯幾下耳光。有時我搞不懂這些男生在想什麼，好像在執行某項來自古怪異國文化的儀式，教人摸不著頭緒。其中一位會對另一位說些什麼，或做些什麼，天曉得那是玩笑、侮辱或玩笑性的侮辱。不知道受害者會一笑置之，還是勃然大怒。舉例來說，弗雷似乎從沒對莫里斯說過什麼好話，可是有時談起他，又像把他當做至交。現場突然鴉雀無聲，我胃部絞擰。莫里斯在衆目睽睽下眨眨眼，手撥了一下頭髮。以前我以爲他這麼做，是爲了展現自己頭髮有多長、多茂密。

「誰能說出十部片名含『信』的電影？」他說。

「莫里斯！」我怒氣沖天地說。

「《一封陌生女子的來信》，」葛蘭姆說。

「《三個女人的來信》，」鄧肯說。

「《來信》，」弗雷說。

「這太容易了，」莫里斯說。「想十部故事裡有信，但片名沒提到『信』的電影。」

「比方說？」

「這個嘛……好比說《北非諜影》。」

「《北非諜影》裡哪有信？」

「明明就有。」

「明明就沒。」

嚴肅的話題就此終結。

後來我連信都不讀了。有的光看信封的字跡，就知道是誰寄的，所以我連拆都懶得拆。有的我出於好奇瞄個幾眼，然後跟別封一塊兒扔進硬紙箱。它們再也不好玩了。有的哀傷，有的猥褻，大部分令人乏味。如果要人提醒什麼叫作精神錯亂，我只要望向窗外就夠了，順帶一提，是窗框腐爛的窗外。開著破車的年輕小夥子猛按喇叭，氣得面紅耳赤。孤僻的老婦人推著購物車，喃喃自語，步履蹣跚地穿過人群。酒鬼坐在離我家幾戶遠、櫥窗釘了木板封死的店家門口，渾身帶著尿味和酒氣，褲子拉鍊沒拉，對人斜眼睨視。

瘋狂無孔不入，以公寓潛在買主的化身登門。有個五十歲左右的男人，身材非常矮小，耳朵貌似花椰菜，走起路來不良於行；他堅持要跪在地上敲壁腳板，活像醫生爲病人檢查胸腔感染。我無濟於事地站在他身旁，對酒吧傳來家裡的咚吱聲畏縮不前。還有一個大概和我年紀相仿的年輕女子，她的耳緣穿了十來個銀製飾釘，形成一排崎嶇不平的山脊；她帶了三隻臭氣薰天的大狗來我家看房子。一想到牠們入住一星期後這裡會變成什麼樣子，我就反胃。幾乎沒空間住人了。其中一隻狗吃掉我放在桌上的幾粒維他命，另一隻躺在大門口散發惡臭。

多數訪客只待幾分鐘，待到不會顯得太失禮就鳴金收兵。好幾位即使失禮也無所謂。情侶有時會高聲討論他們對我家的看法。

或許蓋伊是幾面之緣的泛泛之交中，比較正常的人類。但由於我這間公寓他賣不掉，我們竟也成了長期戰友。他打扮總是時髦，穿各種西裝、打五彩繽紛的領帶，有的上面是卡通人物的圖案。無論天氣變得多熱，他從不流汗。又或者是在暗地裡流汗。我只看過一滴汗從他側臉淌下。他身上是刮鬍膏和漱口水的氣味。原本以爲我家是瑕疵品的象徵，他應該避之唯恐不及。專業導覽介紹這裡實在大材小用。不過他還是陪看房子的上門，即使在不討喜的時段也不例外，像是晚上或週末。

所以，或許這件事發生，我也不該感到太意外：某位神色焦慮的紙片女匆匆離開後，他深情凝視我的雙眸說：「柔伊，我們一定要找個晚上喝一杯。」

我該張口狠狠奚落他，反映我對他恨之入骨，問題是我想不到貼切的措辭，只是脫口而出：「我們大概要降價求售。」

在我「非喬遷之喜派對」那晚看房子的男人，這回帶著捲尺、筆記本跟相機再度來訪。才剛傍晚，弗雷不在家，爲某個奇怪的地方電視台到約克郡谷地出差，要花一天半的時間改造一座雜草叢生的大花園，好讓某個節目能在那裡取景拍個一年左右。他從酒吧打電話給我，在酒精和慾望作祟之下操著濃厚的嗓音，說他幻想著回家後要讓我多欲仙欲死。這不是我想聽的：我正在電腦前跟語文課程的報告奮戰。我試著畫出圓餅圖。鄧肯還是莫里斯在的時候，明明易如反掌。「發生Ｉ９錯誤」的字樣不斷閃過我的電腦螢幕。所以，那個可能買也可能不買房子的男人在我家四處窺探的同時，我一邊抽菸一邊罵髒話。他丈量地板空間、拉開碗櫥、掀起破爛的小地毯、掀開弗雷醜陋的壁氈，檢視縱使在乾熱的天氣下仍舊不忘擴張版圖的濕氣牆面、打開浴室的水龍頭，在它面前站了一分鐘左右，凝視水花可悲地潑濺。他進臥室時，我聽到抽屜被打開的聲音，於是跟著進去。

「你在幹麼？」

「隨便看看，」他漫不經心地回答，但兩眼直盯我那堆雜亂的內衣褲和一疊疊絲襪。

我把抽屜重重關上，走進廚房。我肚子餓了，可是打開冰箱，卻只找到一袋放很久的洋蔥圈、一條開始生霉菌的雪白蛋糕捲、只剩一顆櫻桃籽的褐色空紙袋、還有一罐可樂。冷凍庫裡有一袋八成過了食用期限的明蝦和一小包豌豆。所以，我站在冰箱旁邊喝可樂，然後回到電腦前打字：「我們的目標不只是培養學童具備閱讀的能力，而是激發他們對閱讀的興趣。一項經過縝密規畫的整體學校課程，能夠確保每位學童加強……」哦，媽的。我不是爲了這個才當老師的。沒過多久，我將寫到「學業程度」和「日積月累的語言素材」。

我把三粒綜合維他命放進嘴裡，惱怒地嘎吱咀嚼。然後拾起我規定學生做的、然後我帶回家的作業——不知用這個詞是不是太過頭了。我要他們把其中一則最喜歡的故事畫出來。有的畫實在不知所云。班傑明用黑筆和綠筆畫的Z字型，是三隻小豬裡的大野狼。大概是抽象派藝術吧。喬丹只用豌豆色筆畫了個圓，主題是「豌豆公主」。許多學生參考迪士尼動畫來畫圖：《小鹿斑比》和《白雪公主》之類的。我一張張細細欣賞，留下鼓舞人心的評語，然後把它們放進桌子下的一個文件夾。

「我要走了。」

男人站在門口，相機掛在脖子上。他用筆輕敲牙齒，凝視著我。我發現他頭頂中央有塊粉得可悲的禿斑，毛茸茸的手腕還被曬傷。帥耶。

「哦，好。」

沒說要再回來看看。混蛋。

他走的幾分鐘後，我也出門了，要跟露意絲和幾位她的朋友、但我素未謀面的陌生人去看電影。跟一群女人坐在暗處，一邊吃爆米花一邊竊笑的感覺眞好。很有安全感。

我回家的時候滿晚了。那是個無星的夜。我推開大門，發現門墊上有封信：肯定是被誰從信箱塞進來的。黑色墨水筆寫的工整斜體字。看起來不像出自瘋子之手。我站在門口把信拆開。

親愛的柔伊，我很好奇，曾幾何時，像妳這樣年輕貌美又健康的女人會畏懼死亡？妳抽菸（對了，妳指頭上沾了尼古丁的色漬）。有時妳也嗑藥。妳吃垃圾食物。熬夜，不過隔天早上沒有宿醉。妳可能以爲妳會長生不老，永保青春。

有一口皓齒、笑起來帶著小酒窩的柔伊，妳的青春留不了多久了。我警告妳。

柔伊，妳怕了嗎？我在監視妳。我不會走的。

我站在人行道邊上，熙來攘往的人潮與我擦肩而過，擠過我的身旁，我只是呆望著那封信。我抬起左手，發現中指上頭有塊黃色菸漬。我把信揉成一顆緊實的球，扔進垃圾筒，和其他垃圾、其他人生活裡不要的廢物作伴。

今天她穿了件淺藍色的洋裝，附肩帶、及膝。她沒發現裙角摺邊附近沾了粉筆灰。她沒穿內衣。除過腋毛了；雙腿看起來光滑柔嫩。腳趾上了淡色指甲油，不過左腳大拇指的那塊開始脫落。她穿海軍藍的平底涼鞋，穿久了、磨損了。膚色曬得古銅，手毛是金色的。有時候我能窺視她乳白色的胳肢窩；膝蓋背面比較白的皮膚；倘若她彎下腰，我就能看見蜂蜜色的香肩和喉嚨隱沒但雙峰隆起的部位。她把秀髮盤在頭頂。頭髮被曬得褪色，導致頭頂的髮色比底下的深很多。她戴著小花造型的銀製小耳環。她三不五時就會用拇指和食指去轉它們。她的耳垂很長。人中很深。如果遇到像今天這樣炎熱的天氣，汗水便會聚在那裡。她經常拿面紙擦拭。她有一口皓齒，不過我在她嘴巴深處看見補牙。每當她張嘴笑或打哈欠，補牙就閃閃發光。今天她沒上妝，我可以看見她淺色的睫毛梢和微乾的裸唇。她的鼻樑上回我沒見著、但這次多了點點雀斑。她中指的黃色菸漬不見了。很好。手上沒戴戒指。手腕戴了只錶面很大的手錶，中央有米老鼠的圖案。她拿一條緞帶當錶帶。

她的笑聲宏亮宛如銅鈴。假如我向她告白，她肯定會那樣笑我。她以為我只是隨便說說。女人就是這樣。明明事態嚴重，卻大事化小，當做玩笑。愛，不是玩笑。愛，攸關生死。很快地，有一天，她會明白。她會知道她微笑的模樣，她專注聆聽時會瞪大雙眼，她雙臂高舉過頭時，胸部會變塌，諸如此類的事。她動不動就微笑。動不動就笑。跟人打情罵俏。穿著暴露。我可以透過洋裝看見她的腿。辨認她乳頭的形狀。她太粗心大意了。

她講話速度很快，嗓音輕快沙啞。她說：「是啊」、「對啊」，而不是「是」或「對」。

她有一雙灰色眼眸。她還沒心生恐懼。

5

世界各地的學校，大概除了日本之類的繁忙都會區之外，幾乎都在四點或三點半放學，這是衆所皆知的事實；不過我教的地方更早放學，學生三點十五就能背書包回家了。就算對學童完全沒概念的人也曉得這一點。人們看見男童女童被人領著，成群結隊地走在大街上，背著書包、提著便當袋，牽著媽媽的手或跟在保母身後。我已領教到倫敦尖鋒時間的交通，有一半的貢獻來自載著穿制服、愁眉苦臉的小學廂型車，在自家豪宅與學校間穿梭，即使路程遙遠，他們仍舊覺得物超所值。因爲，不用說也知道，這是我的另一項新發現，在倫敦象徵家長社會地位的主因之一，是他們接送孩童的距離。住家附近的學校是給窮人家孩子讀的，好比說我教的那一間。

天大的笑話是，人們只要知道我是老師，就會開始羨慕我工時短、假期長。當然這也是事實，是我立志考上教職的次要動機之一。但我從事教學的旅程一路崎嶇，門檻沒過，無法念什麼眞正了不起的學科，像是照顧生病的小貓，那是我小時候的志向。我只夠格教幼童。這也跟我滿合的。我喜歡小孩，喜歡他們沒有心眼，喜歡他們興致盎然，喜歡他們的無限潛能。我也喜歡整天站在沙坑周圍，替蹣跚學步的小孩擦鼻涕，幫他們調色。

只不過，我發現自己的工作其實更像在動物園中央當會計師。而且工時比會計師更長。官方的學校視察如一列火車向我們迎面而來。等學童被接走，帶回他們的豪宅莊園或摩天大樓，當老師的就得開會、塡表、計畫。要待到七點、八點、甚至九點才能回家，寶琳最好在她辦公室搭個露營床和汽化爐，因爲她似乎從沒離開過那裡。

那晚我提早離校，因爲有人約了要來我家看房子。一如以往公車等到天荒地老還是沒來，所以我氣喘如牛地在人行道上奔跑，最後只比原訂的七點三十五分遲到五分鐘。那人正在門口讀報。看來我輸在起跑點了。給他太多時間查看環境。幸好他似乎對他讀的東西非常專注。他可能還沒發現酒吧，或至少完全理解酒吧隱含的意義。他穿的西裝外型有點古怪、翻領歪扭，八成價格不菲。他的年紀一定坐二望三，說不定有三十了。頭髮剪得極短，儘管暑氣逼人，他看上去依舊瀟灑。

「眞的很抱歉，」我喘著氣說。「公車。」

「沒關係，」他說。「我是尼克．謝爾，妳是阿拉圖妮安吧。」我們歐陸式地握了個手。他綻露笑顏。

「有什麼好笑的？」

「我原本以爲妳是個可怕的老太婆房東，」他說。

「哦，」我哦了一聲，試著客氣地回以笑容。

我打開面朝街的大門。門墊上一如往常留有垃圾，像是外送批薩、清洗玻璃窗、計程車的傳單、還有親自上門投遞的一封信。我一眼就認得信封上的字跡。那個變態之前寄信給我。多久之前的事了？五天前吧。如今他又到我家門前。眞無聊，眞討人厭。眞噁心。我盯著它瞧了一會兒才把視線移回尼克身上，只見他一臉困惑。

「你說什麼？」我問他。

「妳的包包，」他說。「要不要我幫妳拿？」

我二話不說就把包包遞給他。

如今我的公寓導覽已熟練到三分鐘就能解決，嫻熟地涵括所有優勢，同時機敏地避開不見得是房子的出色之處。尼克偶爾會提問，不過同樣的招數我接過好幾次了。

「妳爲什麼要搬走？」

他以爲可以這麼輕易就把我這個老江湖難倒？「我想離上班的地方近一點，」我騙他。

他望向窗外。「這裡交通不方便嗎？」他問。

「我從沒想過這個問題欸，」我說。我也捧過頭了吧。至少他沒有笑。我把信封放桌上。沒拆。「買東西很方便。」

他雙手插口袋，站在我家客廳中央，彷彿在爲當未來屋主預演。他看起來的確有地方鄉紳的架子。

「妳不是倫敦人吧，」他說。

「怎麼這麼說？」

「聽起來不像，」他說。「我一直在想妳是哪裡人。看姓氏，應該是亞美尼亞人。可是妳又沒亞美尼亞腔。雖然我也不知道亞美尼亞人是什麼腔。也許都跟妳一樣。」

只要來看房子的人跟我裝熟，像是要跟我結爲好友那樣，我就會出奇敏感。「我小時候住在雪菲爾附近的村子。」

「怪不得聽起來不像倫敦人。」

「是啊。」

接著兩人都若有所思地頓了一下。

「我想要考慮考慮，」尼克表情殷切地說。「可以之後再挑時間過來看嗎？」

我不確定他感興趣的到底是不是公寓本身，但也無所謂。哪怕是一丁點的興致也聊勝於無。「好啊。」

「可以直接打給妳，還是要透過房仲？」

「都可以，」我說。「不過我常要上班。」

「妳做什麼的？」

「我是小學老師。」

「眞好，」他說。「假期很多。」

我強顏歡笑。

「妳的電話，」他說。「可以給我嗎？」

我把號碼給他，他在一個看起來像是短胖袖珍計算機的玩意兒上輸入。

「很高興認識妳，怎麼稱呼……？」

「柔伊。」

「柔伊。」

我聽見他三步併作兩步地下樓，公寓裡只剩我和那封信。我騙自己輕鬆以待就好。幫自己泡了杯即溶咖啡，又點了根菸。然後拆信，把它攤在我面前的桌上：

親愛的柔伊：

或許我錯了，妳沒像我希望中那麼害怕。如妳所知，我正在監視妳。或許，妳讀這封信的同時，我也在監視妳。

說來愚蠢，我竟抬起頭左顧右盼，好像會逮到誰站在我身旁。

就像我之前說的，我對妳眞正感興趣的，是從裡面窺視妳，妳從未注意但我一覽無遺的那些枝微末節。

或許妳待在那間賣不掉的、遭透了的小公寓，覺得很有安全感。其實妳並不安全。舉例來說：妳的後窗。從後院的棚屋爬上來再開窗進來是易如反掌。妳眞該裝個牢靠的鎖。現在那個窗鎖太好搞定了。所以我才沒把它關上。妳檢查一下就知道了。

對了，妳睡著的時候看起來很幸福。死亡不過是長眠而已。

我將信紙放回桌上，走到房間彼端到戶外平台。窗子可以俯視樓下的花園沒錯，但那裡我不得進入；而那扇窗果不其然地被抬高了兩呎。雖然明知今晚又濕又黏，我還是打了個寒顫。彷彿有陣陰風吹進我家，彷彿我置身地窖。我走回客廳，往電話旁一坐。我感到作嘔。這件事真有那麼緊急嗎？真有那麼大不了嗎？

我還是妥協了。我在電話簿上尋找離這裡最近的警局，然後報警。我和櫃台接線生有點雞同鴨講，她好像一直想找藉口掛電話。我說有人闖進我家，她問有沒有東西被偷、或哪裡遭人破壞。我說家裡沒遭人破壞，也不確定有什麼被偷。

「妳報警的用意是？」她不耐煩地說。

「我被恐嚇，」我說。「受到人身暴力威脅。」

我們又這樣講了好幾分鐘，她一手隨便遮著話筒，和第三方談了一下，然後說他們會在「適當的時候」登門拜訪，天曉得什麼叫做「適當的時候」。我將窗戶一個接著一個上鎖、閂緊窗栓。好像有人要爬進二樓的窗戶，將哈洛威的街景盡收眼底。我沒開電視也沒放音樂。如果有風吹草動，我想要聽個仔細。香菸我點了一根又一根，同時不忘啜飲啤酒。

一個多小時後，門鈴響了。我下樓到面對大街的門，不過沒有開門。「是誰？」門後傳來朦朧的人聲。「什麼？」

又是一陣模糊的嗓音。於是我拉開彈簧很緊的信箱開口向外望。來了兩名警官。警車停在他們的身後。

「你們要進來嗎？」

他們沒答腔，只是面面相覷，跨步向前。我領他們上樓。他倆進門時，都脫了警帽。不曉得這是不是對女性尊重的傳統表現。糟就糟在，一遇警察我就緊張。我努力回想公寓的冰箱裡或壁爐台上藏有什麼違法的東西。應該是沒有，但我腦袋轉得不靈光，所以無法百分百確定。我指了指桌上的那封信。我大概不該碰它吧。或許那是一項物證。其中一位警官走向前，身子朝桌面探並讀信。信讀了很久。我發現他有鷹鉤鼻，隆起的區塊連到頭部。

「同個人之前寫信給妳？」最後他問道。

「對，兩天前寫過。應該是星期三吧。」

「那信呢？」

我就知道他會問這個。「我扔了，」我有點自責地說，但沒等他對我動怒又趕緊開口。「很抱歉，我知道這麼做很蠢。但我當時眞的很不爽。」

不過警官沒有動怒。他似乎一點也不煩惱。或者根本不特別感興趣。

「窗戶檢查過了嗎？」

「檢查了。是開的。」

「可以讓我們看看嗎？」

我領他們到戶外，他們跟隨的腳步很沉，像是被人逼著要爲芝麻綠豆的小事大費周章。

「樓下是酒吧花園，」另一名警官凝視窗外暗自咕噥。

鷹鉤鼻的點點頭。「他可能從底下看這扇窗。」

他倆轉身走回客廳。

「妳心裡有沒有會寄這封信的人選？前男友還是同事之類的？」

我深吸一口氣，將西瓜擒賊的事件和它引起的風暴娓娓道來。他倆聽了都忍俊不禁。

「原來是妳啊？」鷹鉤鼻挺樂地說。他面向另一位警官。「丹尼是第一個趕到事發現場的。」他又面向我。「幹得好。妳的照片高掛局裡。妳可是我們的女英雄呢。」他咯咯竊笑。

「西瓜是吧？比警棍來得管用。」他的無線電對講機劈啪作響。他按下按鈕，對方說了什麼，我聽不清楚。「沒關係。我們馬上就到。待會兒見。」他轉頭面向我。「那先這樣囉。」

「什麼？」

「登上報紙版面，就是會發生這種不堪其擾的事。」

「可是那個人闖進我家，還恐嚇我欸。」

「妳不是本地人吧？可以再給我一次妳的名字嗎？」

「阿拉圖妮安。柔伊・阿拉圖妮安。」

「好像古時候的怪姓。從義大利來的嗎？」

「不是。」

「怪人總是無所不在。」

「他這樣沒有犯法嗎？」

鷹鉤鼻聳聳肩。「有東西被偷嗎？」他問道。

「不曉得。大概沒吧。」

「房子有被強行入侵的跡象嗎？」

「這我倒沒發現。」

他望向另一頭的夥伴，朝門口微微點了個頭，顯然在說：趕快離開這裡堵住這個小妹的嘴吧。

「如果發生什麼嚴重的事，」他溫柔但不客氣地強調「嚴重」這兩個字，「打電話給我們。」

他們轉身告辭。

「這封信不用帶走嗎？」

「親愛的，妳留著就好。放抽屜還是什麼安全的地方收著。」

「不用錄口供嗎？我不用填什麼表嗎？」

「親愛的，如果妳又遇到麻煩，我們就會這麼做，好嗎？先去睡會兒覺吧。我們還要出任務呢。」

接著他們就去出勤了。我望向窗外，看警車駛離，開進暑熱城市的其他燈火與喧囂。

6

哈洛威的街上笙歌笑語，彷彿正在開一場深夜帶點紙醉金迷的街頭派對。不知是誰在熱烈鼓掌。有車在高鳴喇叭。晚上的暑氣把夜裡的氣味都混在一塊兒了：香料、油炸洋蔥、汽車廢氣、廣藿香、大蒜、肉桂、還有教人意想不到的玫瑰飄香。偶然吹過一陣微風把敞開窗前半遮半掩的簾幕震得亂顫；但除此之外，暑熱又濃又稠，無孔不入。這是午夜時分，但夜空無星也無月，僅有街燈在房間周圍投射一道髒髒的橘光。還有噪音。人群。汽車。我一度想要離開這裡，走入森林、沙漠、還是一望無際的海水中央。

我沒闔眼。我望著弗雷，他也淺笑著、自信地回望著我，汗水從他前額淌到我的臉上、我的脖子，我們的手在彼此濕透的身上遊移。他對我來說，還是很陌生：他的高額頭、豐唇、他那瘦長光滑而且滿柔軟的身體。即使跳了整晚的舞、接著魚水之歡，他聞起來還是有清新的酵母味。檸檬香皂、土壤、草地和啤酒味。我扯開我們身上汗濕的床單，他在狹窄的床上伸展四肢，把雙臂墊在頭底下，對我咧嘴而笑。

「剛才很棒，」我說。

「謝了，」他說。

「你不該這麼說的，」我說。「你應該說：我也覺得剛才很棒。」

他搖搖頭。「妳有過這麼銷魂的經驗嗎？」

我情不自禁咯咯笑了。「你是認眞的嗎？你要我說：『哦，弗雷，我從不知道做愛可以這麼舒服。』」

「閉嘴。閉上妳的嘴。」

我望著他。他的笑容逝去。我傷了他的自尊。現在他一臉羞愧憤怒。男人。

我坐起身、盤起腿，從地板上的菸盒抖出兩根菸，把它們點燃，一根遞給他。「我從沒跟園丁做過。」

他深深吸一口菸，往空中吐了個渾圓的菸圈，菸圈懸在原處好一會兒才四散開來。「我不是園丁。我從事園藝。我幫忙打理。」

「所以說，我不是老師，但是我教書？」

他又吐了一個菸圈，目不轉睛地望著它。「妳是老師沒錯。我要盡快換工作。」

「哦，」我一股氣湧上胸口。「多謝你了。那你跟老師做過嗎？」

他對我揚起一邊眉毛，色咪咪地斜睨我。「沒跟名師做過。」

我不願想起這件事。我整晚飲酒說笑起舞，喝得酩酊大醉，努力不想這事。西瓜的愚蠢笑話、稱我爲嬌小金髮女柔伊的新聞報導、還有塞到門墊上的騷擾信，實在教我受夠了。更別提那些我素昧平生的陌生人想著我，對我萌生幻想。也許此時此刻，有人正站在我家門外，抬頭望著這開著的窗，等弗雷離開。想到這裡我就徹底清醒了。

我把香菸扔進床邊的玻璃杯，聽它嘶嘶響地滅了。「最後那幾封信啊……」

「不要管那些啦，」弗雷馬上接話。他閉上眼。「這週末妳要幹麼？」

「我很害怕。哦，怎麼說才好，那些信是有目的性的。」

「嗯。」他輕撫我的頭髮。「我們打算星期六野餐。出倫敦。想不想一起來？」

「你們做任何事都是成群結隊嗎？」

他俯身吻我的胸部。「我一個人也能辦不少事。怎樣？」

「沒怎樣。」接著陷入一段沉默。「弗雷，今晚你要留下來嗎？我是說，留下來過夜。如果你想的話。」

他的反應像是我告訴他枕頭底下藏了顆炸彈。他猛一睜眼，坐起身子。「對不起，」他說。「明天一早我得去溫布頓附近，到一個老太婆家工作。」他套上內褲、再穿上棉褲。天哪，他穿衣服眞是神速。套了襯衫、扣好鈕釦、再穿襪子，從床底下拿鞋穿好，輕拍口袋，確定零錢還在。最後從椅背取下夾克。

「手錶，」我冷淡地說。

「謝了。該死，都幾點了。明天我打給妳，再好好計畫。」

「好。」

「別瞎操心了。」他雙手拂過我的臉，親吻我的脖子。「美女晚安。」

「掰。」

他走了之後我起床，縱使又悶又熱，我還是關上客廳的窗。屋子前所未有地令我感到幽閉恐懼。我眺望哈洛威街。再過幾小時天就要亮了。我檢查平台的窗戶，其實那晚我已檢查好幾次了。我進浴室拿手錶，一點四十五分。要是天亮了有多好。我累了，但又不睏，時間在人恐懼的時候動得特別慢。扎在皮膚上的汗水突然令人膽寒，我拾起地上的床單擦拭身體，再用這薄薄的織物把自己裹住，又點一根菸。如果家裡有茶就好了。說不定哪裡還有威士忌。我走進廚房，拉把椅子爬上去看高處的碗櫥。裡面有堆成山的空瓶，改天我要找時間拿去回收。沒找到威士忌，卻發現一位學生家長在聖誕節送的、但我連碰都沒碰的薄荷酒。我往缺了把手的馬克杯裡倒了一點；酒綠綠黏黏，甜得很膩，纏成一顆火球滾入我的喉嚨。

「呃，」我大叫一聲，這才發現屋裡變得多靜，只有貨車偶爾經過的些微震動，和窗底下行人的腳步聲。兩點十五分了。

我床單裹身、拖著腳步，刷了牙，再往燥熱的臉潑冷水。然後我往床上一躺，試著別去想這件事。但愈想忘卻就愈是記起。那兩封信在我心裡百轉千迴。沒錯，第一封我扔了。但內容大多仍記得。第二封擺在我桌上。警方顯然不信它們出自同一人之手，不過我知道肯定是。他們沒把它當一回事，他們不曉得一個女人孤伶伶地躺在哈洛威街上的破爛公寓，擔心被人監視，是怎樣的感覺。

我不由自主地拾起那封信，躺在床上重讀一遍。我知道那個男的在注意我；我要說的是，眞的監視我。他發現連我都懶得注意的那個部分，好比說沾了菸漬的手指。他在研究我，一般人就算是情人，也不會這麼研究。或許他像準備考試那樣把我記熟。他來過我家，不管警方怎麼說，我就是知道他來過，不只看我東西、還動手去碰。也許信件、照片、衣物都被他翻過了。搞不好還有東西被他偷走。他看過我睡覺的模樣。還說，想從裡面窺視我。不是上我，是窺視我。我感到一陣噁心，也許是薄荷酒害的吧，它仍像是膠水黏在我嘴裡一圈。又或許是我稍早喝的酒、汗水淋漓的性愛、還有筋疲力盡，他媽的。

我闔上眼，用一隻胳臂遮住雙眼，讓眼前一片漆黑。倫敦充滿一雙雙窺視的眼，在我的窗外。我聽見一滴又一滴的雨聲。我思緒停不下來，我也沒辦法讓它慢下來。那封信在我心裡翻來覆去。

「就像我之前說的。」眞的很詭異。不是嗎？他想從裡面窺視我。就像他之前說的。可是他之前說過嗎？我試著在心裡重新拼湊第一封信，那封我扔了的信。我只記得零星的片段。如果眞有寫，照理說我不會忘啊。那代表什麼呢？

有條思緒在亂顫，但願我能置之不理。口乾舌燥的我坐起身，兩腿晃到床下，走進客廳，把硬紙盒從沙發底下拖出來。裡面有幾十封信，有的甚至還沒開過。讀起來豈不沒完沒了。我走回臥室，套上我破舊的田徑服，又爲自己倒了杯難下嚥的酒，點了根菸，開始這項大工程。

只要每封信瞄個幾眼就能確定；不過，其實只要看信封上的字跡就能定奪眞凶。我親愛的柔伊……阿拉圖妮安小姐……賤人，滾回妳的老家啦……妳找到耶穌了嗎？……妳面露笑容，可是眼神哀傷……幹得好……如果妳願意爲敝慈善團體捐獻……我和妳好像有種似曾相識的感覺……妳對性虐待有興趣的話……我是從獄中寫信給妳的……我想給妳一句難能可貴的金玉良言……

然後我找著了。一瞬間我感覺自己心跳加速、蹦得好沉。喉嚨緊鎖、難以呼吸。那黑筆寫的斜體字。我拾起信封，還沒開過呢。信封上貼了郵票，地址跟郵遞區號全都毫無遺漏。我就著馬克杯豪飲一口，一根手指塞進信封蓋口，把信封撕開。這封信言簡意賅。

親愛的柔伊：我想從裡面窺視妳，然後我要殺了妳。妳怎麼也阻止不了我的。至少現在還沒辦法。我會再寫信給妳。

我目不轉睛地盯著信瞧，直到視線模糊。我的呼吸變得急促。雨滴打在窗上，既緩又沉的夏季暴雨。我猛然起身，從地板上推動沙發，用它抵住大門。我拾起話筒，用顫抖笨拙的指頭撥打弗雷的號碼。電話響啊響的。

「喂。」他的嗓音帶著濃厚睡意。

「弗雷，弗雷，我是柔伊。」

「柔伊?媽的，都幾點啦?」

「什麼?我不曉得欸。弗雷，我又收到一封信了。」

「拜託，柔伊，都三點半了。」

「他說他要把我殺了。」

「聽我說……」

「你可以來陪我嗎？我很害怕。我不知道還能找誰了。」

「柔伊，妳聽我說。」我聽見他劃過一根火柴。「不會有事的。」他的嗓音溫柔卻又堅持，好像在安慰一個怕黑的小孩。「妳安全得很。」他頓了一下。「聽我說，如果眞的很怕，就去報警。」

「弗雷，拜託你，別這樣。」

「柔伊，我剛本來在睡覺的。」他的聲音變得冷淡。「妳也想辦法睡一下吧。」

「我再打給妳。」

我作罷了。「好吧。」

「好。」

結果我報警了。這次跟我通話的不是之前的接線生，這個男的以煞費苦心的龜速鉅細靡遺地記錄我的說詞。光是姓什麼，我就唸了兩遍，圖畫的圖，女字旁的妮。每次一聽見什麼風吹草動，我就神經緊繃、心跳加速。但想當然耳，沒人進得來。門窗全都鎖得死死的。

「小姐，請等一下。」

等待的同時我又抽了根菸。我的嘴巴簡直跟菸灰缸無異。

最後他要我早上進警局一趟。原本我大概想要警察趕來家裡保護我的人身安全、釐清一切問題，但最後只落得人情淡薄的回應。倘若說眞得到什麼好處，他那乏味平淡的口氣確實安了我的心。這種事隨時都在發生。

不知幾分幾秒，我睡著了。醒來都將近七點了。我望向窗外。夜裡雨下得很大，滂沱大雨洗滌了街道；懸鈴木的樹葉沒那麼蒼白，也稍有生氣，連天空也變藍了。我都忘了天空是藍的了。

7

這回我見到位階更高的警官，這也算一項進步。假如把來我家登門造訪的制服員警比做橄欖球校隊的隊員，那這位跟我在警局問話的警探就比較像是地理老師。他身穿海軍藍西裝、打了條樸素的領帶，所以打扮或許比所有教過我的地理老師還要瀟灑。他是個身材魁梧的彪形大漢。我的意思是他幾乎算是個胖子。一頭褐髮剪得短而俐落。自稱是奧爾德姆警佐。

沒人領我進偵訊室或什麼正式場合。他和我在接待室碰頭，然後按了幾個鈕開門，讓我進入後方眞正像個警局的地方。第一次他按錯鈕，所以低聲咒罵幾句，再放慢速度重新輸入密碼。他領我到他桌前，請我坐在他的桌旁，使我覺得自己更像個呆呆笨笨的小學生，在課後，或者以這個例子來說，在課前跟老師碰面。我先前得打給寶琳，跟她說我會遲到，她對此並不高興。她說我選錯時間了。

奧爾德姆專注蹙眉，慢條斯理地讀這兩封信。我有五分鐘的時間都在坐立不安，望著房間四周有人進門、有人在講電話。兩名警官在開放式的平面警局彼端說說笑笑，只是談笑的內容我聽不見。他抬起頭。

「要不要喝杯茶？」

「不了，謝謝。」

「那我泡一杯喝。」

「好。」

「要不要來幾塊餅乾？」

「不了，謝謝。」

「我要來一塊。」

「現在還早呢。」

過了很久，他才動作笨拙地趕回來，塑膠杯燙到他拿不穩。他把一塊消化餅乾往茶裡浸一下，然後將浸成新月狀的那部分輕巧地吃進嘴裡。

「妳有什麼感想？」

「我有什麼感想？呃，我——這不是你們的工作嗎？」

「我不知道欸。另一封信寫了什麼？」

「那封信太可怕，所以我把它扔了。陰陽怪氣的，寫到我吃的東西，還有怕不怕死之類的。感覺像是個監視我行蹤的人寫的。」

「或是認識妳的人寫的？」

「認識我的人？」

「可能只是惡作劇。能不能想到哪個朋友會開這種玩笑？」

我幾乎不知該說什麼才好。「有人威脅要我的命欸。這可不是玩笑吧。」

奧爾德姆在座位上不安地挪動身子。「有些人的幽默感就是與眾不同，」他說。然後我倆陷入沉默。我拚了命地思索：這是不是誤會一場？也許根本不值得大驚小怪。「妳等一下，」最後他說。「我先跟同事討論一下。」

他從桌上取了個文件夾，把兩封信往裡一塞，再拿起他的茶，步履沉重地走到房間另一頭，離開我的視線。我看了手錶一眼。要在局裡待多久啊？要不要乾脆從包裡把公事拿出來，在奧爾德姆的桌角辦公？但我沒心情辦公。最後奧爾德姆終於回來了，身旁還伴著一位西裝男。他比較瘦小、頭髮泛白，看起來似乎在食物鏈裡佔了高階一點的位置。他自稱是卡錫探長。

「我讀了妳的信，這位……呃……」他嘴裡咕噥著什麼，顯然是想唸我的名字。「我讀了那些信，奧爾德姆警佐也提供我關於這個案子的詳情。這些確實很棘手。」他環顧四周，從沒人用的一張桌前拉了把椅子。「問題是，現在究竟是什麼情況？」

「情況是有人恐嚇我，而且闖進我家。」卡錫扮了張鬼臉。「我被人騷擾。這算是犯法吧？」

「在特定情況下是。我們對妳的掛慮感同身受，」他說：「但該怎麼辦案，還很難講。」

「你不覺得他聽起來是號危險人物嗎？」

「也許是。也許不是。小姐，妳聽我說，我知道妳也收到其他這類的郵件。」

我只好把自己的成名機遇重點再概述一番，兩位警探互換一個稍縱即逝的微笑。

「西瓜擒賊？」卡錫說。「眞有妳的。我們在哪個布告欄上還貼了報紙剪下來的照片。局裡上上下下都把妳視爲巾幗英雄呢。妳走之前先跟他們打個招呼吧。至於那幾封信：我猜十之八九是平凡人成名之後會碰到的事。有的人就是很可悲。這是他們認識人的一種方式。」

最後我失去耐心了。「不好意思，我覺得你們沒很把它當一回事欸。這個傢伙不只是寫信給我。還到過我家。」

「是可能到過妳家。」卡錫像是受苦已久地嘆了口氣。「非常好。這兩件事我們一塊兒琢磨。」他頓了一下。「妳家容不容易被外人亂闖？」

我聳聳肩。「只是一般改建的房屋。有個公用大門面向哈洛威街。後院的隔壁是片酒吧露台。」

卡錫在平擺在他大腿上的一大本便條簿上寫東西。我不曉得他到底在做筆記還是胡亂塗鴉。

「有很多人去過妳家嗎？」

「什麼意思？」

「一星期有一位訪客？兩位訪客？平均幾位？」

「這我很難回答。我有一群朋友，他們上週來我家小酌。我還有個剛交往的男友，他來過滿多次的。」便條簿上做了更多潦草的筆記。「哦，我這房子也找買家半年了。」

卡錫揚起一邊眉毛。「所以說有人來看房子囉？」他說。

「當然。」

「有多少人？」

「很多。過去這半年內，肯定六、七十人跑不掉，說不定還有更多。」

「有多少人來過不只一次？」

「也有不少。我希望他們來看不只一次。」

「其中有沒有人在某方面舉止異常的？」

我不由自主地冷笑。「大概四分之三都異常吧。我要說的是，那些來翻我碗櫥、開我抽屜的，都是素昧平生的陌生人。本來就要這樣才能賣房子嘛。」

卡錫沒有回以笑容。

「這種騷擾的動機有千百種。最常見的涉及個人私事。」講到這裡，他變得難爲情。「可以問妳幾個私人問題嗎？」

「只要跟案情相關就可以。」

「妳說妳剛交了個男友。交往多久了？」

「兩三個星期吧。才剛交往。」

「所以說上一段感情結束囉？」

「也不能這麼說。」

「什麼意思？」

「我的意思是：不對。之前我沒跟別人交往。」

「但是妳最近和別人有私密，應該說，呃，性關係？」

「這個嘛，不久前有。」我絕望地羞紅了臉。

「後來是不是撕破臉了？」

「不是這樣的，」我說。「我在不同時期有過幾個對象。」

「幾個？」他跟奧爾德姆互換一個意味深長的眼神。

「聽我說，這麼講怪怪的。」我心慌意亂。我知道他倆心裡在想什麼，我再解釋也只是多說多錯。可笑的是，跟身邊幾乎所有人相比，我最有資格立貞潔牌坊：一個笨拙困窘、不善辭令的聖女。「過去這一年左右，我跟兩個男的交往過、在一起過，看你們要怎麼形容都行。」

他倆直視不綴的目光，好像完全不信數目只有這麼少。

「是不是分得很難看？」

我回想在卡姆登洛克附近的一家小餐館，坐在史都華對面的場景。臉上泛起一絲苦笑。

「眞的只是感情淡了。總之，我最後聽說他在澳洲搭便車旅行。可以免除他的嫌疑。」

卡錫咔嚓一聲按下他的鋼珠筆，然後起身。「奧爾德姆警佐幫妳塡報案表，錄簡短的口供。」

「你們打算怎麼做？」

「剛都跟妳說啦。」

「我是說，要怎麼抓人。」

「如果還有其他狀況發生，就打給奧爾德姆，交給我們處理。哦，私人生活暫時要理智點，小心為上。」

「我都說我有男友了。」

他簡慢地點了個頭，轉身低聲咕噥了什麼，但我聽不見。

8

我上學遲到了。比我事先告知校方的還晚。我步出警局後，累到覺得雙腿都要癱了。棉質洋裝下的肌膚沙沙的、粗粗的。頭皮發癢。嘴裡好像蒙了層灰。肩上滿覆疙瘩和泡泡般的沉重壓力。我一踏進刺目的陽光下，早已凹進眼窩的雙眼抽痛不已。迎向眩目強光的我緊閉雙眼，在包裡瞎找墨鏡。該死。墨鏡沒帶。維他命也忘在家了。菸盒裡又只剩一根菸。我一度想返家泡澡刷牙，先振作精神再去學校。不然到附近一座公園，坐在池畔一塊泛黃的草地過過乾癮，看鴨或閉目養神也好。

但我最後只是在路邊攤買了兩包菸和一副廉價墨鏡，然後內疚地溜進一家便宜餐館。點了兩杯黑咖啡和一片吐司荷包蛋。我細嚼慢嚥，看著污濁窗外的人們來來去去。戴黃帽的黑人基督教信徒。一對互挽胳臂、每走兩步就停下來接吻的年輕情侶。一群手拿相機、身穿運動衫的日本觀光客。他們肯定是迷路了。用揹巾抱嬰兒的男人；我可以看見寶寶長了幾簇頭髮的腦袋。有個女人在當下咆哮，她身旁有個漲紅臉的孩子。一個披著緋紅色紗麗的印度女人，足踏一雙嬌貴的涼鞋，在狗屎和垃圾間挪步。一群學童背著游泳袋，被一個看起來不耐煩、令我聯想到自己的年輕女子趕著過瀰漫廢氣的馬路。一個穿螢光黃短褲的自行車騎士，頭低低地用單薄的車輪在車水馬龍間穿梭。帽緣很寬、胸部像暗礁和小貴賓狗的女人，表情像是一腳踏進不屬於她的故事。

我也走錯故事了。此時此刻他可能正在偷窺我。我造了什麼孽，爲什麼會遇上這種鳥事？我點燃一根菸，喝幾口變冷的苦咖啡。我一整個大遲到，晚幾分鐘也沒差了。

到金斯蘭路搭公車前，我經過一個公共電話亭，腦裡閃過一個愚蠢的念頭要打給我媽。打給我去世十二年的媽媽。我只想聽她說，一切都會沒事的。

我到校時，寶琳的態度客氣地冷淡。她說有個名叫弗雷的男人打來學校。要我今天回他手機。幫一位缺席的職員收集留言似乎令她不悅。幫我代課的教學助理叫穿好圍兜的孩子拿大筆刷調顏料。所以我向他們宣布，要在家長之夜前畫一幅自畫像掛在牆上。拉吉爲自己畫了張粉撲撲的臉和一頭褐髮，兩條腿直接從下巴往下長。向來不笑的艾瑞克，自畫像竟有張笑到咧到耳朵的紅唇大嘴。史黛西在塔拉嘔心瀝血的作品上把水灑得到處都是，塔拉也敲她脖子回敬。戴米恩開始哭了，淚水滴滴落在畫紙上。我把他帶到畫室角落，問他爲什麼哭，他說大家都找他麻煩、笑他是娘娘腔、在操場上把他推倒在地、還把他關進廁所。我凝視著他：面色蒼白、抽著鼻子、耳朵又髒的小傢伙，衣服垂在他瘦不拉嘰的骨架上。

弗雷要我當晚看他踢球。他說他們每個星期三都踢——固定的男性聚會。他心情愉快、悠然自得，彷彿昨晚什麼事也沒發生。他說他像近郊枯萎的玫瑰，只是心裡一直想著我的身體。

寶琳說我得在這星期前把英文課程的教材備妥，問我做不做得到。「哦，可以，」我腦袋抽痛，給了個令人難以信服的答案。平常我會在上學途中的三明治店買條番茄起司捲，但今天把這件事給忘了，所以其他老師享用健康三明治和水果的同時，我只能跟學校餐廳的胖廚娘買熟馬鈴薯跟焗豆，然後再吃軟嫩蒸布丁配卡士達。撫慰人心的食物：讓我心情好轉些。

我叫孩子反覆寫f這個字母，在習作本上沿著虛線練習。狐狸（fox）、青蛙（frog）跟好玩（fun）的f。「還有『幹』（fuck），」年僅四歲、班上最小的八月寶寶巴尼說，贏得他夥伴讚美的呼聲。

到了圍圈時間，我們討論霸凌這個主題。我講到大家應該試著互相照顧彼此時，並沒有往戴米恩那頭看，其他孩子只是用他們殘酷又無辜的雙眼凝視我。戴米恩坐得離我滿近，一直在拔地毯上的絨毛，兩眼在厚重的鏡片後方遊移。

「好點沒？」放學時我問他。

「嗯，」他垂著頭咕噥道。我看見他脖子污穢、指甲也髒，突然對他有股無名火，很想猛搖他，叫他重新振作。我不禁聯想，或許這正是我現在的處境：任憑自己被人霸凌。

十個男人能製造的噪音大得驚人。不只是對吼，咕噥、尖叫、咆哮、叫嚷樣樣都來，而且重捶地板、扭打得難分難捨、狠踹彼此小腿到我好像聽到骨頭斷掉的聲音。令我驚奇的是，竟沒看見噴血、躺在擔架或上手銬的畫面。不過，到最後，他們每個都汗流浹背、臭氣薰天，但和好如初，互拍彼此肩膀。站在旁邊當個看戲的局外人，好像加入什麼粉絲俱樂部的感覺有點蠢。這裡還有另外三個女人，她們顯然早就認識了，是個每逢週三相約觀賞她們男人互毆成泥的小團體。安妮、蘿拉，還有另一個女的，名字我老是記不得，也不好意思重問。她們問我怎麼認識弗雷的、他是不是很迷人，對我客氣地拘謹，不禁使我聯想其實這些女伴常換人，只是他們不想主動承認。弗雷熱騰騰、朦朧朧地與我匆匆擦身而過，目光呆滯、嘴裡嚷著什麼。我猜，這個時候我該對他加油打氣，只是我沒那個勁。

踢完球後，他過來一手搭在我肩上，給我一個吻。

「你流好多汗。」

其實我不太介意，但基本上也沒因為原始的賀爾蒙作祟而慾火焚身。

「嗯。」他用鼻頭愛撫我。「妳清涼可愛。」

放學後，我先到露意絲家泡了個澡，她借我穿無袖針織上衣和灰色棉褲。我不想回家。

「好啊。」我身體最不需要的就是酒精，可是我又想要人陪。只要我在公共場合，有別人作伴，就有安全感。不過這個念頭使人鬱悶，光想到要獨自一人待在家裡，我就無法呼吸。

「去喝一杯吧？」

「洗完澡見。」

這間幽暗酒吧的老闆顯然跟他們是舊識，結果小酌成了痛飲。

「她一直收到瘋子寫來的信，」弗雷把它當成笑話，滔滔不絕地說。他的手在我側身遊移，一路往下摸我肋骨。我不安地挪移，再點一根菸，將最後一點貯藏啤酒一飲而盡。「還有人威脅要她的命。是不是啊，柔伊？」

「對，」我咕噥道。不想談這個話題。

「警方怎麼說？」弗雷問道。

「沒說什麼，」我說，並設法輕鬆帶過：「弗雷，別擔心。你一定是頭號嫌犯。」

「不可能是我啦，」他眉開眼笑地說。

「爲什麼？」

「因爲……呃。」

「妳沒看過我睡覺，」我話一出口就希望把它吞回去，不過弗雷只是一臉困惑。幸好這時莫里斯插話，聊起他們以前相約來酒吧參加機智問答之夜。

「眞的很殘酷，」他說。「題目易如反掌。好像他們的錢要多少拿多少。他們沒把我們拎到後巷斷指，算我們走運。」

「電影《江湖浪子[1]》，」葛蘭姆說。

「什麼？」我說。

「我的白癡弟弟又在耍笨了嗎？」

1《江湖浪子》：原文片名為The Hustler，一九六一年上映的美國劇情片，講述生活在社會底層但野心勃勃的撞球騙子「快槍手艾迪・費爾森」的傳奇人生。

「嘴巴別這麼壞，」我說。

「不是，不是，」莫里斯說。「這是另一個比喻。赫曼．曼基維茨[2]是這麼說約瑟夫．曼基維茨的。」這下他對弟弟咧嘴而笑。「不過最後約瑟夫的成就較高。」

「對不起，」我說。「我不知道他們是誰。」

不幸的是，他們開始向我解釋。對我來說，這群老友及兄弟的相互作用教人摸不著頭緒，結合了陳年玩笑、晦澀隱喻和私密口號，一般來說，我覺得最好的因應之道就是低著頭，等話題跟得上了再答腔。過了一會兒，相互較量的瘋狂人聲干擾終於開始沉寂，於是我又和莫里斯聊起來了。

「你跟那個誰是不是一對……」我壓低音量謹慎地朝圍桌而坐的年輕女子方向點了個頭。

莫里斯目光閃躲。

「這個嘛，我跟蘿拉算是在某種程度上……」

「某種程度上怎樣？」坐對面的蘿拉問道。她身材高壯，一頭褐色直髮往後綁成圓髮髻。

「我正在跟柔伊說妳有順風耳。」

我以爲蘿拉會對莫里斯大發雷霆。要是我就會。但我漸漸發現，徘徊在團體邊緣的這三個女人，多半只是聊自己的，只有在必要時刻才和大夥兒講幾句話，而且必要時刻少之又少。踢完足球的男孩不只氣色好，目光也炯炯有神，看上去比以往更像孩子。我爲什麼會被拉進這個小圈圈？當觀衆？莫里斯湊過來，近到我一度以爲他要用鼻頭磨蹭我的耳朵。不過他只是對著我的耳門低語。「玩完了，」他說。

「什麼？」

「我跟蘿拉。只是她還不曉得而已。」

我望向坐在對面的她，對這些對話渾然不覺的她。「爲什麼？」我問道。

他只是聳聳肩，我覺得這個話題我沒辦法再談下去了。

「工作還好嗎？」我想換個好一點的話題。

莫里斯先點了根菸才回話。「我們都在等待時機，」他說。

「什麼意思？」

他深吸一口菸，再豪飲啤酒。「看看我們，」他說。「葛蘭姆在當攝影師助理，但他夢想當個寫實攝影師。我跟鄧肯到每家公司教那些笨秘書使用軟體，但那些東西明明只要讀過使用說明，連白癡都會。我們等的是一兩個想法能夠眞正落實。現在這個世界，只要你有一個看似合理的想法，身家就能超越英國航空了。」

「那弗雷呢？」

莫里斯若有所思。「弗雷一邊翻土鋸樹，一邊思考人生。」

2赫曼・曼基維茨（Herman Mankiewicz）和約瑟夫・曼基維茨（Joseph Mankiewicz）是對兄弟，前者為知名導演、編劇和製作人，後者為編劇。

「不過人家有古銅膚色和結實的前臂嘛，」一直在偷聽的葛蘭姆說。

「嗯，」我敷衍而過。

我們在酒吧久留，縱情狂飲，男孩們喝酒更是肆無忌憚。後來，莫里斯在蘿拉的「要求」下，其實更貼切的說法是「命令」下，移到她座位附近，換鄧肯坐我旁邊。起初他聊到他跟莫里斯的工作，他們每天是怎麼跑客戶的，多半是各自在不同公司處理業務，教那些錢太多但時間太少的白癡怎麼操作電腦。然後又聊到弗雷，他們怎麼認識的，認識多久了。「只有一件事我無法原諒弗雷，」他說。

「什麼事？」

「妳，」他說。「那不算君子之爭。」

我聽了噗哧一笑。他目不轉睛地看著我。「我們一致覺得妳最優。」

「什麼最優？」

「反正最優就對了。」

「我們？」

「我們這群男生啊。」他比了桌子一圈。「弗雷最後總是把他馬子甩了，」他說。

「哦，這種事，船到橋頭自然直，以後再擔心好嗎？」

「那之後可以跟我交往嗎？」他說。

「什麼？」我問道。

「不行，她，我要了，」坐對面的葛蘭姆說。

「那我呢？」莫里斯說。

「先說先贏，」鄧肯說。

我心裡有一小部分覺得男孩們只是在說笑，可能有朝一日我會一笑置之，試圖調情跟他們鬧著玩，但現在我沒這個心情。

弗雷身子貼著我。手拂上我的褲子，露意絲的褲子。我頓時感到作嘔。酒吧嘈雜的氛圍在我四周凝結。

「該回家了，」我說。

他開他的廂型車送我回家，中途順便放莫里斯跟蘿拉下車。這肯定超過他容忍的限度了。

「他們這樣鬧我，你不介意？」

「他們只是吃醋罷了，」他說。

我向他提起警方是怎麼評論我的私人生活。「說得一副好像是我的錯，」我說。「還問起我的性生活。」

「情史很長？」他眼底閃現一絲微光。

「非常短。」

「交過那麼多哦？」他吹了一聲口哨。

「不要耍笨。」

「所以警察覺得是妳某任前男友幹的？」

「或許吧。」

「其中有誰看起來像瘋子嗎？」

「沒。」我遲疑了一下。「只不過，如果硬往那裡想，每個人都好像怪怪的，有點壞壞的。沒有誰是眞的正常，不是嗎？」

「包括我？」

「你？」我望著正在開車的他，和他握著方向盤的纖細的手。「包括你。」

他似乎挺樂的。我看見他的微笑。

他把我往椅座壓，狠狠吻我，力道大到我嚐到自己唇上的血味。他伸手壓在我胸上，但沒說要進門。昨晚我已學到一課了。所以也沒要他留宿。我演技精湛地強顏歡笑，向他揮手告別；但我沒進家門，反而沿著人潮依舊擁擠的馬路，走向最近的公用電話亭。我打給露意絲：也許可以在她家過夜。可是電話一直響啊響地沒人接。我站在電話亭，話筒貼著臉，直到一個面有慍色、手提包鼓到爆的男人敲起玻璃。沒有其他人是我熟到能找的；我無處可去。我在街上躊躇了一會兒，然後勸自己別傻了。我走回大門，把門打開，拾起廣告郵件、瓦斯帳單和我阿姨寄來的明信片，然後上樓。沒有親自遞送的信。窗戶也鎖得牢牢的。沒蓋瓶蓋的薄荷酒擱在桌上。我家沒別人。

9

「我眞心覺得他有興趣。」

「誰?弗雷?」

「不是啦。說要回來再看公寓的那個男的。第六感告訴我他有買房的意思。要是他眞買就好了。露意絲，妳知道嗎，我很討厭這裡。非常討厭這裡。晚上回來我都怕死了。如果我能搬離這裡，或許就不會再收到那些怪信，他也會就此作罷。」

露意絲環視我家。「他幾點要來?」

「九點左右吧。妳會不會覺得挑這個時間看房子怪怪的?」

「這樣我們還有將近兩個鐘頭可以打掃。」

「露意絲，妳確定要這樣犧牲妳的寶貴週四夜?」

「我計畫坐在沙發上吃巧克力，亂轉台。謝謝妳救了我。況且我喜歡接受挑戰。」

我扳起面孔環顧公寓。「這是艱鉅的挑戰，」我說。

露意絲捲起袖管，一副情勢告急的模樣，好像準備動手擦地板。

「要從哪裡開始?」

我很喜歡露意絲。她這個人實事求是、古道熱腸，即使她表現得蠻橫魯莽，但我知道其實她很腳踏實地。她常狂笑不止，看傷感的電影會跟著掉淚。狂嗑蛋糕再實踐瘋狂絕望、完全沒必要的節食計畫。她穿的裙子會使寶琳揚起她的美型眉，她穿厚底鞋、印著奇怪標語的T恤、戴大耳環、肚臍穿飾釘。她個頭嬌小、固執己見、自信十足，個性很倔，長了果斷的尖下巴和朝天鼻。好像什麼事都無法將她打倒。是條女漢子。

我剛到羅利耶小學教書時，露意絲就對我照顧有加，但其實她也只在那裡待了一年。她傳授我教學秘訣，提醒我哪些是怪獸家長，我忘記帶午餐她會分三明治給我吃，還會借我衛生棉條和阿斯匹靈。她是我在流質般混沌的倫敦，唯一的依靠。如今她人這裡，幫我打理人生。

我們從廚房開始著手。洗碗盤、排放整齊、擦拭各處表面、又是掃地，又是清潔可以眺望酒吧後院的小窗。露意絲堅持把我掛在瓦斯爐上的壺啊鍋的拿下來。

「讓空間看起來寬敞點，」她邊說邊瞇眼巡視四周，彷彿瞬間成了個挑剔的室內設計師。

她在十乘十二呎的客廳，清了菸灰缸，把桌子往窗下推，好讓剝落的壁紙看起來不那麼顯眼，將玷污的沙發座墊翻面、用吸塵器清地毯，我則負責把紙張和郵件疊成堆和倒垃圾。

「那些都是信嗎？」露意絲指著那箱硬紙盒說。

「沒錯。」

「可怕欸。幹麼不丟掉？」

「該丟嗎？說不定能提供警察當線索。」

「不用吧？變態寫的那幾封不是挑出來了嗎？這些丟了吧。當垃圾丟了。」

於是她把垃圾筒的頸狀部位拉開，讓我把那些薰衣草色的信封、綠色墨水字的信件、自衛學習手冊、可悲的自傳全扔進去。我的心情爲之一振。露意絲下樓到哈洛威街買花，我則拿破舊的法蘭絨清浴缸。她帶了黃玫瑰回來妝點客廳，拿綠葉肥美的盆栽裝飾廚房。「他來的時候，應該放點古典樂。」

「我沒機器放音樂。」

「可以等最後一刻再泡咖啡。烤個蛋糕好了。用來示好。」

「我只有即溶咖啡，也沒做蛋糕的材料，就算有，我也不要烤什麼鳥蛋糕。」

「那就算囉，」她一邊說一邊剪掉玫瑰的莖，說話的嗓音略顯太歡快了。「不過妳身上噴點香水才是眞的。我可以拿個罐子充當花瓶嗎？喏，看上去好多了吧？」

確實如此。多了露意絲陪我，和她尖長的睫毛、緋紅的嘴唇、硃砂色的指甲油和綠色緊身洋裝，感覺上也好多了。只是個和酒吧比鄰而居、可憐兮兮的普通房間，但終究不像棺材了。

「我眞不知該拿這整件事怎麼辦，」我說。

露意絲把水壺裝滿水。「媽的，這到底要插哪裡？沒多的插座了。妳家還需要一項工程——重裝電線。整間從頭到尾重裝。」她動作誇張地拔掉另一個插頭。「如果有幫助的話，可以來我家住。雖然我沒多的床，但是有空的地板。妳想要的話，這週末就可以來。」

我得強忍著不哭出聲。「妳眞好，」我勉強吐出這幾個字。

臥室看起來勉強過關，不過我還沒鋪床，洗衣籃也快滿了。我們將籃子收進衣櫥，把床上的枕頭弄膨。露意絲跟我媽以前一樣，把床單的角往裡塞。她環顧四周，愣了一下，望著我置於五斗櫃上方的物品。

「這些奇奇怪怪的東西打哪兒來的？」她問道。

「別人寄的。」

「跟那些怪信一樣？」

「對。警察說要調查。」

「我的天哪，」她一面說，一面拿起來端詳。

其中有個哨子，我理應時時刻刻把它戴在脖子上警戒。一件蠶絲小內褲。一顆看起來像鳥蛋的光滑圓石。一隻褐色的泰迪熊。

「怎麼會有人送妳這個？」露意絲邊問邊拾起一把微髒的梳子。

「還附使用說明呢。重點是要拿它去刮某人的鼻子，應該說是刮鼻孔中央的部位。這樣就能把殺人兇手趕跑。」

「前提是妳掏出梳子，他們還站著不動。不過這個挺漂亮的。」她正在觀賞細鍊子上繫的一個精緻銀飾盒。「看起來可能價值不菲哦。」

「打開看，裡面有一縷頭髮。」

「誰送的？」

「不知。是用『往外一擲女英雄』的報紙文章裹著寄來的。很美對吧？」

「這些眞教人血脈賁張。」她盯著一副色情撲克牌，檢視手托豐胸的女人圖畫。「男人啊，」她說。

暑氣猖狂我還是打了個冷顫。

尼克．謝爾一過九點就到，那時我已洗好澡，換上黃色棉襯衫和牛仔褲。希望自己看來也整潔清爽，搭配煥然一新的公寓。我把頭髮挽至頭頂，在耳後輕搽香水。

他穿了條慢跑短褲，把帆布背包脫下時，我在他汗衫背面看見一個V字的深色汗漬。

「我來了。這些是給妳的。」他遞給我一個褐色紙袋。「路邊攤買的杏桃。我抵擋不了它們的誘惑。」

我臉一紅。像是從他手上接過鮮花一樣。房屋的潛在買家好像不會送禮物給現任屋主吧。杏桃金黃鬆軟，幾乎像在發光。

「謝謝，」我難爲情地說。

「不請我吃一顆嗎？」

於是我們站在廚房分食，他說下回要帶草莓給我，我假裝沒聽到「下回」這兩個字。

「想再四處看看嗎？」

「好啊。」

他房間一間晃過一間，望著天花板，專注地好像看見什麼有趣的圖案。有些我跟露意絲沒留意的蜘蛛網在角落飄。他進了臥室，打開大小合適的衣櫥，盯著我的洗衣籃一會兒，臉上露出滑稽的淺笑。然後他挺直腰桿，直視我說：「可以喝杯酒嗎？」

「我家裡沒酒。」

「算妳走運，我有帶。」

他彎腰打開背包，取出瓶身纖細的一瓶綠酒。我碰碰它：還是冰的，水珠從瓶頸往下滑。

「有開瓶器嗎？」

這個問題沒讓我特別高興，但我還是找了個開瓶器給他。他背對我開酒。我遞給他一個玻璃杯跟一個酒杯，他穩重緩慢地把酒倒進兩個杯裡，一滴酒也沒往外灑。他說他住諾福克郡，但每週常得在倫敦待個兩三晚，所以才想在這裡買間公寓。

「所以我這間公寓可以讓你臨時歇腳，」我說。「眞是榮幸啊。」

「乾杯。」

「我得出門了，」這當然是謊話。我的週末計畫一片空白。

「現在出門有點晚了吧？」他飲盡杯中物說。

我沒答話。沒必要對陌生男子編藉口吧。「酒你帶走吧，」我說。

「不，妳留著就好，」他邊說邊轉身離開。

「房子覺得怎麼樣？」

「我喜歡，」他說。「再跟妳聯絡。」

我聽見樓下的關門聲。我滿喜歡他的。只是不曉得他的字跡怎樣。

10

隔天上課我感覺自己變身機器人。我把小學老師的角色扮演得維妙維肖。機器人表面教了整節的寫字課，內心卻不斷反芻思量。我非得賣掉那間公寓不可。這個思緒宛如一段不斷回流的旋律，反噬著你。有個誘人的想法在挑逗我：假如我能在這條鬧街令人反感的房子分割出去的這丁點不討喜的生活空間，關上一扇門，那也就能把其他事物阻絕在外。我眞正該做的，是把這間公寓弄得更安全，但這麼做就像在清洗碎瓶，有哪裡不對勁。讓這間公寓起死回生、變得更安全的方法，就是離開它。別無他法。從下個週末起，我要開始認眞找其他住的地方了。

買下這裡是我少不更事。老爸身後留下的錢感覺像是玩大富翁的假鈔。多到很不眞實。他要我買個房子安身立命；聽起來像是臨終遺言。他那種人認爲，如果有了自己的土地，就會踏實平安；外面無論發生什麼事，都傷不了你。所以，我當個好女兒——雖然我再也不是誰的女兒，畢竟爸媽都過世了；我只剩自己一人，非常孤獨害怕的自己——我照他吩咐的辦了。馬上去辦。既然要從寧靜小村搬到倫敦，我唯一的衝動就是買落在眞正大都會的房子，會發生大事、商店市場林立、人潮聚集、熙來攘往的城市。結果眞被我找著了。

「柔伊？」

我彷彿從睡夢中驚醒，旁觀者看來一定是個狂亂的動作（我差點大驚失色，望著自己的手，看見一根粉筆，再望向黑板，發現有個我在無意識下謹慎描繪的斗大字母B和P）。我環顧四周。原來是特教老師克莉絲汀。敝校的需求非常特別。你會在走廊上看見克莉絲汀跟有受教障礙的孩子坐在臨時搭湊的桌前：像是受虐、營養不良、剛從東歐或中非那些戰區逃難來的孩童等等。

「寶琳要見妳，」她說。「很急。班我先來帶。」

「怎麼了？」

「有個孩子的媽媽來了。好像哪件事把她惹毛了。」

「哦。」

我腹部隱隱作痛，有種大難臨頭的感覺。我注視教室裡的學生。是哪件事搞砸了呢？我們班的翻轉課室棒呆啦。常有家長事先也不知會一聲就幫孩子轉校，有時是搬家出國。有的學童在法院的仲裁下得做社會服務。我數了一下。三十一個。一個也沒少。沒有學步的娃兒趁我不注意溜回家。也沒有誰該餵藥但是沒餵。沒人口吐白沫。我沒那麼緊張了。能有多糟嘛？

我在走到寶琳辦公室的短短路程中，想著就算討厭這間公寓，我卻熱愛這所學校。門廳有個磚頭堆砌的水池，裡面養了肥美的魚。我把手指浸在水裡祈求好運，每次經過我都會這麼做。學校位於倫敦另一條交通要道旁。北上東安格利亞或南下過海到肯特和南邊沿海的貨車把學校整天震個不停。如果要到最近的灌木公園，你得沿著馬路帶領一隊孩童，過兩個危險的路口。但這就是我喜愛那座公園的原因。它好比是坐落於喧囂塵世的一所修道院，來自另一個世界。即使孩子們尖叫著到處亂跑，它仍像是個避難所。

或許是那些蠢魚害我莫名心有所感，而且我八成也搞錯了。我記得小時候讀過的參考書上講液體傳聲的速率比氣體要快。那些魚可能終其一生都在為吵雜的交通悲嘆，希望能搬到某個更美好的地方。我試著回想我躺在浴缸潤髮的情景。那時我能聽見屋外呼嘯而過的貨車嗎？記不得了。

寶琳跟一個長相我認得的女人站在半開半掩的門邊。她們沒有交談，也沒有互動。顯然只是默默等我出現。每天下課我都會看到這個女人在教室門口徘徊。伊莉諾的媽媽。我對她點頭致意，但她正眼也不看我一眼。我試圖回想今早的伊莉諾。她心情不好嗎？好像沒有啊。我再試圖回想剛離開教室時她的神情。想不出有什麼異常之處。

「進來之後關門，」寶琳邊說邊領我進門。家長留在門外。寶琳招手，要我坐在她桌前的一張椅子。「那是吉蓮．泰特，伊莉諾的媽媽。」

「對，我知道。」

我發現寶琳臉色發白、直打哆嗦。她要嘛是煩到極點、要嘛是大動肝火，否則不會控制不了自己。

「上星期妳有沒有出家庭作業？」

「有。如果那也算數的話。」

「出了什麼作業？」

「只是好玩而已。我們在班上說故事，我要學生在美勞簿上畫一幅他們最喜歡的故事。」

「後來作業妳怎麼處理了？」

「我想讓他們養成準時做功課並交作業的習慣，所以星期三把美勞簿收齊，應該是星期三。我很確定。作業收了我就馬上看。」我記得我看過呀——坐著改作業的同時，那個怪人來我家看房子，亂翻我放內褲的抽屜。我也是那天在門墊上發現那封信的。「寫了鼓勵的評語，隔天早上就發還給孩子了。我不曉得伊莉諾的媽媽是不是期待要拿滿分。孩子還太小，不適合給要評分的作業。」

寶琳充耳不聞。「妳記得伊莉諾畫什麼嗎？」

「不記得了。」

「所以妳根本沒看他們的畫囉？」

「我當然看了。他們在教室動筆時，我就檢查過了，還在每個孩子的頁腳下標題呢。完工之後的每張畫我都看過。還帶回家看。雖然每幅畫沒有花好幾小時欣賞，但至少都看過，也都寫了評語。」

「伊莉諾的媽媽哭著來找我，」寶琳說。「這是伊莉諾的畫。妳看看。」

她把一個熟悉的大開本美勞簿從桌上推過來。畫本是攤開的，我認得自己在頁腳的字跡。「睡美人。」伊莉諾盡力但是軟弱無力地把字又抄了一遍。「睡」寫成「日」字邊，其他字宛如耗盡精力似地涓流而下。可是圖畫變了樣。不像是幼童畫的。事實上，處處可見伊莉諾的素描痕跡，但已經人潤飾、重畫、塡補。如今女孩躺在一個精心繪製的房裡。而且不只如此，我發現寶琳察覺不出的細節。那是我的房間。我的臥室。至少一部分是。牆上有幅乳牛的畫像，這輩子我無論到哪兒它都跟著我走，還有邊上掛了魚網袋的一面鏡子。我老是想把袋子拿下來，卻從沒抽空那麼做。

躺在床上的睡美人，不是在睡覺，而且她也不是睡美人。她是我。起碼她戴了我的眼鏡。那張床更像是太平間裡的停屍板。我的意思是，身體上有一大片解剖的切口，垂著內臟和腸子。身體的某些部位，尤其是陰道周圍——我的陰道——割得殘缺不全、無法辨識。我頓時一陣作嘔。苦澀的膽汁湧進嘴裡，但我設法忍住了、往下嚥了。可是它灼燒我的喉底，害我咳了起來。我從口袋抽了張面紙擦嘴。把美勞簿往寶琳那頭推。她嚴肅地看著我。「如果妳把它當做什麼詭異的玩笑，最好現在從實招來。跟我說，是妳畫的嗎？」

我沒回話。我說不出話。寶琳像要喚醒我似地輕敲桌子。「柔伊，妳知道妳現在是什麼處境嗎？妳指望我怎麼做？」

我的兩眼灼燒。我不能讓淚水潰堤。我必須要堅強，我不能倒。

「報警，」我說。

11

起初寶琳半信半疑，但在我的堅持下情非得已地報警了。事情沒人處理，我是不會離開她辦公室的。卡錫給過我名片，但我的手抖到得在手提包裡胡亂摸索才將它取出。寶琳一臉詫異地看我一邊注視名片，一邊吃力撥號。她大概以爲我會歇斯底里地報警吧。

「之前就發生過，」我向她解釋。「只是方法不一樣。」

我指名要找卡錫，可是他外出，所以我的來電只能轉給活該倒楣的第二人選奧爾德姆。我對著話筒的彼端抓狂。我要他立刻給我過來，馬上給我進學校。奧爾德姆不太願意，但我說要是他不過來，我就要提出正式申訴，當下腦袋閃過什麼恐嚇的話全都出爐了。他無可奈何地就範，我把學校地址給他就匆匆掛上電話。再點燃一根菸。寶琳想說除了教職員休息室外學校禁菸，但我沒等她把話講完，先向她道歉，再說這是事出緊急。

「要先回去上課嗎？」她問道。

「時機不對，」我說。「我最好跟警方談一下。聽聽他們怎麼說。我在這裡等好了。」

接著是冗長的沉默。寶琳凝視我的眼神，像是把我當成需要小心照料的、隨時會翻臉不認人的野生動物。至少她給我這種感覺。我覺得只要有人稍微碰我，我就會豎起鬃毛準備格鬥。

最後她只是聳了個肩。「我去外面跟泰特太太聊一下，」她默默地說。

「好啊，」我說，只是她的話我左耳進右耳出。

寶琳在門口止步。

「妳的意思是，這是其他人幹的？那幅畫？」

我把菸掐熄，再點燃一根。「對啊，」我說。「發生一件很恐怖的事。很恐怖。我非得搞清楚不可。」

寶琳話到嘴邊又嘎然閉嘴，留我獨自一人在她辦公室。時間過了多久我幾乎毫無所覺，菸倒是一根接著一根抽。我從寶琳桌上拾起一份報紙，但思緒就是無法集中讀報。想必過了半小時，門外才傳來聲音，奧爾德姆在寶琳的陪同下進來。她已將所知的一切都告訴他。至於我對他，連招呼都懶得打。

「你看，」我邊說邊指著先前看了任它攤開的美勞簿。「畫的是我。他媽的完全是按我臥室畫的。從那間該死的酒吧沒辦法偷窺那麼多。」

可能寶琳提醒過他目前我情緒激動，因爲他並沒有警告我或對我回嗆。他只是盯著那幅畫，然後喃喃自語。一臉震驚。

「這是在哪裡畫的？」他抬頭問我。

「我怎麼知道？」我努力要自己沉住氣、集中精神。「那只是夾在一疊教科書裡。上星期五我從班上收回來的。」

「妳放在哪裡？」

「教室。我上星期三帶回家，隔天早上又帶來學校。」

「它們有沒有離開過妳的視線？」

「當然有。不然呢？我不可能整晚坐著鎮守這些畫吧。對不起。抱歉、抱歉、抱歉。這實在，哦，天哪。對不起。我想一下。對，我跟幾個朋友出去看了場電影。出門至少兩小時，大概將近三小時。我就是那天在門墊上發現那封信的。我跟你提過的信。第一封——或者我以爲是第一封的信。後來我扔了的那封。」

奧爾德姆皺起鼻頭，點了個頭。「那麼，」他說。他一臉困惑焦慮，也沒直視我的雙眸。

「美勞簿妳什麼時候還給學生的？」

「我說啦，隔天早上。只留在我家一晚而已。我很確定。百分之百確定。」

「直到現在才發現？」

寶琳向前踏出一步。「學生的媽媽今早才看見，」她說。

「其他美勞簿也被亂畫了嗎？」奧爾德姆問道。

「不曉得，」我說。「應該沒吧。我不知道。我——」

「其他美勞簿我們會去檢查，」寶琳說。

我又點了根菸。感覺心跳狂顫。彷彿脈搏全身上下無所不在，在臉上、雙臂、兩腿悸動。

「你怎麼看？」我說。

「等等，」他說。

他從口袋掏出手機，退到房間一處角落。我聽見他說要找卡錫探長，接著咕咕噥噥地說了什麼。顯然對方在不同程度上無法受理此案。我聽見單方面對話的片段。

「可以找史塔德勒嗎？對，史塔德勒探長。那葛蕾絲．席林呢？可以打給她嗎？派一名警官準備檔案。派琳恩好了，這類案件她很拿手。我們在那裡碰面……好，待會兒見。」

奧爾德姆收回電話，面向寶琳。「可以請阿拉圖妮安小姐離開一下，跟我們走嗎？」

「沒問題，」寶琳說。她面露另一種愁容注視著我。「都還好嗎？」

「不會有事的，」奧爾德姆說。「只是要跑一下例行程序。」他從口袋取出一條手帕，用它拾起伊莉諾的美勞簿。「好嗎？」他問道。

在倫敦開車考驗人的耐性。塞不完的車到了星期五更是久到天荒地老，一輛貨車在轉進建商院子時又卡得動彈不得，奧爾德姆只得抄捷徑，結果就塞在球池路另一側的住宅區車陣中。

「現在要去警局嗎？」我問道。

「也許等等再去，」他回話的同時不忘咒罵其他車輛。「我們要去見一個女人，她是研究這種瘋子的專家。」

「你對那幅畫有什麼看法？」

「就是有這種人，對吧？」

我不確定他講的是那位藝術家還是正在龜速過馬路的老太婆。我沒接著問下去。

過了將近一個鐘頭，我們沿著住宅區的街道開車，最後抵達看似學校但門外立牌寫著「韋貝克診所」的地方。一名女警坐在櫃台讀檔案。一見著我們，她就將檔案猛一闔上，趨前迎接，並把檔案遞給奧爾德姆。

「妳待在這兒，」他對我說。「柏奈特女警會陪妳。」

「叫我琳恩就可以了，」她面帶鼓舞笑容地對我說。她有一對水汪汪的大眼，臉頰上有塊紫色胎記。倘若換成別天我心情好，一定會覺得她是個美人。

我又點了一根菸，但室內徹底貫徹禁菸，於是我跟琳恩站在外頭的台階上，她像個好孩子跟我拿了根菸。大概是不想讓我有落單的感覺吧。令我如釋重負的是，她也沒說話。才過十分鐘，奧爾德姆就現身了。他身旁跟著一位穿灰色大衣的高挑女子。一頭金髮被她隨意紮起。她手提皮製公事包，肩上背了個卡其色帆布袋。看起來沒比我大到哪兒去。大概三十出頭。

「阿拉圖妮安小姐，這位是席林大夫，」奧爾德姆說。

我倆握了個手。她瞇眼打量我的樣子，彷彿我是個被帶來做實驗的罕見物種。

「萬分抱歉，」她說。「我開會已經遲到了，不過想跟妳聊幾句。」

我頓時感到了無希望。千里迢迢開車到倫敦彼端，只是爲了跟一個女人講幾句話，偏偏她又加速穿過診所台階，與我擦身而過。

「妳有什麼看法？」

「我認爲應該嚴肅看待。」她目光銳利地望著奧爾德姆。「早點就該嚴肅看待了。」

「可能只是別人開的玩笑，對吧？」

「說這種話才叫做玩笑，」她面色不安地說。

「不過他還沒採取行動嘛。我是說，還沒對我造成人身傷害。」面對嚴肅專注的她，我竟想把整件事扭轉成一場無聊的惡作劇。

「一點不錯，」奧爾德姆說，口吻有點熱切過頭了。

「這項論點的問題，」這回席林大夫談話的對象，與其說是我，其實更像是奧爾德姆：「在於……」她頓了一下，先沉住氣。她打算說什麼？她嚥了口唾沫。「阿拉圖妮安小姐沒得到足夠的保護。」

「叫我柔伊就好，」我說。「比較不拗口。」

「柔伊，」她說：「希望星期一早上能正式跟妳會面，鉅細靡遺地全盤考量。九點見面可以嗎？」

「我得工作欸。」

「這就是妳的工作，」她說。「暫時來說是。現在我得走了，不過……那幅畫，畫的眞的是妳家臥室？」

「我肯定過不知幾遍了。」

席林大夫變得煩躁不安，不斷把重心在兩腿間轉換。倘若她是我課堂上的學生，我會叫她去廁所。

「妳有男友對吧？」她問我。

「對，叫弗雷。」

「你們同居？」

我勉強擠出一絲苦笑。「他不在我家過夜。」

「什麼？從不過夜？」

「對。」

「發生過關係了嗎？」

「對，該做的都做了，妳指的是這個吧。」

她望著奧爾德姆。「找他問話。」

「如果妳把弗雷當做嫌犯，」我說：「現在就可以打消這個念頭。因爲，除了不可能是他之外，這個嘛，反正就是因爲。」她親切但不太信服地點了個頭。「事發當晚他有不在場證明。他到約克郡谷地出差，跟其他幾個人一起去造園。一直到隔天晚上才回來。搞不好約克郡的電視節目捕捉到他的鏡頭，可以證明他人在那裡。」

「妳很確定？」

「對啊。百分之百確定。」

「還是要找他問話，」她對奧爾德姆說。然後跟我說：「柔伊，星期一見。我不想把妳嚇著了，或許大家只是虛驚一場，但是我認爲不要在家獨自過夜一陣子會比較好。道格。」想必那是奧爾德姆警佐的名字。「檢查一下她家的鎖，可以嗎？先掰了，星期一見。」

我跟奧爾德姆走回他的座車。

「還眞……呃……簡短，」我說。

「別太在意，」奧爾德姆說。「她的話百分之十是鬼扯，百分之九十是托辭藉口。」

「她要你找弗雷問話。你該不會眞要這麼做吧？」

「凡事總得要起頭吧。」

「現在？」

「妳知道他人在哪兒嗎？」

「他在從事園藝。」

「妳是說他人在某個花園？」

「不是，弗雷說他在從事園藝。這麼說大概格調比較高吧。我們到哪兒了？」

「漢普斯敦。」

「那他應該離這兒很近。他說他人在倫敦北區。」

「很好。有地址嗎？」

「我可以打他手機問。但一定要這麼趕嗎？」

「麻煩妳了，」奧爾德姆邊說邊把他的手機遞給我。

我在日記裡找到他的號碼，開始撥號。「如果你要找他問話，我可以先跟他說幾句嗎？」

奧爾德姆大惑不解。「有什麼好說的？」

「不知道，」我說。「大概基於禮貌吧。」

弗雷沒發現我，我就先看到他了。他在一座富麗堂皇的豪宅長長後院的盡頭。他沿著邊界側著走，用條帶子把割草機懸吊肩上。他將棒球帽反戴，身穿白色T恤和一條破爛的牛仔褲，腳上穿了雙沉重的工作靴。此外，他還戴了護目鏡跟耳罩，所以唯一能讓他注意到我的方式，就是輕拍他的肩膀。儘管事先提醒他說我要來，他被這麼一拍還是微受驚嚇。他關掉割草機，解開皮帶。再取下護目鏡跟耳罩。他似乎茫茫然的，元凶是已然暫歇的噪音和耀眼的陽光。我倆站在一排百合花旁的艷陽下。弗雷渾身是汗。

他退後一步，詫異、甚至惱怒地瞪著我。他大概是喜歡凡事公歸公、私歸私的那種人：公事跟私人感情，好比做愛跟睡覺，必須涇渭分明。我越界了。他不高興。

「哈囉，」他說，與其說是打招呼，這反倒像在發問。

「哈囉，」我回他，吻他，碰觸他汗濕的臉頰。「對不起，警方說想找你問話。我跟他們說了沒這個必要。」

「現在？」他戒慎恐懼地說。「我們正在忙欸。總不能說停就停。」

「這不是我的主意，」我說。「我只是想親口跟你說，我很抱歉拖你下水。」

他突然變得不肯讓步。「幹麼這樣小題大作？」

我把學校發生的事概述一遍，但他似乎無法接受。他像是派對裡那種爛人，明明站在妳面前，眼睛卻往妳身後、酒池邊更辣的正妹偷瞄。在這個情況下，弗雷死盯著在豪宅大門畔另一座花園盡頭徘徊的奧爾德姆。

「女醫生說接下來幾天我最好別住家裡。」

我躊躇了一下，望著弗雷。我在等他開口、等他憐憫、等他說如果我想的話，當然可以先住他家，等這件鳥事解決再說。我在等他用雙臂將我環抱，告訴我一切都會沒事的，說他會守護著我。他的臉在汗水的亮光下像是戴了張面具。我看不出他心裡在盤算什麼。

然後他的目光落在我的胸脯。我感覺自己開始羞紅了臉，初覺怒火中燒。「我……」他話才開口就止住不說、左顧右盼。「好吧。我去跟他們講一下。不過沒什麼好講的。」

「還有，」我這麼說也出乎自己意料。「我覺得，我們不該再見面了。」

這句話止住他略帶淫慾的遊移眼神；他那含糊又事不關己的神態。他目不轉睛地望著我。我看見他太陽穴爆起青筋，下頷的肌肉時放時縮。

「柔伊，這又是爲什麼？」最後他問我。他的口氣冷冰冰的。

「大概時機不對吧，」我說。

他從肩膀解開那個巨大的割草機，把它擱在地上。

「妳要跟我分手？」

「對。」

一抹紅暈在他那張俊俏的臉龐擴散。他的目光冷到極點，上下打量著我，彷彿把我當做在商店櫥窗陳列的商品，而他在考慮要不要買我。接著他嘴角一抽，微微冷笑。「妳他媽的以為妳是誰？」他說。

她望著他，他那汗濕的臉和凸起的眼珠。

「我很害怕，」我答道。「而且需要幫助，可是你卻不肯伸出援手，不是嗎？」

「婊子，」他說。「婊子踐個屁啊。」

我轉身離開。我只想離開這裡，到安全的地方。

她的頭髮散亂地垂在肩上。是該洗頭了。分邊處髮色深，有點油膩。過去這個星期她變老了。細紋從她鼻孔的兩翼蔓延至嘴角，黑眼圈也冒出來了，額頭上生了條微小皺紋，彷彿她已眉頭緊蹙幾小時了。皮膚看起來蒼白且不太健康，即使曬成古銅色的部位看起來也髒髒的。今天沒戴耳環。她穿了件短袖白色襯衫和一條大概可以說是燕麥粥顏色的舊棉褲。褲子穿在她身上顯得鬆垮，需要拿條腰帶勒緊。襯衫少了顆鈕釦。她無意識地嚼著右手中指的指緣。她時常東張西望，目光從未在同一人身上停留超過一秒。有時思緒難以集中似地眨眨眼。菸抽個沒完，一根接著一根。

我體內的感覺正在茁壯。等我準備好就知道了。我會知道她什麼時候準備好了。這就像是「愛情」，來了你就知道了。再也肯定不過了。我胸有成竹，信心使我強大果斷。她變得愈加虛弱渺小。我看著她暗忖：這是我造成的。

12

我重重搥門。她怎麼還沒來？哦，求求妳，快點來。我氣喘不上來了。我知道非得呼吸不可，每個人都得呼吸，問題是我試過了，即使有股無法承受的壓力在胸口鬱積，但這口氣就是順不上來。只能淺淺喘個幾口氣，好像我剛狠狠哭了一陣子。我頭上宛如套了個緊箍，眼前一片模糊。請救救我，但我說不出口，叫不出聲。喉嚨裡、肺裡，好似有顆卵石不讓我呼吸。我站不了多久了，一切變得朦朧灰黑。我只好在門口跪倒。

「柔伊？柔伊？天哪，柔伊，妳怎麼了？」一頭濕髮裹著浴巾的露意絲跪倒在我身旁。她一手摟著我的肩，浴巾滑落了她也不在意，親愛的露意絲，她不介意路過的人們對我倆投以非常奇怪的目光，說不定特地爲了閃過我們而過馬路。我想說什麼，話卻出不了口，只能發出結巴的怪聲。

她把我摟在懷裡搖晃。老媽走了之後就沒人這樣對我了。我好像變回一個小女孩，終於有人接手照顧我了。哦，我好懷念這種感覺，好懷念有媽媽。她含糊地不知說了些什麼，後來跟我說一切都會沒事的，一切都會好好的，不怕，不怕，噓，聽話。我又漸漸可以呼吸了，只是還沒辦法講話。只能像個嬰兒不停抽噎。我感覺溫熱的淚水滑出緊閉的眼瞼，滾落熱呼呼的臉頰。我不想動了，再也不想動了。我四肢沉重，沉到動不了。要我席地而睡都行。

露意絲攙扶我起來，一手把浴巾裹在身上。她領我上樓到她家，讓我安坐在沙發上，然後往我身旁一坐。

「這是恐慌發作，」她說。「柔伊，就是這樣。」

恐慌消散，但懼怕仍在。我跟露意絲說，這好比待在冰冷的陰影下。像是從高樓的邊角向下俯視，只是樓高到我看不見底。

我想瑟縮著昏睡，直到一切結束。想要有人來接管這個爛攤子，使一切回歸正軌。想要以手掩耳遮眼，讓厄運遠離。

「有一天，」露意絲試著為我打氣：「妳回頭看這一切，會發現一件慘事發生了，但也過去了。到時候妳會有能力把它變成可以跟朋友分享的故事。」我不信，我不信擺脫得了這件事。對我來說，世界已變了樣。

我待在露意絲位於多爾斯頓、臨近市集的家。我沒別的地方可去。她是我的朋友，我信任她，有嬌小、堅毅、親切的她在身邊，我就沒那麼怕了。只要有露意絲在，我就不會出事。

我先泡了個澡，這比我家的浴室高級多了。我躺在熱水中，露意絲坐在馬桶蓋上，又是喝茶，又是為我刷背。她聊起自己的童年往事，說她小時候住在斯旺西，她的單親媽媽和外婆仍健在；陰雨綿綿、灰撲撲的石板屋、密布的雲、連綿山丘。她說她始終相信自己會搬來倫敦。

我也和她分享我的家鄉，與其說是村莊，其實更像是一棟棟零星四散的房屋，外加一間郵局。我爸晚上開計程車討生活，白天睡覺；從不想引人注目的他，最後以一種悄然節制的方式離開人世。後來我也說起老媽在我十二歲那年過世；在過世的兩年前，她是怎麼和我漸行漸遠，退隱到自己傷痛與恐懼的國度。我曾經站在她床畔，握著她冰冷乾瘦的手，感覺她變成一個陌生人。我會告訴她自己一天的行程，或把朋友捎來的問候轉告給她；但在這期間，我眞正想做的，是跟朋友出去玩，或回房間看書聽音樂——去哪裡都好，就是不要待在這裡，待在這個瀰漫怪味的病房，和這個頭蓋骨都要刺穿皮膚、兩眼呆滯凝視我的女人共處一室。問題是我一離開，就感到內疚和流離失所，心裡說不上來的奇怪。後來，她去世之後，我一心一意只想回到她的臥房，緊握她瘦弱的手，跟她分享我的一天。我說，有時我還是無法接受再也見不到她了。

我說，母親過世之後，我對自己想做什麼、或想去哪裡感到十分迷惘。一切都變得模糊，失去意義。反正後來在哈克尼當上老師。不過，有朝一日，我會離開，去做別的事。有朝一日，我會有自己的孩子。

露意絲打電話叫的披薩送來了。我借穿她的鮮紅色浴袍，和她一塊兒坐在沙發，享用鮮嫩欲滴的披薩，喝廉價的紅酒，看電影《今天暫時停止》[3]。這部片我倆都看過，但它算是張安全牌。

她電話響過兩次，她接起電話，壓低音量講話，把話筒交給我，眼神不時往我這頭瞄。一

3《今天暫時停止》：原文片名為Groundhog Day，比爾・莫瑞（Bill Murray）主演的美國喜劇電影，於一九九三年上映。

次是找我的：奧爾德姆警佐。我一度心生愚蠢的幻想，以爲他要轉達逮人破案的喜訊。人生絕境萌生的希望。但他只是打來關心我的近況，重申我不該在無人陪伴的情況下返回公寓，不該與不熟識的男人獨處，並說警方想找我和席林大夫聊聊。他們要展開大規模的偵訊。

「阿拉圖妮安小姐，妳要提高警覺，」他說。他設法把我姓氏唸對的事實，和他誠摯恭敬的口吻，同樣令我驚懼。先前希望警方當一回事。現在他們眞的嚴肅以待了。

露意絲堅持把床讓給我睡，自己則拿床單一裹睡沙發。原以爲我會無法入眠，事實上我的確輾轉反側了好一會兒，思緒像是失去雷達的蝙蝠在我腦袋打轉。那一晚又悶又熱，枕頭上就是找不著涼一點的區塊。露意絲的公寓位於一條靜謐的街。有貓在打鬥、垃圾筒蓋鏗鏘翻落、一個孤單男子一邊過街，一邊唱《美哉小城，小伯利恆》。但我大概沒過多久就入睡了，下件記得的事，是烤焦的吐司味，晨光從藍色條紋的窗簾湧進室內，塵埃在一道道日光中擺動。客廳的電話響起，接著露意絲把頭探進臥室房門。「喝茶還是咖啡？」

「咖啡，謝謝。」

「早晨只有吐司哦。」

「不用了。」

「那就吃吐司吧。」

她在門口消失，我掙扎著下床。感覺沒那麼難受。我沒衣服可穿，只有昨晚脫掉的那些，也只能勉爲其難地套上，覺得自己髒髒的。

吃完吐司、喝過咖啡後，我打給蓋伊，問他房子的近況。他似乎態度忸怩、謹慎惦記，一反平時逢迎討好、雀躍快活的形象。

「聽說妳最近過得不好，」他說。相當然耳，警方找他問過話了。

「不是太好。房子賣得怎樣？」

「謝爾先生想再來看房子。他很認真。看來這條魚是上鉤了。就看要怎麼把它卸上船了。」

「你在說什麼？」我不耐煩地問。

「他應該準備好要出價了，」蓋伊說。「重點是，他想知道今天中午妳有沒有空。」

「你出面帶他看房子不就行了嗎？」

他又發出那令人抓狂的笑聲。「可以是可以，不過人家總有問題想問嘛。我也會到場。」

「好。沒別的陌生男子。」

於是我們講好，我、蓋伊跟尼克・謝爾中午要在房地產經紀人的辦公室碰面。人多勢眾，膽子就大了。然後我們三個可以走去我家，晃一下就閃人。露意易堅持叫計程車載我過去，我們在車上塞了半小時咒罵暑熱，最後還遲到。兩個男的在等我，蓋伊身穿藍色薄西裝，尼克穿白色T恤配牛仔褲。我們一板一眼地握手。

抵達公寓後，蓋伊拿出他的那串鑰匙開門，率先進去。尼克退後一步讓我先入內。屋裡的味道好怪。氣味芳香，但隱約帶著不衛生的氣息。尼克皺起鼻頭，用探詢的目光望著我。

「一定是什麼東西忘記丟了，」我說。「我有一陣子沒回家了。」

氣味是從廚房飄來的。我把門推開。氣味更濃，但我還是聞不出所以然。我環顧四方。啥也沒有。一探垃圾筒，但它是空的。於是我打開冰箱。

「天哪，」我說。

冰箱的燈沒亮。溫溫的。但情況不算太糟。除了牛奶酸臭，其餘倒還好。不過我知道真正的禍首在哪兒。我打開冰箱上方的小小冷凍庫。唯一能做的反應就是呻吟。看起來好像一切都融得難分彼此了。一桶斜躺的咖啡冰淇淋湧至一袋開啓的明蝦。悶熱的廚房裡，過期的明蝦和融化的冰淇淋，那樣的氣聞和景象令我作嘔。

「他媽的，」我說。

「柔伊。」蓋伊把手輕搭在我肩上，我嚇得倒彈。「柔伊，這只是個愚蠢的意外。」

「等等，」我說。「我要報警。」

「什麼？」他一臉困惑、幾近尷尬地說。

我把氣出在他身上。「給我閉嘴。閉上你的鳥嘴。不要靠近我，閃遠一點。」

「柔伊……」

「閉嘴。」我幾乎是對他尖叫了。

他打算說些什麼，但後來高舉雙手表示投降。「好好好。」

他一臉愁容地瞄向彼端的尼克，彷彿眼睜睜地看著煮熟的鴨子要飛走了。無所謂。現在我只在乎，能活著就好。電話號碼我已倒背如流。我撥號找卡錫，這回給我找著了。他不再給我打馬虎眼。說會火速趕來。果眞不到十分鐘就到，還帶了奧爾德姆跟另一個手拿大皮包的男人，他一進門就戴上薄手套。他們幾人盯著這一團亂，在角落裡竊竊私語。卡錫向我問話，只是他問什麼我好像都聽不懂。他提到什麼警方保護。另外兩個男的在廚房。蓋伊表示他們該走了，但卡錫沒答應，叫他們在門外樓梯等著。

「他又來了，我受不了了。」

奧爾德姆返回客廳，以關切的眼神注視我。

「你們打算怎麼辦？」我說。

奧爾德姆走到卡錫那頭，對他耳裡咕噥了什麼。他似乎有點詫異。接著他向我走來，用極其冷靜輕柔的語氣對我說話。

「柔伊，」他說：「家裡有人留字條嗎？」

「不曉得。沒看見，但我還沒找。」

「我們找了，但沒找到。」

「所以呢？」

「我們檢查過冰箱。發現插頭被拔掉了，換作水壺插進插座。」

「他爲什麼要這麼做？」

「我覺得這是場誤會。不過難免的。」

「可是我不會……」但我話說不下去了，這時我想起露意絲為我煮茶，拔掉某個插頭，才有插座插水壺。哦，媽的。我感覺自己漲紅了臉。

現場一片沉默。奧爾德姆俯視地毯，卡錫注視我。我回望他們。「是你們要我提高警覺的，」最後我幽幽吐出這幾個字。

「這是當然了，」奧爾德姆溫柔地說。

「說得輕鬆，」我說。「我老是覺得自己快死了。」

「我知道，」奧爾德姆回話，他的嗓音輕的像在低語。他試探性地把手搭在我肩上。「不曉得是不是我們的話讓妳過度緊張了。我很抱歉。」

我甩開他的手。「你……你……」

但我想不到任何髒字足以表達我的心情。只好轉身拔腿就跑，離奇清楚地意識到我把他們全拋在我家。

13

我回露意絲公寓時，她正在等我。她敷了層面膜，所以臉部皮膚死白，唯一的例外是兩眼旁各一個裸粉色的環，導致她貌似一臉驚愕。我發現，我把事情來龍去脈娓娓道來的同時，理所當然地認為她會繼續收留我。不過她很給我面子。「妳想住多久都行。」

「但之後換我睡沙發。」

「妳說了算。」

「我也會付房租。」

她對我揚起眉毛，前額的皺紋使面膜裂開。

「如果這樣妳比較心安也行。不過其實沒這個必要。幫我澆澆花就好。我老是忘記澆花。」

我感覺好點了。昨天那掐著我喘不過氣的恐懼已漸漸鬆綁。我再也不用回我家睡覺，再也不用看蓋伊一眼，或帶陌生男子看房子，任憑他們翻我抽屜或盯著我的胸部；再也不用躺在黑暗的家裡，專注聆聽等待，努力保持呼吸正常。還有，我再也不用見到弗雷跟他的哥兒們了。這種感覺像是蛻去一層令人窒息的污穢外皮。我留在露意絲家；晚上坐在電視機前共進晚餐、為彼此上腳趾甲油。星期一我要和席林大夫見面。她是這方面的專家，會知道該怎麼做的。

露意絲堅稱她週末沒有計畫，雖然我懷疑她其實是為了我推掉一切活動，卻感到如釋重負，只薄弱地抗議一聲，什麼提議也生不出來。我們買了夾了起司跟番茄的法國麵包，步行至附近的公園，坐在烤成黃色的草地上。烈日當空，空氣又悶又熱，公園裡人擠人：三五成群的青少年，有的玩飛盤，有的在樹蔭下卿卿我我；帶野餐籃、球和跳繩來玩的家庭；穿繞頸背心做日光浴的女孩；喝啤酒、遛狗、照相、玩風箏、騎單車、餵鴨子麵包的人們。男女老幼的衣著輕盈鮮亮，臉上也總是掛著笑容。

露意絲把上衣塞進胸罩，往後一躺，用雙臂作枕頭。我坐在她身旁，菸一根接著一根抽，觀察往來川流不息的人潮。等著瞥見某個我熟識的面孔，或用以為認識我的表情注視我的人。只是我沒看見半個。

「跟妳說啊？」我說。

「什麼？」她如夢似幻地問。

「我太消極了，」我說。

「沒這回事。」

「是真的，」我說。「我一直想要別人幫我搞定這件事。我根本懶得去管。」

「柔伊，別講傻話。」

「這是事實。這大概跟我住倫敦有關吧。我想要迷失在這個大城市。不想引人注目。我要好好檢視自己。這就是我該做的事。好好檢視自己，想想人家怎麼會挑中我。這又是誰幹的好事。」

「等明天，」露意絲說。「再檢視自己。今天，只要照顧自己就好。」

我任陽光浸漬肌膚，滲入我污穢的衣著。我累了。前所未有的疲累，眼裡像是跑進沙子般疼痛，四肢重到舉不起來。我想要深度放鬆地泡澡，在乾淨的床單上睡個好幾小時，吃健康的食物，像是生胡蘿蔔、青蘋果，喝柳橙汁和花草茶。我無法想像自己又動起上夜總會的念頭、喝個酩酊大醉或不省人事、或再被哪個男人碰。我在倫敦過的這種酷熱、汗透、狂亂的生活，使我的內心充滿無以名狀、向外蔓延的恐懼。所有的喧擾和力氣。我想，說不定我會戒菸呢。但還不是現在。

我們經過一家生氣蓬勃的童裝店——鮮艷的棉質吊帶褲和條紋上衣，紅的粉的黃的飛行員夾克——露意絲把我拽進店裡。「妳童裝都能穿了，」她看著我說。「瘦了這麼多，我們得把妳餵胖才行。不過，在此同時，先幫妳選幾件新衣。」於是，我無視女店員反對的目光，從架上挑了幾件衣服帶進更衣室。套上適合十三歲女童的稜紋直筒連身裙，打量鏡中的自己。不錯。讓我看起來胸部扁平又中性。很適合我。然後我把它脫掉，換上一件繡了小花的可愛白色T恤。

「讓我欣賞一下，」露意絲叫道。「別害臊，跟姐妹淘一起血拚，就是要搞得像時裝秀。」

我咯咯傻笑地拉開簾子，轉個圈給她看。

「覺得怎樣？」

「買了，」她命令我。

「會不會太小？」

「等妳跟我住上幾天、變得跟我一樣邋遢之後才會。不過，現在穿在妳身上很甜美。」她一手搭在我肩上。「寶貝，跟花一樣甜美。」

稍晚，我坐露意絲的車，跟她一同去超市採買囤貨。能糊口就好的日子我已過了好久，一下吃點洋芋片，一下吃條巧克力棒，在瀰漫菸味的教職員休息室吃現成的三明治。肯定有好幾個星期，說不定有個把月，我沒拿食譜和需要調和搭配的眞材實料親手下廚了。

「今天的晚餐交給我，」我大膽放話。我覺得自己像把家務當做兒戲。把新鮮的義大利麵、西班牙洋蔥、大蒜頭、義大利梅子番茄、一小罐螺旋蓋的混合乾佐料；萵苣心、小黃瓜、芒果跟草莓。一桶稀奶油。一瓶吉安地葡萄酒。我買了經濟包的內褲、一些體香劑、一條法蘭絨巾、牙刷和牙膏。我從昨天早上起就沒刷牙了。我得回家收拾東西。

「明天再說，」露意絲堅決地說。「今天先不管了。明天我開車載妳去。在那之前這身童裝先別換。」

我在收銀台區拾起幾朵玻璃紙包的玫瑰花，放進我們的手推車。「露意絲，我眞不知該怎麼謝妳才好。」

「那就別謝了。」

露意絲一個名叫凱西的朋友來和我們共進晚餐。她的身材出奇高瘦，有個鷹鉤鼻和一對小巧的耳朵。顯然事先露意絲跟她提過我的情況，所以她好像當我是殘疾人士，對我極爲謹愼體貼。義大利麵我煮過頭了，但番茄醬還說得過去，把芒果跟草莓切片和在碗裡更是任誰都做得到。露意絲點亮蠟燭，滴蠟黏在舊碟子上。我穿著新買的灰色直筒連身裙，坐在廚房餐桌前，感覺頭昏眼花，好不眞實。我感覺胃空空的，卻又食不下嚥，連話也說不多。光是坐著聽她們聊天就夠了；話語嗡嗡，輕聲掠過我的心湖。我們享用我買的吉安地葡萄酒，又把凱西帶來的白酒喝了一大半，在電視上看老電影，什麼驚悚片吧，我心不在焉，劇情細節記不得了。我在哪一幕分心，所以到了下一幕，不知道英雄主角爲何要破倉庫而入，他在盤算什麼，又希望找到什麼。屋外開始下起雨，雨水嘩啦啦地打在屋頂，啪嗒嗒地擊在窗上。凱西走前我就上床了。穿著露意絲過小的睡袍，在狹小的起居室蜷著身子躺在沙發上。我可以聽見她倆在廚房的交談聲，撫慰人心的朦朧對話，偶爾夾雜著宏亮的笑聲，我很有安全感地漸入夢鄉。

隔天早上吃完早餐後，我們返回我家收拾一些衣物。雖然還沒準備打包所有家當，但我確實沒意願再住那裡了，先拿些基本必需品再說。雨仍下個不停。露意絲沒辦法在我家附近找到停車位，所以在離大門幾碼遠的雙黃線暫停，我說我用跑的上樓。

「幾分鐘就好了，」我說。

「確定不用我陪妳上去？」

我微笑著搖頭。「我只是要跟那裡道別。」

我才走一天而已，家裡就有種污穢和乏人照顧的氣息，彷彿連公寓都知道沒人在乎它了。我走進臥室，從衣櫥取出幾件洋裝。兩條褲子、四件T恤、幾件胸罩內褲和幾雙襪子。幾雙運動鞋。暫時夠穿了。我把它們塞進大旅行袋。然後走進浴室，脫掉身上穿的髒衣服、扔到角落。所有的髒衣服之後再收。或許改天吧。

我聽見卡嗒一聲，好像碗櫥的門被人關上。我安慰自己，這沒什麼。想像力會要人命的。我回到臥室，找到乾淨的內衣褲，並拉上窗簾，站在鏡前把它們穿上。我看見鏡中反照的面容，眼底像是上了煙熏妝。我的裸體，曬黑的雙臂和兩腿，雪白的腹部。我套上內褲，從我帶來的袋裡取出新T恤，露意絲說讓我看起來像朵花的那一件，往頭上一套。說來可笑，但我就是無法穿上聞起來有這間公寓、過往人生味道的衣物。我想要嶄新潔淨。

我把T恤拉過胸部時，卻在毫無預警的情況下，感覺有人勒緊我的脖子、圈住我的身體，有重量落在背上，有人壓著我，我失去平衡，背著那重量重摔落地，把我被衣服蒙著的臉狠狠往地毯上壓。我震驚，痛苦。我感覺有隻手隔著T恤摀住我的口，溫暖的手，聞起來像肥皂，像我浴室裡的蘋果香皂。一隻胳臂裹住我乳房底下的胸廓。

「賤人，妳這個賤人。」

我開始蠕動身體，四肢胡亂扭動，試著尖叫，試著怒嚎。我什麼都搆不著，雙臂被人抓著，什麼也做不了。除了將熱氣輕柔地呼進我的耳門，他沒發出半點聲響。最後我不再掙扎。屋外有人叫嚷，尖嘯的警笛逼近，然後消逝。趕往別處。

勒我脖子的手放鬆了，我又試圖移動尖叫，但接著它又掐住我的喉頭。這下我無計可施了。動彈不得。掙扎不了。叫不出聲。我想起露意絲坐在屋外的車上等我，可是她離我不夠近，似乎還有好長、好長一段距離。趕不來了。就這樣死了多乏味啊，我什麼都還沒開始，人生都還沒展開呢。多乏味啊。

我的頭極其緩慢地碰到地上。我感覺腦袋在地板彈了一下，雙腳滑過地面。我聽見輕柔拍打窗戶的雨聲。我說不出話，如今無話可說，也沒時間說了。只是，在我內心深處，有個聲音吶喊著：求求你，不要。求求你，不要。

第二部　珍妮佛

1

親愛的珍妮：

希望妳不介意我直呼妳爲珍妮。但妳要知道，在我心目中，妳是個大美女。珍妮，妳聞起來好香，妳的皮膚晶瑩剔透。我要把妳殺了。

2

我跟一個女孩講了幾分鐘電話，聽起來她像是那種會打電話到府，試圖爲你提供什麼爛金屬窗框報價的人。我口氣沒很堅定，她聽得也乏味，只說會找人拜訪，但可能會稍有耽擱，我回她說無所謂，然後結束對話，沒把這事放在心上。

就在我們討論他最新點子的當下，有人按門鈴。我一如往常讓麗娜應門，因爲唯一會進門的不是提著油漆筒、就是扛暖氣機或奇怪銅管的工人。

「有事要說，不能過來跟我說嗎？」

「我剛就說啦，」她口氣無辜地說。

我不願再繞著這個話題打轉，直接走向她，這才看到前階站了兩名制服員警。他們看起來稚氣未脫、心神不寧，好像兩個想要幫忙洗車、卻又不知對方反應如何的童子軍。我心一沉。

「亨特沙姆太太？」

「是，我是。很感激你們過來，不過沒必要這樣小題大作吧。」此話一出，他們更顯尷尬。「還是請進吧。來都來了。」

他倆謹小慎微地在鞋墊上擦鞋，然後再隨我入內，下樓進整修未完的廚房雛形。傑洛米對我使了個臉色，基本上像在問我：我該閃人嗎？我搖搖頭。

「只會耽誤一下子，」我說。我指向仍擱在電爐邊的那封信。「這實在很蠢，你們看了就知道。實在不用這麼大費周章。要不要喝茶還是什麼？」

其中一位說：「不用了，太太，」他倆低頭望著那張字條，我則繼續和傑洛米忙。過了幾分鐘，我抬頭一看，只見其中一名員警剛跨出落地窗，踏在花園裡，對著無線電講話。另外一位則環顧屋內。

「新廚房啊？」他問道。

「對，」我說完便刻意轉身面向傑洛米。現在沒心情跟低階員警聊室內裝潢。另一位踏回屋內。不曉得是他們穿制服、穿黑靴或者脫警帽的關係，這個相當寬敞的地下室突然變得狹小擁擠。「結束了嗎？」我問道。

「亨特沙姆太太，還沒。我剛跟局裡通過話。有同仁正要趕來。」

「爲什麼？」

「他想看一下那張字條。」

「我打算今早稍晚要出門欸。」

「他在府上打擾一下就走。」

我有點惱火地嘆了聲氣。「是這樣嗎？」我用指摘的口氣說。「這不是浪費大家的時間嗎？」他倆只是遲鈍地聳聳肩，很難讓我爭辯下去。「你們要在這裡等嗎？」

「不了，太太。我們會待在警車上等警佐來。」

「哦，請便。」

他倆面帶愧色、步伐蹣跚地離開。我跟傑洛米上樓，上樓倒也好，因爲英國古蹟信託協會的一罐油漆剛送來，可是顏色完全送錯了。我在裝修房屋的整個可怕過程，有項重大發現，那就是確定你訂購的商品如實送達，然後確定你要求的事如實完成，比做專職工作更操勞。我在電話上試著和話筒彼端的笨女人釐清問題，但這時門鈴響了；電話還沒講完，一個穿灰西裝、獐頭鼠目的男人便現身屋內。我一面對他打手勢，一面努力「搞懂」——或者，更貼切的說法是，「點醒」電話另一頭的女人。可是，對著一個素未謀面的人動怒怪難爲情的，況且身旁又站了個和我素昧平生卻一臉期盼的陌生人。於是我盡快講完電話。他自稱是奧爾德姆警佐，我帶他進地下室。

他盯著字條，低聲罵了幾聲，像個大近視眼，屈身往字條前湊。最後咕噥一聲，抬起頭。

「信封還留著嗎？」

「什麼？呃，沒欸，嗯，我好像丟進垃圾筒了。」

「在哪兒？」

「在洗碗槽旁邊的碗櫥。」

令人不可置信的是，他就這麼走上前，拉出垃圾筒，掀起筒蓋，像個潦倒遊民開始東翻西找。

「不好意思，裡面可能也有茶葉渣或咖啡渣。」

他取出揉皺了的信封，信封有點濕濕的、泛褐色，整體而言破爛不堪。他非常謹愼地掐著一角，小心翼翼地把它擺在信紙旁。「不好意思，等我一下，」他邊說邊掏出手機。

我退到地下室彼端燒水，聽見他零星的對話片段：「對，肯定是。」、「我是這麼覺得。」、以及「我還沒跟她提。」顯然從那一刻起，奧爾德姆警官便墜入地獄。因爲他那頭的對話轉爲尖聲疑問：「什麼？」、「你確定？」最後他莫可奈何地嘆了口氣，把手機放回口袋。他像是剛慢跑來這兒似地，臉漲得緋紅，上氣不接下氣，接著沉默片刻。

「另外兩名警探正在路上，」他口吻陰鬱地說。「可以的話，他們想請教妳幾個問題。」奧爾德姆開始喃喃自語。他一臉慘兮兮的模樣，像被人大腳踹過的一條狗。

「這到底是怎麼回事？」我表示抗議。「不過只是張無聊的字條嘛。就像接到色情電話，不是嗎？」

奧爾德姆一度精神大作。「妳有沒有接到電話？」

「色情電話嗎？沒有。」

「有沒有辦法想到任何跟這封信有關聯的事？或許其他信，或妳認識的人，什麼都好。」

「我眞的想不到。除非這是個無聊的玩笑。」

「能想到有誰會開這種玩笑嗎？」

我不知所措。「玩笑我不在行，」我說。「這比較像克萊夫的專長。」

「克萊夫？」

「我丈夫。」

「他在上班嗎？」

「對。」

後來事情變得有點棘手。奧爾德姆一臉困窘地四處閒晃。我想回去忙我的，但他了無生趣的憂鬱面孔又令我打消這個念頭。大門門鈴響起時，眞教我如釋重負，距離奧爾德姆來訪才過十五分鐘左右。我趨前應門，奧爾德姆有點荒謬地跟在我身後。這回大門擠得水洩不通。前面站了兩位看樣子位階稍微高了點的警探，伴隨而來的有兩名制服員警和兩個老百姓，其中一個是女的，她跟在那群人身後拾階而上。我放眼望去，街上有兩輛警車和另外兩輛車，都是並排停車。

年長的男人一頭灰髮剪得很短，有開始禿頭的跡象。

「亨特沙姆太太？」他帶著令人寬慰的笑容說。「我是林克斯總督察。史都華・林克斯。」我們握了握手。「這位是史塔德勒探長。」

史塔德勒看起來不像警察，反倒更像政客或克萊夫的同事。他身穿剪裁俐落的深色西裝，打了條樸素的領帶。他在某種程度上挺引人注目的。大概有點西班牙血統。他個頭高，體格健美，髮色深到幾近黑色，頭髮全往後梳。他也和我握手。他這一握輕柔地教我難以理解，手指按我掌心，彷彿在其中悟出什麼道理。教人爲難。害我以爲他隨時會把我手指抬到他唇邊悠然親吻。

「這麼勞師動衆啊，」我說。

「不好意思，」林克斯說。「這位是鑑識科的瑪許大夫。他帶了他的助理吉兒，嗯……」

「吉兒・卡森，」女子無畏地自我介紹。她雖頂著一張素顏，卻是個可人兒。瑪許大夫則是一副邋遢教師的模樣。

「妳大概不解我們爲什麼要動員這麼多人力，」林克斯說。

「這個嘛……」

「妳收到的那種信算是恐嚇。我們得評估它的嚴重性，在此同時，也得確保妳的人身安全。」

林克斯始終直視我的雙眼，但將目光慢慢移向奧爾德姆，使得尷尬的他看起來更加落魄。奧爾德姆對我咕噥了什麼，大概是向我告辭吧，然後輕緩地與我們擦身而過。

「這裡就由我們接手，」他靜靜地說。

「他來的用意是？」我問道。

「一場誤會，」林克斯說。他環顧四周。「你們剛搬來嗎？」

「五月搬來的。」

「亨特沙姆太太，我們會盡量不打擾到您。我想看看那封信，然後問妳一兩個問題，希望這樣就可以了。」

「樓下，」我有氣無力地說。

「房子很美，」他說。

「整修完後會更美，」我說。

「一定要花不少開銷吧。」

「這個嘛……」我用一種不想討論房產價値的口吻說。

於是，幾分鐘後，我發現自己跟兩名警探坐在半完成廚房中央的餐桌前。基於我完全不能理解的原因，兩名制服員警開始在我家和花園閒晃。那封信每個人都讀過了，後來用鑷子一夾，插入一個透明塑膠文件夾。又皺又濕的信封則被裝進一個小聚乙烯袋。兩位科學家一人負責一項，準備查明眞相，所以先行告辭。

兩個男人在同我講話前交頭接耳了一番，令我有點不悅。接著他們面向我。

「聽著，」我說：「我可以直截了當地告訴你們，我沒什麼好說的。這是封蠢到極點的信，我只知道這麼多，其他什麼都不曉得。」

兩個男人一副若有所思的模樣。

「好，」林克斯說。「我們只是問幾個例行問題。妳最近搬來這裡，那之前也住這一區嗎？」

「不是。我們住在好幾哩外、河南面的巴特西。」

「妳聽過羅利耶小學嗎？」

「怎麼這麼問？」

林克斯往椅背一靠。

「我們正試圖將本案和其他可能造成的威脅串連起來。妳有小孩嗎？」

「有。三個兒子。」

「羅利耶是間公立小學，在哈克尼的金斯蘭路邊。妳有沒有曾經考慮讓貴公子在那裡念書？」

我臉上浮現按捺不住的笑意。「哈克尼的公立小學？你在說笑吧？」

兩個男人互換了個眼色。

「還是妳曾見過那裡的老師，比方名叫柔伊・阿拉圖妮安的女老師？」

「沒有。那間學校跟這封信有什麼關係？」

「那間……呃，那間學校出過一些事。跟妳的案子可能有關。」

「出過什麼事？」

「接過像妳收到的這封信。我可以繼續請教妳嗎？這封信就這麼突如其來地出現？妳能不能想到其他事，或其他人？關係再怎麼遠都無所謂。」

「想不到。」

「我想評估多少人能接近這棟房子。看得出來你們正在整修。」

「沒錯。這裡跟滑鐵盧車站一樣熱鬧。」

他微微一笑。「妳找哪個房仲？」

「我們舊家是透過法蘭克・狄更斯賣掉的。房仲都是吸血鬼。」

「妳找過克拉克房屋嗎？」

我聳了個肩。「可能有，」我說。「新家我找了好幾年，大概每個倫敦的房仲名冊上都少不了我。」

他們又倆倆相望。

「這我去查，」史塔德勒說。

其中一名員警下樓，而且身旁還跟了個女的。她個頭高，留著一頭金髮，其中幾撮夾在頭頂，凌亂到宛若盲人在暗室的手工品。她身上的套穿實在該用熨斗燙個幾回。她提了個手提箱，雨衣披在其中一條胳臂上。她一臉心煩意亂，上氣不接下氣。兩名警探回頭，向她點頭致意。

「葛蕾絲，妳好，」林克斯說。「謝謝妳這麼快趕來。」他又轉頭面向我。「這聽起來可能很怪，但妳被挑中了。什麼原因，我們不曉得。他是誰，身家背景如何，我們也一無所知。但我們至少有妳。我們查不到他，但至少可以檢視妳的生活。」

我突然感到驚恐惱火。整件事開始令人厭煩。「什麼叫檢視我的生活？」

「這位是葛蕾絲・席林大夫。她是個相當傑出的心理學家，她的專長正是研究，呃，會幹這種事的人。如果妳能跟她聊兩句，我會感激不盡。」

我望著席林大夫，原以爲聽了林克斯的恭維她會臉紅或微笑。但她沒有。她只是瞇著眼打量我。我像是被用大頭釘別在卡片上的玩意兒。

「亨特沙姆太太，」她說：「我們可不可以到安靜的地方聊聊？」

我環顧四周。

「我不確定這裡有沒有安靜的地方，」我強顏歡笑地說。

3

「不好意思，家裡一團亂，」我一邊道歉，一邊和她踮起腳尖，在房裡的貨運箱間穿梭，朝沙發走去。「這裡之後大概有二十年會拿來作會客室。」

她脫掉皺褶的亞麻布外套，往不舒服的老柳條椅一坐。她高挑苗條，留著深金色的頭髮，手指纖長。沒帶戒指。

「亨特沙姆太太，謝謝妳抽空跟我談話。」她戴上那種完全無框的眼鏡，從皮包裡取出筆記本和鉛筆，在頁首寫了幾個字，又在字下方劃線。

「老實說，我能聊的時間不多。妳也看到了，我忙得不可開交。兒子放學回家前，還有好多事要做。」我坐下撫平膝上的裙子褶痕。「要喝咖啡、茶，還是其他飲料？」

「不了，謝謝。我會努力速戰速決。只是想跟妳見個面。」

我感到焦慮，因爲我不太清楚狀況，也不懂她爲什麼這麼嚴肅。

「跟妳說老實話，我覺得警方有點太小題大作了，妳說是吧？其實這只是封無聊的信。原本我沒打算報警的，結果轉眼間，我家成了皮卡迪利廣場。」

她一副若有所思的模樣。若有所思到幾乎沒注意我在說什麼。

「不是的，」她說。「妳做了正確的選擇。」

「非常抱歉，我忘記該怎麼稱呼妳了，我的記憶跟濾網一樣。大概是未老先衰吧。」

「葛蕾絲。葛蕾絲・席林。妳一定覺得這整件事很怪。」

「其實一點也不。我跟警方說，這應該只是個玩笑。」

身穿西裝、手持筆記本的，是席林大夫；當醫生的也是她。可是她卻不安地在座位上挪移身子，好像不知道該說什麼。不過話說回來，那把椅子爛到任誰坐了都會不舒服，但我還是不曉得她葫蘆裡賣的是什麼藥。

「我不是要幫妳上心理學，只是想看看能幫上什麼忙。」她頓了一下，彷彿想拿定主意。「聽我說，妳也知道有些男的會隨機攻擊女性。但妳收的這封信顯然要另當別論。」

「這我知道，」我說。

「他見過妳，挑中妳。我不知道他是不是曾離妳很近。信上說妳聞起來很香。說妳的皮膚晶瑩剔透。妳看了信做何感想？」

我難爲情地笑了幾聲。但她沒有半點笑容，只是屈身向前，端詳著我。「妳的皮膚確實晶瑩剔透，」她說。

這句話從她嘴裡吐露，不像是讚美，反倒像某個有趣的科學觀察。

「這個嘛，我很努力保養。用一種特別的乳霜。」

「妳是不是常常發現人們被妳吸引？」

「這是哪門子的問題。問這些能幫到妳什麼。這麼說好了，克萊夫有些朋友很愛打情罵俏。我猜有的男人會用男人的角度看我，妳懂我意思吧。」葛蕾絲・席林不發一語，只是目不轉睛地凝視我，臉部表情平靜但略顯焦慮。「妳也行行好，我都快四十歲了，」我打破沉默。沒料到一開口嗓門竟那麼大。

「珍妮，妳上班嗎？」

「我對上班的定義跟妳不同，」我幾近挑釁地說。「我不像妳這樣有工作。我有小孩，還要顧家。」接招吧，我暗地裡稱心如意地說。「我懷喬許之後就沒上班了，那是十五年前的事。我跟克萊夫說好，我要當一個全職家庭主婦。以前我當過模特兒。不是妳想的那種。我當的是手部模特兒。」

她一臉困惑。

「手？」

「就是拍指甲油之類的廣告，海報上只會露出一隻大手。八〇年代前半有很多廣告都出自『我手』。」

我倆都盯著我擱在大腿的雙手。我煞費苦心地保養它們：一週做一次美甲、去角質、自始至終擦某牌的貴婦乳液，如果要下水洗東西，我一定會戴手套。但即使如此，這雙手仍不若以往。首先，變得更粗了。就算我擦奶油，也取不下訂婚和結婚戒指。

「這是席林大夫第一次展露笑容。「看來好像有人愛上妳了，」她接著說。「像故事裡那樣，在遙遠的地方。或跟妳很親近。可能是妳素未謀面的，或妳天天見到的人。請妳想想，見過的男人中，有誰對妳舉止怪異或行爲不當，這項資訊會很有幫助。」

我咕噥一聲。「排名第一的，是我兒子吧，」我說。

「請妳形容一下妳的生活。」

「天哪，妳是指一天的作息嗎？」

「我想了解一下，對妳來說，什麼是重要的。」

「真可笑。就算知道我對人生有什麼看法，妳也逮不到那個人啊。」她等我回話，但這回她在自己設的局裡被我打敗。我只是回瞪她。我聽到背景傳來一聲巨響，好像有人摔破什麼重物。八成是某個笨手笨腳的警察。

「妳常花時間陪兒子嗎？」

「那妳丈夫呢？」

「畢竟我是他們的母親啊。不過，有時候我覺得自己更像他們不支薪的專屬司機。」

「克萊夫忙得要命。他……」我就此打住。我不懂幹麼對這個女的鉅細靡遺地交代一件我自己都搞不懂的事。「最近我很少見到他。」

「你們結婚多久了？十五年？」

「對。這個秋天就十六年了。」老天哪，真有那麼久嗎？我不由自主地輕嘆一聲。「當時我很年輕。」

「妳覺得你們的婚姻幸福嗎？夫妻之間親近嗎？」

「我怎樣都不會跟妳說。」

「珍妮。」坐在椅子上的她身子往前傾，我一度驚恐地以爲，她要用什麼令我作嘔的肉麻方式，抓住我的雙手。「有個揚言要殺妳的男人，還在逍遙法外。不管這聽起來有多荒謬，我們還是得嚴肅看待。」

我聳聳肩。「婚姻不就這樣，」我說。「我不曉得妳要我說什麼。我們就跟每對夫妻一樣，日子有苦有甜，也會爲無聊的瑣事爭吵。」

「收到信的事，妳跟丈夫提過了嗎？」

「警探要我跟他說。他人在上班，所以我留了個言。待會兒他會打來。」

她像能把我看穿似地凝視我，讓我很不自在。我倆沉默許久。

「珍妮，」最後她說：「我知道妳覺得被侵犯了，現在是，或許以後也是。更糟的是，我們爲了幫助妳所做的努力，有些感覺起來也像是侵犯。但有些事我必須知道。」她環視一團混亂的家，再次心照不宣地綻露微笑。「把我當做妳的房屋鑑定員，在屋子裡繞，找哪裡可能漏水。」

「這還用說嗎？」我假裝挖苦地說。

她再次向前傾身。

「珍妮，妳丈夫對妳忠誠嗎？」

「什麼？」

她複述一遍問題，彷彿沒啥值得大驚小怪。

我死瞪著她，感覺自己臉紅了，頭也開始疼了。「這個妳該問他吧，」我盡可能冷靜地說。

她在筆記本上做了個標記。「那妳呢？」

「我？」我嗤之以鼻地說。「別傻了。我什麼時候才能找到時間外遇啊，就算我有這個念頭好了，那要跟園丁、零工、還是網球教練搞？其他人我幾乎沒見過。聽著，妳說妳只是想盡本份，這些事妳非問不可；可是，說眞的，話妳也問完了，現在我得去過我的日子，日子再怎麼殘破不堪也要過。」

「妳是不是覺得這些問題侵犯了妳的隱私？」

「當然是。我知道這麼說很過時，但私事我不便對外人透露。」

她最後起身了，只是還沒準備要走。「珍妮，」她說。她一直直呼我的名字，眞叫人惱火。我可沒說她可以這麼稱呼我。感覺像有個拉保險的死賴在門口不走。「我想要的，我們大家想要的，只有一件事，那就是不讓傷害繼續發生，然後離開妳的生活。假如妳想到什麼貌似重要的事，不管跟哪方面有關，請讓警方或讓我知道。由我們來決定它是否眞的重要。有事別害臊，直接講好嗎？」

她幾乎像在求我。我感覺好點了，抓到更多掌控權。

「好，」我說。「我會動動腦，仔細想想。」

「麻煩了。」她轉身打算離去。「還有啊，珍妮。」

「怎樣？」

她遲疑了一下，決定還是不講好了。「沒事。保重。」

稍晚，警方都走了，只剩史塔德勒那個眼神色瞇瞇的男人。他說為安全起見，警方早上會開我的郵箱。

「以免妳再受到不悅的驚嚇，」他對我說，那抹微笑近似對我送秋波。有沒有搞錯啊！我死瞪著他。「還有，」他像是事後想到似地補充道：「我們會留兩名員警在妳家門外駐守。」

「你們玩笑開過頭了吧，」我說。

「只是以防萬一，」他用安撫的語氣說，好像我是一匹驚慌的馬。「白天多數時間還有位女性員警貼身保護妳。」他面露微笑。「這樣才一以貫之。」

我張嘴想說些什麼，但滿腦子想的都是髒字，只能氣得乾瞪眼。

「她人就在這裡。等一下。」他邁開大步，到門邊吼道：「琳恩！琳恩，可以進來一下嗎？亨特沙姆太太，這位是柏奈特女警。琳恩，這位是亨特沙姆太太。」

這名女子幾乎和我一樣嬌小，不過年輕多了，年紀輕到快要可以當我女兒了，有淺褐色的頭髮和灰白的睫毛，左臉頰有個胎記，使她活像進門前剛被人甩了一個巴掌。她對我展露笑顏，但我沒回以微笑。「我會盡量別打擾到妳，」她說。

「這樣最好，」我厲聲回她，故意背對她和史塔德勒，直到他倆離開房間，我重拾幸福的獨處時光。

廚房堆滿了空馬克杯，後門邊扔了兩個菸蒂。原來警察連最起碼的善後都做不好。我又打給克萊夫，但還是找不著他。

麗娜把克里斯多跟喬許接回家了。哈利練完足球後，會搭同學的媽媽的便車回家。我用含糊但撫慰人心的措辭，把那張無聊字條和家門外有警察駐守的事告訴喬許。我原以為他會有點驚恐、反應可能也有點大。沒想到他只是倚著廚房的門、咀嚼下唇、聳聳肩，然後拿著兩個花生醬三明治和一大杯牛奶，蹦蹦跳跳地回到臥室。眞不曉得食物都吃到哪兒去了。

我不敢想像他在樓上臥室做什麼。他關上窗簾，他那討人厭的電腦遊戲傳來吵雜的音樂、嗶嗶聲和刺耳尖嘯，房裡還飄出焚香，八成是爲了掩蓋他在房裡偷偷抽菸。我每次都是叫瑪麗打掃他的房間，幫他換床單。我不進他房間的，只會從門外吼，督促他寫功課、練薩克斯風、音樂調小聲點、把髒衣服拿下樓。他彷彿在一夕之間長大。他已變聲，前額上冒出小小的面皰，上唇上也長了柔軟的鬍子。他變得好高，比我高得多。跟我那個年代不同的是，他跟他的朋友會搽乳液和凝膠；儘管如此，我還是能依稀聞到他古怪的男人味。

克里斯多還太小，自然聽不懂；我什麼也沒跟他說，只是抱了一下他軟呼呼的小身體。他是我的寶貝。

接著我開車到資源回收中心，不巧它剛打烊，所以買不成鉤子，這是壓垮我的最後一根稻草。

克萊夫打來，說要很晚回家；於是，我先等哈利回家，說故事給克里斯多聽、哄他睡覺，然後才和喬許跟哈利共進晚餐。吃的是我稍早從冷凍庫拿出來退冰的千層麵配豌豆，甜點吃冰淇淋布丁淋巧克力醬。我們話不多。我看著他們把食物當燃料一樣鏟進嘴裡、嚥下喉嚨。我吃得不多。天氣太熱了。

兩個兒子鬼魂似地飄回各自房間，於是我幫自己倒了杯白酒，坐在電視開著的樓下翻閱雜誌。我們需要一張餐桌。要找的是哪種，我心裡有數，有木紋的深色木桌，長形的、樣式簡約，修道院食堂擺的那種桌子。我最近看到一張深得我心，桌面嵌入不同色澤木頭做的馬賽克，像杯墊那樣。傑洛米建議我該先找滿意的椅子，因爲椅子更難找，還說他有個客戶等了八年才找到理想中的椅子。我說我可沒那麼有耐心。

克萊夫還是沒回來。喬許房裡傳來隆隆作響的貝斯音符，他正在聽我敬而遠之的電子樂。我拉上窗簾，過程中看見兩名員警坐在警車裡。我在心裡暗忖：買到餐桌後，就能馬上辦晚宴了。屆時我可以穿那件黑色洋裝，戴克萊夫送的十五週年水晶婚鑽石項鍊。我拾起一本烹飪書，翻閱夏季料理食譜。先上香檳。茴芹小黃瓜冷湯、香菜配鮪魚、杏桃雪酪、冰白酒，餐桌上擺我們搬來時法蘭西斯在園裡種的桃色玫瑰。我拿酒杯貼著臉。好熱啊。

我聽見鑰匙轉動門鎖。克萊夫親吻我的臉頰。他臉色累得發白。「天啊，今天忙死了，」他說。

「肚子餓的話，還有千層麵。」

「不用，我跟幾個客戶吃過了。」

我望著他：炭灰色的名牌西裝、擦亮的黑皮鞋、我送給他當聖誕節禮物的紫灰色領帶、燙得平整的白襯衫下微禿的小腹、黑髮中夾雜著幾絲白髮、不仔細看發現不了的雙下巴、正要在他高額頭上成形的抬頭紋。一個優秀的男人。說也奇怪，但我總是覺得他在夜裡剛踏進家門，筋疲力盡的樣子看起來最迷人。每天一早起床，他就忙碌不休、凡事挑剔、緊張不安、心神不寧，然後戴上律師的面具外出工作。他脫掉外套，小心翼翼地掛在椅背上，然後往沙發上一坐，嘆了聲氣。他胳肢窩有幾個汗圈。我走向廚房，倒了兩杯白酒，剛從冰箱拿的，冰得很。我頭還是發疼。

「我過了特別的一天，」我打開話閘子。

「怎麼說？」他踢掉鞋子，鬆綁領帶，按電視遙控器轉台。「跟我說說。」

我覺得自己辭不達意。講不出這感覺有多怪，警方又多嚴陣以待。我說完後，他啜飲一口美酒，目光離開螢幕。「嗯，珍珍，有人欣賞妳的皮膚也不錯啊。」接著：「我相信只是怪人在胡鬧。不想要這麼多警察在我們家裡逛。」

「對。很離譜吧。」

4

我沒上妝從不下樓，就連週末也不例外。否則就跟赤身裸體下樓一樣。早上一聽見克萊夫出門，大門在他身後咔嚓關上，我就起床淋浴。我拿絲瓜棉擦洗身體去死皮，然後坐在克萊夫說像在甫露頭角的小女明星預告片裡能看到的梳妝台前。鏡子周圍盡是無情的燈，我端詳自己。昨天在眉毛裡找到幾根白髮。還有今年才冒出來的皺紋，上唇上面的可怕小細紋，一路蔓延到嘴角，只要一操勞，我就會面露頹喪陰鬱。我眼袋微微浮起。有時候我眼睛痛，八成是屋裡的粉塵害的。我還沒打算要戴眼鏡哪。

無論信中那男人是怎麼寫的，我的肌膚其實再也不見年輕光采。克萊夫初次見我時，說我的肌膚如水蜜桃般光滑。但那是好久以前的事了。他再也沒說過這種甜言蜜語。有時候我覺得，愈不是事實，就愈該講出口哄人開心。望著鏡子，有時候我覺得自己的肌理好像葡萄柚。前幾天，我穿上綠色洋裝準備參加學校園遊會，他叫我外面再加件衣物，免得孩子尷尬。

我確定兩邊眉毛間沒有雜毛，更天理不容的是臉上有汗毛。然後我開始上粉底液，把它跟滋潤乳霜混在一塊兒，搽起來更順手。接著我在鼻子周圍和眼底下塗這款神奇抗皺遮瑕膏。是我朋友凱蘿介紹的。價錢貴得難以相信。有時我會試著計算自己在臉上塗了多少英鎊。白天一切問題都得不見蹤影。暈一點灰褐色的眼影、極細眼線筆、不會使睫毛結塊的睫毛膏、或許再上點唇蜜。這樣我感覺好多了。我喜歡回望我的那張臉，容光煥發的小巧鵝蛋臉，準備好要面對世界了。

早餐一如往常的糟。一片混亂之中傳來敲門聲。原來是女警琳恩・柏奈特，只不過今天她沒穿制服，而是穿羊毛上衣配藍色短衫和一條灰裙。看起來挺漂亮的，只不過是乏味的漂亮；但不知怎地，她這麼穿是爲了「跟亨特沙姆太太閒混」令我感到惱火。無疑是想不著痕跡地混入情境。「叫我琳恩就好，」她說。每個人都這麼說。每個人都想當你的朋友。希望他們在職場上人際關係也順利。她表示自己的第一項任務是等郵件寄達時查看過濾。

「要不要也嚐一下我的食物，看有沒有毒？」我挖苦地問。

她羞紅了臉，胎記隨之轉爲青紫色。電話響了，是克萊夫打來的，他已進辦公室了。我開始描述家裡的進展，但講到一半被他打斷，他說賽巴斯汀和他太太週六要來家裡晚餐。

「可是我們餐桌還沒買欸，」我表示抗議。「而且廚房才整修到一半。」

「我們爲下個月合併案準備的文件厚達兩千頁。假如這我都能搞定，爲客戶辦場晚宴妳也一定能做到。」

「我當然做得到，我只是說……」瑪麗拿著拖把進門，開始誇張地清潔我的腳邊。我準備重啓話鬧子時，克萊夫卻把電話掛了。我把電話擺回托座，環顧四周，琳恩果然不負所望地鎮守崗位。這個嘛，她當然還在啊；話雖如此，我仍不免有點失望。我內心有一小部分，希望她像頭痛一樣遠離。只是事與願違，講完電話後，我除了頭痛，還有一個陰魂不散的琳恩。

「我要去找一下園丁，」我冷若冰霜地說。「妳大概也想見見他吧。」

「沒錯，」她說。

法蘭西斯留著一條長長的髮辮披在背上，看起來或許像個會搭旅行拖車造訪史前建築遺跡巨石陣的人，但實際上他是個百分之百的天才。他的父親其實是海軍裡赫赫有名的大人物，他還去過紐西蘭馬爾堡。倘若你瞇著眼仔細打量他，便能想像他跟克萊夫一樣，在城裡上班；只不過，他除了有三呎長的頭髮，還有深得嚇人的褐色皮膚，和成天到處搬運重物才能鍛鍊的強健雙臂。有些人大概會說他很英俊。他的私生活應該很忙，只是我不願過問；不過話說回來，他是我深信的少數人之一。

我把他介紹給琳恩，她羞答答地紅了臉。但她好像一直都紅著一張臉。

「琳恩之所以來這兒，是因爲有人寫了一封怪信給我，」我說。法蘭西斯看起來大惑不解，而他疑惑也是情有可原。「法蘭西斯會在這裡全天工作，至少到下個月，」我說。

「你的工作內容是什麼？」琳恩問道。

法蘭西斯望著我。我點了個頭，他聳聳肩。「首先，我們把混凝土跟瓦礫倒進廢料車，」他說。「泥土都運來了。現在我們要造景和鋪步道。」

「你一手包辦？」琳恩問道。

法蘭西斯微微一笑。

「當然不是，」我說。「法蘭西斯有一幫迷途兄弟，如果需要人手，他們就會過來幫忙。園丁有自成一格的次文化在倫敦周圍飄流。就像鴿子和狐狸。」

我焦慮地瞄了他一眼。或許我說過頭了。有時人們挺易怒的。琳恩還掏出筆記本，問起他的工時，並炮火猛烈地針對圍籬和房屋出入口提問。她記下他旗下每個臨時工的名字。

總的來說，不管多晚，只要能出門就讓人如釋重負。至少我是這麼覺得，沒想到琳恩跑來說要與我同行。

「妳在開玩笑吧。」

「珍妮，不好意思。」沒錯，雖然我沒允許她直呼我的名字，她還是叫我珍妮。「警方提供的支援層次有多高我不清楚，但今天我是跟定妳了。」

我正要動怒的時候，門鈴響了。是史塔德勒來訪，於是我轉而向他抗議。他只是擺出一副官方笑容。

「沙姆亨特太太，這是爲了妳的人身安全著想。我只是來這裡聯繫同仁，做幾個例行檢查。如果警方要監聽電話，妳有意見嗎？」

「要怎麼監聽？」

「這妳就不必煩惱了。到時候妳根本不會察覺。」

「那好吧，」我咕噥著說。

「我們想爲妳往來的人彙編名冊。所以，在未來的一兩天內，我希望妳能和琳恩合作，仔細檢查一下通訊錄或日記之類的東西，可以嗎？」

「眞有這個必要嗎？」

「我們愈有效率，就能愈快查個水落石出。」

我的怒火差點要熄了。變得有點想吐。

第一站是到資源回收中心買黃銅鉤。我差點買了老教堂的一扇有色玻璃圓窗，但在最後一刻改變心意。至少琳恩沒進店裡。

但到了漢普斯特德，她就進店裡了，或許至少站在門口，保持中立地凝視充滿女性服飾的櫥窗。天曉得店員是怎麼想她的。我假裝對她視而不見。我得爲星期六晚宴置裝。我拿了滿手的衣服進更衣室，但當我試穿一件串珠粉紅上衣，出來想在長鏡前擺首弄姿，卻瞥見琳恩的臉，她的目光穿過櫥窗向我直視。最後我空手而回。

「找到想買的嗎？」我們離開時，她這麼問我。好像我們是一起狂歡作樂的死黨。

「我又沒在找東西，」我嘶聲回話。

我在肉店短暫逗留，買了兒子最愛的香腸，然後到隔壁的古董店閒逛。我看中一面金框鏡，要價三百七十五英鎊，但我覺得價錢可以再低一點。等門廳上好油漆，鏡子擺在那裡一定美輪美奐。

我早就約好要跟蘿拉見面吃午餐，所以幫克里斯多把他拉斯塞爾的制服名牌統統收拾好後，我開車下山，沿途在後視鏡看見琳恩的車。蘿拉在等我了。本來應該是一次開心的聚會，結果不然。琳恩坐在餐廳外的車上吃三明治。我隨意撥弄芝麻菜和烤紅椒沙拉時，可看見店外的她。她正在讀一本平裝書。假如有個斧頭殺人狂衝進餐廳，她大概連頭也不會抬一下。我說有急事得先走，打斷這次的午餐會面。

下一站是櫻草丘的東尼髮廊。平常我很喜歡做頭髮。坐在充滿鏡子和鋼鐵的小房間，推車裡堆滿五顏六色的液乳，蒸氣和香水味，剪刀咔嚓咔嚓剪掉縷縷秀髮的聲音，這些令我感到備受寵愛。

可是今天什麼都不管用。我覺得渾身燥熱又一肚子氣，狀態不佳。只是剪個瀏海，衣服卻緊黏在身上。我不喜歡新剪的髮型，它有種光學作用，使我的鼻子顯得太大，臉又顯得太削瘦。回家的路上，對交通不滿的怒火將我吞噬，所以我一遇紅綠燈，就不耐煩地加速轉彎。琳恩耐心地跟在後面，有時近到我能在後視鏡看到她的雀斑。我對著後視鏡吐舌頭，心想著反正她也看不見。

接下來的一整天，她似一條忠狗如影隨行，你想踹一腳的那種狗。就連我帶克里斯多到路上去找他的好友玩，她也要跟著；好友是個骨瘦如柴的小男孩，名叫陶德。哪種父母會幫小孩取這種名字啊。再來我得去接兒子放學，因爲今天麗娜晚上休假。我星期三總是忙得不可開交。喬許在上課後電腦班，這種班老是在瀰漫男生腳臭味的活動房屋上課。通常我來接他時，他會跟另一個名叫天蠍男、蜘蛛人或其他綽號取得怪裡怪氣的男生一組。之前喬許自稱是希臘神話裡為眾神斟酒的美男子「伽倪默得」，不過上星期覺得這名字太娘娘腔了，所以改成「蝕」。那是他的通關密語。他的拜把兄弟叫「怪咯」，跟「怪咖」有異曲同工之妙。他們對綽號全都煞有其事。

可是今晚喬許頹坐在椅子上，每星期來教他們電腦的小帥哥則蹲在他旁邊，專注地跟他說話。我還記得，幾星期前我初次和他見面，他說班上每個人都叫他「駭客」。我當下聽了大概擺了張鬼臉，他見狀才說這其實不是他的本名，又說我可以叫他哈克。「這是你的本名嗎？」我問他，但他只是笑而不答。

男學生們仍穿著制服，反觀哈克則穿了上面寫了很多日文字的T恤和一條年代久遠的破牛仔褲。他年紀很輕，留著一頭長捲髮。說他是高三生我也不意外。起初我以為喬許出了什麼意外或流鼻血，可是當我靠近，他倆抬起頭來，我才發現他原來在哭。哭紅了眼眶。這可把我嚇著了。我記不得喬許上回哭是什麼時候的事。他一哭顯得更加稚氣脆弱。我不禁暗忖，配著凹凸不平的前額和突起的喉結，他看起來多麼蒼白瘦弱。

「喬許！你沒事吧？怎麼了？」

「沒事。」他的語氣惱怒多於悽慘。他突然起身。「哈克，下學期九月見。」

還眞的叫哈克。怪不得喬許搞得不成人樣。

「你沒來的話，就是暑假交新歡跟別人跑了，」哈克說。

「什麼？」我說。

「是歌詞啦，」他說。

「一切都還好嗎？」

「什麼？那個哦？」他比了一下喬許說。「亨特沙姆太太，沒啥大不了的啦。」

「珍妮，」我每星期都這樣糾正他。「叫我珍妮就好。」

「不好意思。珍妮。」

「他好像很不開心。」

哈克一臉漠不關心。「大概是學校或暑假這些事害的吧。況且，他剛玩電腦被慘電。」

「可能血糖低吧。」

「是啊，沒錯。珍妮，給他吃點糖吧。」

我望著哈克，看不出他是不是在取笑我。

哈利在學校的另一頭，一個通風良好的大廳，那裡每年一次兼作話劇公演的劇場。我跟喬許進去時，他正站在舞台邊上，褲子外面套了件黃洋裝，脖子上圈了條羽毛圍巾。他的臉漲成緋紅色。見到他，喬許的心情似乎撥雲見日。舞台上有一群身穿五顏六色衣服的男孩，其中有兩個也穿了連身裙。

「哈利，」留著小鬍子、頭型像子彈、頭髮奇短無比的男人叫他。這人八成是同性戀。「哈利・亨特沙姆，該你進場了。快點！『真不巧又在月光下碰見妳，驕傲的蒂坦妮亞[4]』。羅利唸這句台詞的時候，你要走上前。」

哈利勉爲其難地走上舞台，腳還被洋裝絆了一跤。「哼，善妒的歐伯朗，」他低聲咕噥。他滿頭大汗、濕濕黏黏。「仙女們，到別地去吧，我已很久——」

「『到別處去』，」鬍鬚男咆哮道。「不是『別地』，天哪，是『別處』，還有拜託你講話大聲點。算了，不排了，家長看到成何體統。看來要到聖誕節才排得完了。說到家長，蒂坦妮亞，妳親愛的母親大人來了。到別處去吧。亨特沙姆太太晚安。您的大駕光臨令寒舍蓬華生輝。」

「叫我珍妮，晚安。」

「麻煩跟令郎練一下台詞。」

「我盡量。」

「還有叫他噴體香劑好嗎？」

她死定了。必死無疑。一如我所願。必死無疑。我感覺被她騙了。這還用說嘛。算了。再找下一個。下一個她。

4「真不巧又在月光下碰見妳，驕傲的蒂坦妮亞」擷取自莎士比亞名劇《仲夏夜之夢》（*A Midsummer Night's Dream*）。

她的妝太濃了。像是臉上戴了層滑不溜丟的面具。她臉上光滑，受到悉心照料——光亮的唇、深色的睫毛、嫩滑的肌膚、亮麗的秀髮。她是不斷修潤粉飾的一幅畫。呈現給全世界的一個景。她逃不過我的法眼。我想像卸妝之後的她。她的眼睛、鼻孔、嘴巴周圍布滿皺紋，她的雙唇蒼白軟柔但緊張不安。

走在街頭的她，老是在商店櫥窗偷瞄自己的倒影，確定一切沒走樣。而一切的確適得其所。衣服燙平，頭髮像頂帽子般服貼。她做過美甲，塗了淡粉紅的指甲油；她的腳趾甲同樣粉嫩地穿著名牌涼鞋。她的雙腿柔滑。她腰桿打直、昂首挺胸。她乾淨整潔又歡快，充滿能量與決心。

不過我盯上她了。我看穿她的笑容並非出自真心，她的笑聲，倘若你仔細聽，豎起耳朵聽，只有牽強和脆弱。她猶如小提琴上的那根弦，被繃到細薄尖銳的位置。她不快樂。假如她快樂，心生恐懼或渴望地狂野，整個人就會變得美麗。從軀殼中獲得解放，成為真實的自我。她沒發現自己不快樂。只有我覺察到。只有我能看到她內心深處，將她釋放。密封在裡層、仍未被外界觸碰的她，正等著我。

命運女神在對我微笑。我終於看清了。起初我不懂自己怎麼隱形了。沒人看得見我。我可以一直這麼幹下去。

5

很晚了，快要午夜了，但天氣依舊熱得無禮。縱使我開了樓上的窗子，吹進來的風還是暖呼呼的，像從沙漠吹來似的。克萊夫還沒回家。他的秘書潔恩打來跟麗娜說他要很晚才回家，現在已經很晚了，他也的確還沒回家。我一如往常在冰箱裡留了點三明治給他，我自己也吃了一塊，味道還可以。

屋裡靜下來了。天曉得麗娜出門幹麼，又要多久才會回來。兒子們都睡了。十一點一過，我去巡房，順手把他們房間的燈都關了。就連喬許也睡了；費勁地講了整晚的電話也夠折騰的。事情都準備妥當了。我幫喬許和哈利打包好明天要搭機的行李。往後幾星期，家裡基於許多不同的原因，會變得比較冷清。

我通常對酒類飲料不特別熱中。克萊夫對酒挑剔得很，但倘若只有我一人，我絕不會費心調酒。可是今晚悶得教人難以置信，加上我坐立難安，所以琴通寧這個點子一如雜誌廣告躍上心頭。我幻想一位皮膚曬得黝黑的風騷美女，在一個充滿異國情調的地方，拿了杯飲品，冰到玻璃杯都閃耀著水氣。她香汗淋漓，時而啜飲，時而拿沁涼的飲品貼著額頭。雖然隻身一人坐著，但你知道她正在等某個夢中情人到來。

那我當然也要來一杯。天曉得整間屋子竟然沒有半顆檸檬，只有吃剩的一片、乾巴巴地擱在冰箱門裡，勉強堪用就好。酒調好後，我又想吃零嘴。全家上下我只能找到給克里斯多當午餐便當的其中一袋起司條。於是我坐下來細細品嚐，要不了多久，我便驚覺酒喝光了。剛才加的琴酒很少，所以再調一杯等等邊泡澡邊喝應該無妨。

我不像雜誌廣告裡的女孩，連流汗都那麼嬌豔性感。我短衫的背面汗透了，胸罩濕濕的，內褲的邊角也印著深色的汗漬。渾身沒有一處不是濕黏。我可以聞到自己的體味。我大概快要腐爛了。

洗澡水溫熱朦朧、滿是泡沫。等我第二杯酒喝到一半，似乎一切都不再那麼重要。打個比方，雖然我把這頗爲刺鼻的泡泡浴混進水裡，頭洗好後直接在浴缸潤絲，沒分開淋浴。平時我不是這樣的。第二張字條寄來了，我說過了嗎？

今天剛吃完午餐，貨運便源源不絕地送達：早該在一個月前到貨的對的油漆和內建暖氣機，終於送來了。這像是整個橄欖球隊全員出動，在我家進進出出；最後，麗娜在門墊上發現一個署名給我的信封，拿來交給我。我一眼就看出那是什麼，但還是把信拆了。

親愛的珍妮：

妳是個美女。但妳跟別人在一起時顯不出美。只有妳獨自漫步街頭才美。妳想心事，有時候會咬著上唇。還會自顧自地哼唱。

妳檢視自己，我觀察妳。這是我們的共通點。但總有一天，我會在妳死掉的時候觀察妳。

我看了信自然有點發毛，但主要的情緒是憤怒。不，不只是憤怒，而是火冒三丈。以前我有日子好過，但這兩天琳恩陰魂不散，雖然禮數周到，沒緊迫盯人，但還是陰魂不散，老是差點把我惹毛，卻又逢迎討好，我對她發飆時，她又有點太容忍寬貸。還有停在屋外的那輛警車。人們老是觀察我，留意我的生活。好處沒別的了。於是，我讀了這封信之後，就去找她。她正在講電話。我在她面前駐足，直到她尷尬地掛掉電話。

「我有個東西，妳可能會有興趣，」我邊說邊把那封信遞給她。

這簡直像在她的腳底發射火箭。要不了十分鐘，史塔德勒便坐在我家廚房，從餐桌的另一頭凝視我。

「妳說放在門墊上？」他咕噥著問。

「麗娜是在那裡找到的，」我尖酸刻薄地說。「他擺明了是自己送信嘛。老實說，要是他還能大搖大擺地送信來我家，我不懂你們搞得一團亂有什麼意義？」

「很令人失望，」史塔德勒一面說，一面用雙手撥髮。瀟灑——他也心知肚明，我外婆曾用責難的口吻形容那樣的男人。「妳有沒有發現誰接近妳家？」

「整天都有人接近我家，進進出出的。」

「還有別的東西寄來嗎？」

「有，還有很多。」

「可以形容一下快遞的長相嗎？」

「那些人我連影子都沒見到。你問麗娜好了。」

我忙碌地繞著廚房轉，史塔德勒則一臉哀怨地坐在餐桌前，可憐的傢伙。

「跟我說你們到底做了什麼，」我說。

「做什麼？」他複述一遍，彷彿這個問題沒有道理。

「對，不好意思，我只是個愚婦，但麻煩你講清楚好嗎？」

他把手搭在我手上，我任那隻溫熱沉重的手擱在那兒。「亨特沙姆太太，珍妮，我們正在盡一切努力。那些信都拿去做科學鑑識了，我們正在試著釐清信紙是打哪兒來的，就連屋裡的指紋我們也沒放過，因爲他說不定曾闖進妳家。妳也知道，」他試圖擠出一絲苦笑，但是苦笑跟他不搭：「我們正在調查妳所有的朋友、曾打過照面的泛泛之交、接觸過的人，以及現在或曾經爲妳工作的人，設法找出妳跟，呃，其他曾被撰文者當做收件目標的人有什麼關聯。還有，不用說也知道，在抓到他之前，我們會確保妳的人身安全受到保護。」

我把手抽開。「眞的有必要繼續嗎？」我問道。

「什麼？」史塔德勒反問我。

「拆信啦，在我家附近巡邏啦，這些大驚小怪的荒唐事。」

我倆陷入漫長的沉默。該說什麼，史塔德勒似乎很難拿定主意。後來他抬起頭，用他極深的雙眸凝視我。「這件事非同小可，」他說。「信妳也讀過了。這個男的揚言要置妳於死。」

「這個嘛，是很惡劣沒錯，」我坦承道：「但住在倫敦就得忍受色情電話、交通壅塞、街上有狗屎這些鳥事。」

「或許吧，」史塔德勒說。「但我們還是得嚴肅看待。我馬上會跟林克斯總督察聯絡，並向他提議加強警方的戒備，我相信他會同意我的。」

「什麼意思？」

「所有的工程必須停止。只是暫停而已。」

「你瘋了嗎？」我嚇傻了。「這些建商要排半年才能等到欸。傑洛米下星期要去德國。還有，下星期一，泥水匠就要來了。你要不要看一下我的文件夾？這不是我說停就停、喊開工就開工的。」

「亨特沙姆太太，我很抱歉，但非得這麼做不可。」

「這麼做是爲誰好？不是只有你獲利嗎？因爲你沒辦法把工作做好。」

史塔德勒站起身子。「抱歉，」他說。「我很抱歉，還沒抓到那個神經病。但這不容易。照理說有個程序要跑，登門造訪，尋找目擊證人。可是，如果遇上隨機挑人犯案的瘋子，就沒有正規程序可循了。只能求老天給點好運。」

我差點要笑出聲了，但仍冷冰冰地不發一語。這個男的太荒唐了，居然奢望我對他寄予同情，奢望我說：「乖哦，你乖，」因爲警察這一行很不好幹。我眞想把他攆走，把他跟其他警察都攆走。

「我們必須考量的是，」他繼續說：「他對妳的生活已造成嚴重威脅。我們當然想逮到他，但首要任務是保護妳的安全。我覺得這件事不能再冒任何險了。不然另一個變通之道是，請妳搬離這裡，到更安全的地方住。」

我感覺我的腹部深處有一座火山正試圖爆發。第二種選項更糟，所以我在冷酷的盛怒下同意了。我問他希望工人何時離開，他表示最好趁他還在的時候，請他們立刻走人。於是，我像夜總會的保鏢，四處重步頓足，迅速將工人逐出家門。並在接下來悲慘的一小時裡，打電話向困惑的人稍加解釋，也試著為未來做出模糊的承諾。

我將最後一點琴通寧一飲而盡，踏出浴缸，拿一條柔軟的大浴巾裹住自己。浴室熱騰騰、霧濛濛，無論我再怎麼擦，皮膚還是一樣濕黏，我索性走進臥室。佔滿整面牆的壁櫥門上有能照全身的大鏡子。原訂計畫是下星期要把它們打掉。我站在其中一面鏡前，一邊擦拭頭髮身體，一邊凝視自己的倒影。即使出了浴室，我仍感到夜晚的暑熱，於是把浴巾扔到地上，站著照鏡子。我幾乎從沒做過這種事，一絲不掛，脂粉未施。

我試著想像，和這個身體很陌生，第一次見到它，發現它嫵媚動人，是怎麼樣的感覺。我瞇起眼，腦袋歪到一邊，但我腸枯思竭也想像不到。大概每一對夫妻，只要結婚多年、生兒育女什麼的、再加上繁重的工作，都會遇到這種瓶頸：妳變成家具的一部分，除非開始走樣，否則幾乎沒有人會注意。或許這就是為什麼其他事——我指的是：其他人——似乎變得更吸引人。我試著想像我跟克萊夫第一次，怎麼說呢，第一次深受彼此吸引是怎樣的滋味；但好笑的是，我完全想不起來。我還記得我們第一次的魚水之歡。在他買在克來芬的第一間公寓。所有的細節我都記得一清二楚。我還記得纏綿之前看了哪齣戲，雲雨巫山後又吃了什麼；我甚至記得當天我穿了什麼，後來又被他脫去；不過，第一次看見彼此身體是什麼樣的感覺……我卻一點都記不得了。

在他之前，我只有一個認眞交往的男友。這個嘛，不管怎樣，對我來說都算是相當認眞。他是名攝影師，叫瓊・瓊斯。現在已聲名遠播。《哈潑》和《時尚》雜誌都能見到他的大名。

他接受指派，用我的手拍攝指甲油廣告。後來兩人自然而然發生感情。老實說，我對「性」那檔事挺膽怯的。不曉得該怎麼做。我在床上最擅長的莫過於順從。我不確定實際上那有多銷魂，那光是想到那檔事，想到他，就夠刺激了。

我差點要沉入夢鄉，但猛然驚覺自己光溜溜地站在開了燈的臥室。窗簾沒拉。窗戶也是開著的。我趕緊走到窗前拉窗簾，但又猝然住手。話說回來，被人窺視，又有什麼要緊的？有那麼糟嗎？我在窗前駐足片刻。燥熱的風往房裡吹。好像只要能呼吸一口涼爽的微風，要我付出一切也在所不惜。天氣熱到關窗會要人命，於是我轉身把燈關了。這樣就算不關窗，外面也看不出所以然。

我仰躺在床上沒蓋被。就連床單都折磨人。我往前額和胸部一摸。又開始流汗了。我的手指往下游移，滑過腹部和兩腿間。濕濕熱熱的。我輕輕撫摸自己，仰望著天花板。第一次被人注視是什麼滋味？被人渴望是什麼滋味？被人垂涎。被人注視。被人渴望。

6

裝行李是我的拿手絕活。每次克萊夫要出差個幾天，都是我幫他打包的。男人就是沒辦法把襯衫折好。總之，我在為兒子打包，他們要去美國佛蒙特州的野外夏令營。這個活動多年前我們就從克萊夫職場上朋友的朋友的朋友聽說了。整整三星期的岩壁垂降、風帆衝浪、圍著營火坐成一圈，喬許的話，八成還要加上對褲子短到像是沒穿的年輕女孩行注目禮。我一邊小心翼翼地把他的T恤、短褲、游泳裝束和長褲擺進箱裡，一邊這樣對他說。他一臉悶悶不樂。

「妳只是想把我們趕出家裡，」他嘀咕道。

現在他都把話含在嘴裡講，所以我聽不清楚，只感覺自己快要聾了。

「哦，喬許，去年你不是很喜歡嗎？哈利都不嫌夏令營太長。」

「我又不是哈利。」

「別說你會想我哦，」我故意逗他。

他只是凝視著我。他有著一雙深褐色的大眼，有時看人像隻毛茸茸的驢子，眼神可憐兮兮，但責難也全寫進眼底。我發現他好蒼白削瘦：鎖骨宛若瘤節般突起；手腕有一團肌腱。他脫掉上衣，換乾淨的衣物搭機，肋骨好似一條梯子從他骨瘦如柴的身體往上爬。

「你需要一點新鮮空氣。你的房間也是。你都不開窗的嗎？」

他沒吭聲，只是鬱鬱寡歡地俯視街景。我拍手把他叫醒。「我在趕時間啦。你爸爸大概再過一小時就要載你們去機場了。」

「妳總是以為自已在趕時間。」

「我不會在你要去度假前跟你吵架的。」

他轉頭凝視我。「妳為什麼不去找份工作？」

「你的體香劑呢？我有工作。當你媽就是我的工作。如果我沒載你參加派對和社團、幫你做晚餐洗衣服，你會是第一個抱怨的。」

「麗娜做妳的工作了，妳要做什麼？」

「我在整修房子啊。整修你似乎很滿意的房子。好了，要趁出發前的短短時間做點什麼？去看看克里斯多好了。他會很想你的。」

喬許往電腦前一坐。「等一下。我想先看一下這款新遊戲。才剛上市沒多久。」

「所以說外出對你有好處吧。否則三星期你都會關著燈在電腦螢幕前度過。好啦，既然你在房間，那就把床單換下來給瑪麗洗。」無聲。我準備離開他的臥室，但又停下腳步。「喬許。」無聲。「你會想我嗎？哦，有沒有搞錯啊，喬許。」我現在是扯開嗓門用吼的了。

他繃著臉轉頭。「怎樣？」

「沒事啦。」

我任他把自己鎖在某種形式的徒手格鬥，每出一拳就像有棵樹倒了似的。

我擁抱哈利，不過他好像覺得十一歲太大了，不適合被人擁抱，只是僵直地站在我懷裡。謝天謝地，他是個興致高昂的孩子，不像喬許那樣喜怒無常。他比較像我，不是憂悶沉思那一型。光看外表就能窺知一二，他的褐色捲髮、獅子鼻和結實短胖的雙腿。喬許在他身旁顯得身型很單薄，纖細的脖子伸出太大件的新上衣。我親吻他的臉頰。「好好玩哦，喬許。相信你會玩得很開心的。」

「媽……」

「寶貝，該出發囉，你爸在車上等呢。要乖哦，別惹麻煩。三星期後見囉。掰囉，寶貝，掰掰。」我向他們揮手，直到他們在我的視線消失。

「那好吧。克里斯多，接下來三星期就只剩下你跟我囉。」

「還有麗娜。」

「嗯，對，當然還有麗娜囉。其實麗娜馬上要帶你去動物園野餐哦。媽咪今天有得忙了。」

忙著爲克萊夫逼我辦的、討人厭的晚宴做菜。我不記得上次獨自一人待在家是什麼時候的事了。家裡靜得出奇、充斥回音。沒有喬許和哈利，沒有克萊夫，沒有瑪麗或傑洛米或里歐或法蘭西斯；少了鋤頭的敲擊聲；少了碎石般的門鈴聲，沒人貼壁紙，也沒人送電纜。這個嘛，幾乎是獨自一人啦。琳恩一直都在某處，像隻大黃蜂，偶爾嗡嗡飛進屋裡，又再飛出門外。

這個家曾是建築工地，這已經夠糟了。但現在它成了被遺棄的建築工地：客房貼了一半的壁紙；地板準備好了，但還沒鋪在即將成爲飯廳的房間；會客室灰塵滿布，萬事具備可以油漆，只是油漆那一天不會到來；花園盡是雜草和坑洞。警方雖然抓不到騷擾我的人，卻著實阻撓了我的計畫。還有席林那個女人，對我十分光火。

她又來了。令人惱怒的、凝重專注的神情也變本加厲，我敢說她一定在鏡子面前排練過。不斷追問我的生活，追問克萊夫的事，或者應該說追問男人的事，不斷抓呀扒的。她說這是標準的調查程序。有時候我覺得，其實她根本不在意那名罪犯。她眞正想做的是解決我的其他問題。讓我改變。變成什麼？大概是變成她吧。我一直想跟她說的是，我沒有什麼有朝一日能開啓的一扇門，開了之後可以通往我內心深處的某座魔法花園。不好意思。這就是我：我，珍妮・亨特沙姆，克萊夫的妻子，喬許、哈利、克里斯多的母親。要就要，不要拉倒。其實拉倒最好——拉倒讓我獨自重新過我的生活。

我對烹飪並不熱中，但確實喜歡準備晚宴，只是前提是時間要充裕。今天我有的是時間。麗娜要到午茶時間才會回來，克萊夫一下飛機就要直奔高爾夫球場。我研究過仍擺在階梯下紙箱裡的那些食譜。因爲暑熱難耐，我決定來道眞正夏季的料理：新鮮酥脆清淨，搭配上等白酒。開胃菜佐野生磨菇，我得在最後一刻做；西班牙番茄冷湯，昨晚深夜克萊夫坐著看電視時，我搞定了。主菜——屆時冷凍上菜的紅鯔魚配番茄沾番紅花醬——可以現在來做。我先調醬料，少許的濃郁義大利黏醬，加橄欖油、洋蔥、花園種的藥草（起碼法蘭西斯在一切停工前先種了藥草園）、很多大蒜、去籽去皮的聖女番茄。等醬汁看起來濃稠美味，再加紅酒、一點甜醋以及幾縷番紅花。我將六條鯔魚放在長盤上，往上頭淋醬汁。只要以中溫熱半小時，我就能把它們放進食櫥。

我準備大杏桃塔做布丁。它的賣相總教人讚嘆，這個時節的杏桃也嬌艷多汁。我把餅皮（這是買現成的，人總有極限嘛）捲開，攤在碟子上。接著，我把雞蛋花跟杏仁碎粉、糖、黃油、蛋和在一起，然後倒在餅皮上。最後再把杏桃切半，擺在頂層。只要放進烤箱加熱二十五分鐘就大功告成。佐以大量奶油即完美無缺。酒和香檳已置於冰箱。黃油已切成小塊。黑麵包捲下午再買。生菜沙拉等開動前再做。

顧不得克萊夫的重要客戶，我們得在廚房用餐；不過我搬出屏風，將廚房一分為二，並用表姐送我們當結婚禮物的白色蕾絲桌布覆蓋餐桌。加上銀製餐具以及玻璃瓶裡花團錦簇的橘玫瑰和黃玫瑰，這樣的即興作品教人刮目相看。

我也邀了艾瑪和強納生．巴頓夫婦出席。天曉得賽巴斯汀跟他太太是什麼德性。我想像中的這對夫妻，男的是臃腫的城市佬，挺了個大肚腩，鼻孔裡血管爆裂，女的強硬有野心，打扮得氣焰凌人，染了一頭金髮，臀部渾圓又大。我不羨慕那種女人，雖然她們有時會對我這種人擺架子。

今晚我想要艷冠群芳。艾瑪．巴頓臀部渾圓、上圍傲人，即使清早送小孩上學，也不忘把她一雙豐唇塗得鮮紅。我覺得她有點平庸，但男人顯然很吃她那套。問題在於，她也有點年紀了，大概跟我同年，或比我再大點。女人二三十歲噘嘴跟扭腰擺臀是風姿綽約，可是到了四十還這麼搞，便開始顯得可笑，如果進入五十大關仍甩這招，就著實叫做可悲。我們認識巴頓夫婦很久了。十年前他拜倒在她的石榴裙下，佔有慾發了瘋地強，但如今我卻看見他的目光在樣子像是艾瑪當年的女人身上游移。

我在六點鐘悠閒泡澡洗髮，聽見樓下大門開啟，麗娜帶克里斯多回家了。我套上浴衣，往鏡前一坐。今晚我要濃妝艷抹。不只上粉底液那麼簡單，還要在顴骨上抹胭紅，上灰綠色眼影、畫深灰色眼線，自然不會忘了我心愛的抗皺遮瑕膏，塗紫紅色唇膏，在耳後和手腕搽我最愛的香水——後來我又噴了更多。通常在每道菜餚間，我會上樓到臥房補妝搽香水。這樣能給我帶來勇氣。

我換上細肩帶的黑色長洋裝，又加了件雅緻的紫紅色蕾絲外套，外套的頸部和袖口圍了圈天鵝絨，這可是我去年在義大利砸下重金買的。高跟鞋。我的鑽石項鍊，鑽石耳環。我在長鏡前打量自己，徐徐轉身，這樣才能從每個角度看自己。不會有人相信我已年近四十。留住青春要下很多苦心。

我聽見克萊夫進門了。我得跟克里斯多道聲晚安，確定他在賓客上門前乖乖入睡。我記得把巧克力放在餐具櫃了嗎？

克里斯多曬傷了，焦躁不安。我讓他開著小夜燈，聽羅爾德・達爾的故事錄音帶，祈禱晚餐時間他不會搗蛋。克萊夫在沖澡。我下樓在盛裝外套了條寬鬆的圍裙，拿湯匙舀磨菇，淋在開胃菜上，在沙拉碗裡將萵苣刨絲：單純只有生菜沙拉配魚。優雅盡在簡約之中。廚房窗外的天空染成一片莓紅。晚霞紅如火，牧羊人喜悅。現在喬許跟哈利也到營地了，過美國時間。

「哈囉，」克萊夫向我打招呼。他皮膚襯著西裝呈古銅色微光閃爍；身上散發著成功的光輝。

「你好帥。不過我沒見過這條領帶，」我說。我也希望他能稱讚今晚我多俏麗。

他撥弄領帶結。「對，新買的。」

這時門鈴響了。

賽巴斯汀和葛蘿莉亞跟我想像中的天差地別。賽巴斯汀高個子，頭禿得驚人。假如他的緊張不安沒那麼外顯，倒也頗有好萊塢反派角色的氣宇軒昂。克萊夫對他的態度略為輕蔑，似乎有點恃強欺弱。我靈光乍現，發覺克萊夫會在併購的投標案狠削賽巴斯汀，這場晚宴只是包著友誼糖衣的殘酷毒藥。在城裡為企業挖角的葛蘿莉亞，比她丈夫年輕得多——我猜大概接近三十歲。她那頭近乎銀色的金髮完全不是染劑下的產物。她有淡藍色的雙眸、褐色的纖纖手臂和勻稱的腳踝，其中一邊繫了條細細的銀鍊。她穿了件相當簡約的白色亞麻布直筒連身裙，臉上的妝很淡。相形之下，我打扮過頭，艾瑪則顯得邋遢。

大夥站在建了一半的露台喝香檳時，三個男人都對她殷勤有加，身體隱約地轉向她。她知道自己有多美，總是垂著眼睫，含羞地隱隱微笑。她的笑聲如清脆的小編鐘，恰似嬌貴的銀鈴。

「領帶很好看，」她對克萊夫說，向他含苞待放地微笑。我看了眞想往她的洋裝上潑酒。他們顯然以前見過——這個嘛，考慮到他們的工作，見過面也不足爲奇。她跟賽巴斯汀、克萊夫和強納生站成一圈，談論一百股指數和未來的市場，我跟艾瑪則像是兩株醋栗樹站在一旁。

「我總是覺得一百股指數這個名字很滑稽，」我高談闊論，決定不要被當成空氣。葛蘿莉亞彬彬有禮地轉向我。「妳也在城裡工作嗎？」她問道，但我知道她是明知故問。「我？老天哪，沒有。」我高聲笑了，將香檳豪飲下肚。「我打橋牌連數字都加不起來。不，我跟克萊夫說好，有小孩以後，我就不在外面工作了。妳有小孩嗎？」

「沒有。妳以前是做什麼的？」

「我當模特兒。」

「手部模特兒，」艾瑪說。我的朋友艾瑪。

「妳的手很美，」賽巴斯汀頗拘謹地說。

我在眾人面前揮手示意。「它們是我的寶貝，」我說。「以前我時時刻刻戴著手套，就連用餐時間也不例外。有時候連上床睡覺都不脫呢。很誇張吧？」強納生爲大家續倒香檳。葛蘿莉亞對克萊夫輕聲說了什麼，他則面帶微笑地俯視她。樓上的克里斯多開始哭了。我把香檳倒入喉中。

「各位，不好意思，請繼續。爲人母的職責所在。等晚餐好了，會通知大家。請先用開胃菜。」

我幫克里斯多把錄音帶翻面，再吻他一下，說要是他再對樓下吵，我就要生氣了。然後我走進臥室，補上唇膏、梳理頭髮、在乳溝灑了更多香水。我感覺有點微醺了。好想躺在床上，鑽進燙平的潔淨床單間。一個人就好，麻煩不用太熱鬧。

我喝氣泡水配湯，接著以夏多娜白葡萄酒配魚，然後喝杯紅酒佐布里乾酪，再以相當高檔的甜酒配杏桃布丁，後來喝的咖啡宛若朦朧酒精之間的一絲清醒。

「那個女的眞是長袖善舞，」後來我邊對克萊夫說，邊拿化妝棉卸妝，他則在旁清理牙齒。

他仔細漱了漱口，然後望著一眼張著一眼閉著的我。「妳喝醉了，」他說。

我突然有種想要掌摑他、拿我的指甲剪往他肚子戳的全然錯亂的幻想。「胡說八道，」我笑道。「親愛的，我只是微醺。一切都進行地很順利，對吧？」

7

我的頭號大敵是產品目錄，是郵購。說來好笑，畢竟這完全不是我的作風。假如說我眞有什麼信念，那就是家裡的每樣擺設絕對不能馬虎。想到買的是次級品，挑中它只是因爲它稍微便宜或便宜很多，留它經年累月在家中角落蜷伏，指責著你，這就是我對折磨的定義。購物之前得先觸摸它、繞著它走幾圈、感覺一下它在你想像中的某個空間是什麼風貌。

所以那些目錄我應該不屑一顧才對。照片裡看似蓬鬆的毛巾，等寄達時摸起來卻像合成纖維，而且色差大到跟你去年夏天在那個市場買的美鏡木框很不搭軋。沙拉湯匙看似沉甸甸，寄來時卻劣質地輕。我知道理論上你可以要求退貨還款，但不知怎地總是抽不出時間來做。這樣浪擲千金確實沒話可講，而且如果克萊夫對這種行爲很瞧不起——前提是他發現的話；但話說回來，他自己還不是很著迷什麼品酒目錄，一翻就是熟讀到深夜。

於是，目錄寄來時，我抵擋不了誘惑開始翻閱，裡面總有吸引我目光的商品：可以買給兒子的運動鞋或棒球外套，或實用的筆筒、溝槽匙、好玩的鬧鐘或擺在書齋或許很好看的廢紙簍。不過，它們的下場多半是堆在閣樓或塞在壁櫥深處，但有時也能成爲教人眼睛一亮的寶貝。無論如何，送貨來的時候，快遞簽收總是有趣。好像多過一天生日似的。在某方面比過生日還開心。要是我尖酸刻薄，可能會說兒子們——和某幾位名字應該保留的特定男士——或許不記得你的生日，但起碼郵購不會忘了要寄你訂的燈罩，即使你其實沒心裡預期的那麼鍾意它。

後來這些郵購公司不甚妥當地把你的名字洩漏給其他公司，尤其當他們公司開始明白你有多可悲，會買些你其實並不需要的產品。這種感覺像是當上全校最受歡迎的女孩。每個人都想跟妳當朋友，但妳不想跟每個人都沾親帶故。我的意思是，眞是的，有時我會從最不可思議的地方接到郵件。上星期我才收到用駱馬毛做斗篷的公司寄來的手冊。一件二十九點九九英鎊，兩件算三十九點九九英鎊，好像只要不是安地斯山脈的居民，每個人都會想來一件。這種玩意兒我一秒都不會考慮。

對星期一白天才過了一半，出現在樓下門墊上的廢物來說，這全都只是序曲。那些垃圾當然不是眞的信件，只是一疊常見的、色彩滑稽的廣告傳單，有的是外送披薩附贈可樂，有的是清潔窗戶、爲房子估價、換掉我們原本的窗框，改裝金屬雙層玻璃窗。其中一份印了「維多利亞風格室內設計特價中」。於是，我把它打開了。

我敢說你怎麼拆信的都不知道。信天天拆，卻從沒想過這個問題。我知道，因爲我被迫得去想它。你拾起一封信，把寫地址的正面翻面。假如黏得很牢，就把緊黏的信封蓋口撬開一角，將它輕輕撕開。重點是要留點空間塞食指進去，順著蓋口推，沿路撕開。我是這麼拆的，不只怪的是我一點都不覺得痛。我拆開信封，看見晦暗的金屬光亮，信封有些地方也濕濕的，不只濕，還沾了紅色污漬。

到了那個節骨眼，我並不覺得疼，只是右手隱隱作痛。我低頭一看，怪的是我花了好長一段時間才有辦法消化眼前的景象。鮮血似乎無所不在，濺在我黃褐色的褲子上，一滴滴落在地板上，我的手指全染了血水。我還是糊裡糊塗，只是呆呆望信封裡看，彷彿它把什麼暖暖的紅色油漆灑在地上。我看見那條晦暗的金屬。幾片扁平的金屬沿著張卡片釘成一排。起初我沒意識到那些是什麼，卻猛然想起我小時候，看著父親坐在浴缸邊，臉上滿是白色泡沫，像是聖誕老人。老式的刮鬍刀刀片。

我望著自己的手指。鮮血不斷淌落光禿禿的地板。我抬起手檢視它。原來在食指有道很深的、青紫色的傷痕。我感覺到它在搏動，在滲出鮮血。直到這個時候手指才開始痛，我同時感到頭暈目眩，又冷又熱。我沒有尖叫，也沒哭。我沒有作嘔。只是腿一軟，踩在血上滑了一跤，絆倒在地。我不曉得我倒在那兒有多久。大概只有幾分鐘吧，後來麗娜下樓跑來幫忙，琳恩現身時，嘴型圈得圓如碧盤。

8

「痛不痛？」林克斯總督察湊到我面前。湊得太近了。但同時又似乎離我很遠。

「醫生開止痛藥了。」

「那就好。我們還有問題要請教妳。」

「哦，有完沒完啊。」

警察在某方面還挺管用的。他們能幫你在急診室插隊，載你去醫院又載你回家，還幫你沏茶。有問題的是其他方面。

「我知道這是艱困時期。但我們需要妳的協助。」

「爲什麼？我已受夠你們的問題了。事情看起來很簡單啊。外面有個男的一直有辦法進屋裡來。你們爲什麼不能趁他從門口遞信封時將他逮捕？」

「沒有那麼容易。」

「爲什麼？」

林克斯深吸一口氣。「如果有人眞的拿定主意要做某件事，那麼——」他突然打住不說。

「那麼怎樣？」

「我們要過濾一些名單。」

「那就來吧。要不要喝茶？茶在壺裡。」

「不了，謝謝。」

「那我喝茶，你不介意吧？」我爲自己斟茶，但不知怎地，我把茶壺往盤上擺時，它竟非常慢動作地翻了，掉在菱形瓷磚地板上砸個粉碎。熱騰騰的茶濺灑四處。

「抱歉，都怪我的手。眞有夠笨的。」

「我來幫妳。」林克斯開始撿碎瓷壺。琳恩擦地板，證明自己總算還有用武之地。之後，我們又往餐桌前坐。琳恩把一份檔案遞給林克斯，林克斯將它打開。那是一份名單，多半附有照片。上面有幾個老師、一個園丁、一個房屋仲介、一個建築師，形形色色，有人穿西裝、有人穿T恤，有的鬍子刮得乾淨，有的留有鬍渣。不知是疼痛還是止痛藥抑或受到驚嚇，我變得動作緩慢、思緒迷茫。看這份名單上我素未謀面的無聊男女，幾乎惹人發笑。

「他們是誰？犯人嗎？」

林克斯神情不安。「基於法律規定，」他說：「我不能什麼都跟妳說。但我能說的是，我們正試著在妳跟，呃……」他好像在尋找某個貼切的字眼。「類似問題被呈報的區域，建立任何可能的連結。妳能想起什麼事，都可能有所幫助。關聯多遠都無所謂。就拿這個房仲蓋伊・布蘭德當例子好了。我不是在影射什麼，不過房仲有門路接近許多房地產，妳又在倫敦看了這麼多地方，最近才搬過來。」

「對，我見過幾百個房仲吧。可是我很不會認人臉。你怎麼不問他呢？」

「問過了，」林克斯說。「他們在客戶名單上找不到妳。不過他們的檔案管理看起來雜亂無章。」

我又看了一眼。「他好像滿眼熟的。但是話說回來，房仲長得不都差不多嗎？」

「所以妳可能見過他囉？」

「這我不敢確定，」我說。「我只是說，如果你能證實我見過他，我不會否定這個可能。」

看來這個答案林克斯不是非常滿意。「妳想要的話，照片可以先放妳這兒。」

「他爲什麼要這樣？」我問道。「不怕惹得一身腥，做這麼卑鄙的事？」

林克斯與我四目相交，這是他頭一回面露無法掩飾的哀傷。「我也不知道。」

「反正我要回想的也不是這個，對吧？」我刻薄地回覆。就在此時此刻，家裡有約莫八名員警跟螞蟻一樣到處爬，把東西裝進小箱子或塑膠袋，在角落彼此竊竊私語，看我的眼神，像把我當做一隻受傷的小動物。我走到哪裡，沒有不撞見他們的。他們是警方那套的彬彬有禮，但無論我走到哪兒，幾乎都沒有獨處的機會。我抬高音量。「我想知道，我忙個不停、絞盡腦汁地協助警方，而你的大隊人馬又在幹麼？」

「我可以向妳保證，我們大夥也很賣力，」他答道。事後回想起來，當時他確實略顯疲態。

我上樓經過一名警官，他正抱著一疊文件下樓。我走進浴室，把門鎖上，倚門而立了好一會兒。我單手往臉上潑冷水。鮮血開始滲透裹在另一隻手的棉布。然後，我坐在梳妝台前，用笨拙的左手補妝。我忙得焦頭爛額，看起來有點狼狽也不足爲奇。頭髮也該洗了。天氣這麼熱，差不多該天天洗頭。我在眼妝暈散的眼底搽了點乳霜，再上些唇蜜。我不得不承認，這件事很令我沮喪。希望克萊夫能回電，這樣我才能找個不是警察的人講講話。我跟他說手傷的事，他震驚之餘，也堅持要跟史塔德勒講電話，對他砲轟問題；但是，他沒如我盼望地那樣，捧著花趕回家。

史塔德勒探長想跟我聊聊日常生活的細節。我們得退到起居室，因爲瑪麗想要清洗廚房地板。

「亨特沙姆太太，妳的手怎樣？」他用那輕柔低沉且執拗的嗓音問我。

暑熱難擋，他已脫掉外套，把襯衫衣袖捲到手肘下。他的前額冒出顆顆汗珠。問我問題時，他總是直視我的雙眸，給我一種他想揪出破綻的感覺。

「沒事，」我的回答並非百分之百誠實。我的手在灼痛。被刮鬍刀割到下場總是慘不忍睹，醫生幫我包紮時是這麼說的。

「這個人，」他說：「顯然知道妳當過手部模特兒。」

「或許吧。」

他拾起兩本書，我一眼就認出一本是我的日記，另一本是我的通訊錄。「可不可以跟妳討論一下？」

我嘆了口氣。「如果你非得討論的話。我跟你長官說過，我很忙。」

他平靜地望著我，眼神逼我臉紅。「亨特沙姆太太，妳要知道，這是爲了妳好。」

於是我望著自己的人生跑馬燈般從眼前經過。我們從日記開始著手。他匆匆翻閱每張扉頁，針對人名、地名、約會向我發射一連串的問題。

我說，這是我的髮型設計師，那是我幫哈利安排牙醫，做牙齒檢查。這是我跟蘿拉，蘿拉·歐芬的午餐約會。我拼出姓名的首字母、描述商店細節、交代我和雜工、法文家教老師、網球教練的會面，午餐、咖啡早茶會和提醒事項。我們愈來愈往回追本溯源，提起我早已遺忘、就算經他提醒我也記不得的事：買房的一切協商、房屋仲介、房產鑑識員、修樹造型師、設計師。學年。我的社交生活。過日子的點點滴滴。他老是問我，那是什麼時候的事，事情發生的時候克萊夫人在哪裡。

最終我們以回顧新年做爲尾聲，史塔德勒闔上日記，拾起我的通訊錄。每個該死的名字都沒有錯過。我帶著史塔德勒造訪一趟我塵封已久、乏於照料的社交閣樓。好多人不是搬走，就是過世。情侶分居。有的是我不再聯絡，或是對方不再聯絡我。不禁使我聯想過去這幾年我的人脈有多廣。他們眞的是通訊錄上的某某某嗎？

彷彿這樣查名冊、問過往還不夠，他又出示克萊夫在這幢房子所花費的帳單。我試著跟他說，錢的事我不管，全權交由克萊夫負責，但他好像左耳進右耳出：會客室還沒掛上的窗簾兩千三百英鎊；請修樹造型師九百英鎊；水晶吊燈三千英鎊；我在波托貝洛市集一見傾心的大門門環六十六英鎊。這些數字變得模糊。我看得一頭霧水。怎麼可能記得菱形瓷磚那麼貴呢？數字加總起來高的嚇人。

問完話後，他望著我，我心想：這個男的是這世上克萊夫之外，知道我最多事情的人了。

「這些事都相關嗎？」我問道。

「亨特沙姆太太，這就是問題所在。我們不知道。就目前來講，我們需要資訊，許許多多的資訊。」

接著，他和林克斯說的一樣，要我小心。「畢竟我們不能再出其他紕漏對吧！」

他的口吻明快。

屋外的樹葉轉爲污穢的深綠。它們疲軟地垂在樹枝上，懶洋洋的暖風吹過也無法驚動。花園看似一片沙漠：土壤曬成硬塊，像是陳舊的瓷器布滿裂痕；法蘭西斯最近種的植物，有些已開始枯萎。那棵新種的小木蘭花樹絕對活不下去。一切都在乾枯。

我又打了通電話給克萊夫。他的秘書說他突然外出了。抱歉，她是這麼說的，即使她聽起來一點也不抱歉。

席林大夫就不同了。她沒有一進門就拿一疊名單要跟我核對，或拿問題對我狂轟猛炸。她只是凝視我的手，攤開繃帶，用她冰涼的小手握著我的手指。她說她非常難過，像在親自爲此致歉。令我驚恐的是，我聽了眼淚突然好想奪眶而出，但我自然不會在她面前落淚。我可不會讓她稱心如意。

「珍妮，我想問妳幾個問題。」

「跟什麼有關？」

「可以聊聊妳跟克萊夫嗎？」

「之前不是聊過了嗎？」

「還有一些細節要釐清，好嗎？」

「好是好，但妳聽我說……」我不安地挪動身子：「……感覺起來怪怪的。我想確定妳問這些，都是爲了要抓住寄恐嚇信的嫌犯。妳或許覺得我是個不折不扣的瘋子，日子過得糟透了，可是我很滿意。清楚了嗎？我不需要妳的協助。就算我確實需要，我也不想接受協助。」

席林大夫尷尬地微笑。「我沒想到那裡去，」她說。

「很好，」我說。「我只是想把話講開。」

「好，」席林大夫說。她望著攤在她大腿上的筆記本。

「妳想問我跟克萊夫的事。」

「他那麼長時間不在家，妳介不介意？」

「不介意。」她靜靜等待，但我沒再多說。她的詭計我已瞭若指掌。

「妳覺得他對妳忠誠嗎？」

「這個問題，妳問過了。」

「可是妳沒回答。」

我不悅地嘆了一聲。「反正就連那個叫史塔德勒什麼來著的警探，都知道我下次大姨媽什麼時候會來，我跟妳透露我的性生活，應該也無妨吧。如果妳眞的想知道，哈利出生後沒多久，他就得了——隱疾。」

「隱疾？」她對我揚起眉毛。

「對。」

「多久才好？」

「確切時間我不曉得。也許一年吧。一年半。」

「所以不是小病對吧？比小病嚴重得多。」

「他從沒打算離開我。跟她只不過是逢場作戲。男人不就是這樣？那時我很累，體重上升。」我觸碰眼下的肌膚。「人也變老了。」

「珍妮，」她溫柔地說：「哈利出生的時候，妳不是才，才多大，快三十嗎？」

「是又怎樣？」

「妳當時有什麼感覺？」

「我不想談這個。不好意思。」

「好吧。你們之間有別人嗎？」

我聳了個肩。「或許有吧。」

「妳不知道。」

「我不想知道，妳眞是哪壺不開提哪壺欸。如果他在外面風流，我寧可他不跟我說。」

「所以妳覺得他眞的有搞外遇囉？」

「我只是說，也許有，也許沒有。」克萊夫低頭望著葛蘿莉亞的畫面，不請自來地映入腦海。我將它拋諸腦後。

「那妳沒對他不忠？」

「上次我已回答了，沒有。」

「一次都沒有？」

「沒有。」

「快要發展成外遇也沒有？」

「哦，妳行行好，別再問了。」

「你們夫妻的床笫之事還滿意嗎？」

我只是對她搖頭。「抱歉，」我說。「我辦不到。」

「好吧。」她再次出人意料地溫柔。「妳覺得妳的丈夫愛妳嗎？」

我眨眨眼。「愛我？」

「對。」

「這個字很重欸。」她沒吭聲。我吸了口氣。「不愛。」

「他喜歡妳嗎？」

我站了起來。「我受夠了，」我說。「等等話聊完了，妳就能一走了之，言簡意賅地記錄談話內容；可是即使我再怎麼不想，還是得勉強過日子。寄刮鬍刀刀片來的，不是克萊夫，不是嗎？那妳幹麼問那麼多？」我站在門口。「妳難道沒想過，妳做的事其實很殘忍嗎？好了，我現在很忙，就不送客了……」

席林大夫走了，留我獨自一人在會客室。我有種整個人倒過來，心底秘密全流到地上的感覺。

9

我能聽見風在屋外的樹林間蕩漾。好想開窗，讓夜裡的徐風吹進房裡，但我不能這麼做。不可以這麼做。一切都得關嚴鎖緊。我必須確保自己的人身安全。屋內的空氣污濁陳舊。既悶且熱，死氣沉沉。我被鎖在這幢屋子，整個世界被關在外面，我可以感覺原本的混亂和醜惡全都回來了：壁紙從牆上脫落；粉刷牆壁的工程驟然而止；木頭地板撕毀，現在能看見底下污穢的黑洞。經年累月的塵埃和碎屑開始故態復萌。所有未完的工程，所有我對完美家園的嚮往：冷調白、檸檬黃、石板灰、豌豆綠、點畫的長廊、壁爐的爐火在奶油色的光潔地毯上投射暗影，大鋼琴上擺放著劍蘭，擱著雕花玻璃平底無腳酒杯的圓桌，我在燈光照射下的版畫，窗外那片茵茵草地和雅緻灌木的長景。

我汗流不止，把枕頭翻面，找更涼爽的區塊。屋外樹林窸窣作響。天還不算黑；街燈將污穢的橙光投射房裡。我能看見周圍景物的形體，我的梳妝台、椅子、高大的衣櫥、顯白的兩座窗框。我也知道克萊夫還沒回家。都幾點了？我在床上坐直身子，瞇眼望向鬧鐘發光的數字。我注視亮著的7變成8，然後又縮成9。

都兩點半了，他還沒回家。麗娜今晚跟她男友共處，要到明早才回來。所以家裡只剩我，我和克里斯多，以及這些崩解的、空無的房間，外面還有一台警車。我的手指在抽痛，喉嚨痛，眼睛也刺疼。看樣子不可能入睡了。

我站起身，在長鏡前看見自己朦朧反照的倒影，身穿白色棉睡袍的我好似幽魂。我放輕腳步走進克里斯多的臥室。熟睡的他一腳蜷在另一隻腳的膝蓋，攤開雙臂，宛如芭蕾舞者。羽絨被堆在他身旁的地板上。他的頭髮黏在前額，雙唇微張。我不禁暗忖，或許我該把他送到哈索克斯的娘家。或許我自己也該過去，遠離所有的不快。我大可一走了之，上車駛離這裡。有何不可呢？還有什麼攔得住我，怎麼之前都沒想過離開？

我走到樓梯頂層往下望。門廳的燈開著，但其他房間都是暗的。我大口吸氣。突然難以呼吸。真蠢。蠢透了，蠢呆了，蠢到極點。我很安全，安全無虞。外面駐守著兩個大男人，門窗全都緊鎖，鎖了又鎖。還有防盜警鈴。只要有任何人經過花園，就會有燈亮起。

我走進要當做客房的房間，把燈打開。牆有一半鋪了壁紙，另一半只作襯裡。一捲捲的壁紙堆在角落，在摺梯和擱板桌旁等待。房間有霉味。我胸口的怒火在沸騰，只要張嘴就會放聲尖叫。那聲尖叫不會歇息，將劃破寧靜的夜，把城市的每個居民都喚醒，要大家當心提防。我抿緊雙唇。我得讓生活恢復秩序。擺在眼前的事實是，沒有人會幫我。克萊夫不在家。里歐、法蘭西斯、傑洛米和其他所有人都走了，彷彿從沒來過一樣。瑪麗躡手躡腳地繞過我身邊，好像我帶有什麼傳染病；這些日子來，如果她肯清廢紙簍就算我走運。明天我要把她開除了。警察全是一群無能的蠢蛋。假使他們是我請的工人，老早就會被我炒魷魚了。我只能靠自己。現在只有我了。我感覺右眼下方開始抽搐。我把手指壓在上面，還能感覺它在跳，活像有隻蟲在我皮裡蠕動。

我拾起一盒壁紙乳膠漆，閱讀使用說明。看起來很簡單嘛。爲什麼人人都要小題大作？我要從這間房開始刷，然後整頓自己的生活，讓它恢復原有的秩序，就跟從前一樣。

克萊夫大概半小時後回家。我聽見鑰匙在大門鎖眼轉動的聲音，先是僵了一下，後來聽見他脫鞋輕聲走進廚房，轉開水龍頭。我沒放下手邊的工作。我沒閒工夫。我要在黎明到來前把工作完成。

「珍妮，」他走進我們的臥室呼喚：「珍珍，妳人在哪兒？」

我沒吭聲，只顧著把乳膠漆往壁紙上塗。「珍珍，」這回他從我們的浴室，從有朝一日要鋪義大利瓷磚的浴室叫嚷。我的睡袍褶邊都被乳膠漆浸透了，但這不要緊。我手上的繃帶也已浸濕，手指抽痛地比以往更厲害。最艱難的部分在於把壁紙鋪平，不留任何氣泡。有時我乳膠漆塗得太多，居然還滲過壁紙。反正總會乾的。

「妳以爲妳在幹麼？」他穿著白襯衫、紅內褲和該死的聖誕老人去年給他的那雙襪子。

「這看起來像在幹麼？」

「珍珍，現在是半夜欸。」

「所以呢？」他沒回話，只是環視房間，好像不知自己身在何處。「半夜又怎樣？幾點鐘有差嗎？如果沒人要做，我就自己來。你可以非常確定沒有別人會動手做。如果要說我學到什麼，那就是想要完成什麼事，還是靠自己最好。請你行行好，走路小心點。不然你把東西都搞砸了，我又得重頭來過，我可沒那個時間。今天過得很愉快對吧？親愛的，在辦公室待到三點還愉快嗎？」

「珍珍。」

我爬上梯子，高舉黏呼呼又捲成一圈的壁紙。「我怪我自己，」我說。「因為我讓一切分崩離析。起初我沒察覺，但現在發現了。幾封無聊的信，就讓這個家瓦解，灰塵滿布。太蠢了。」

「珍珍，別弄了，反正壁紙都變形了。妳頭髮上還黏了乳膠。給我從梯子上下來。」

「少對我發號施令，」我嘶聲說道。

「妳的表現像是精神錯亂。」

「哦，是嗎？那我倒想知道，我該怎麼表現？你的手不要碰我的腳。」

他往後退。我眼底突發劇痛。

「珍妮，我要打給湯瑪士大夫了。」

我俯視他。「每個人都用那種語氣跟我講話，好像我有什麼毛病似的。我什麼毛病也沒有。警方只要逮到那個傢伙，我們就能回歸正常了。還有你，」我對他揮舞著沾漆的刷子，一滴乳膠漆落在他眉頭深鎖、仰起的臉上：「你是我丈夫，親愛的，這你可別忘了。要同甘共苦的，現在正是我們的艱苦時期。」

我努力把壁紙在牆上壓平，以痛苦的角度彎腰，濕答答的睡袍拍打我的小腿，腳底是扎人的灰塵和污垢。但壁紙起了嚴重的摺痕。

「沒救了，」我環顧房內說。「全都無藥可救了。」

「睡覺了。」

「謝謝你啊，我一點都不睏。」這是我的眞心話。幹勁和怒火令我沸騰。「但如果你想要幫忙，可以打給席林大夫，跟她說一切無聊透頂。她會懂我說什麼的。你穿這雙襪子看起來很可悲，」我惡毒地補了一句。

「好。隨妳便。」他的語氣冷淡中夾雜輕蔑。「我要去睡覺了。妳想幹麼都行。對了，那塊妳貼反了。」

早上六點克萊夫出門上班，離家前喊了聲再見，但我懶得答腔。克里斯多自己起床，我吼著叫他吃早餐。他站著凝視我好一會兒，感覺淚水將要潰堤。光看他一臉哀怨地穿著印有泰迪熊的藍色睡衣，站在那裡吸大拇指，我就又急又惱地要命。他想過來抱我，我卻把他甩開，說自己渾身黏呼呼的。麗娜來的時候，他向她奔去，彷彿我是他的邪惡後母。現在來了個新夥伴兼假冒姐妹淘，這位臉貌似狐狸的嬌小女子自稱是佩姬女警；她在屋裡繞，檢查每扇窗戶。她走進客房，小心翼翼地向我道聲早安，明明看見我穿著睡衣粉刷房間，卻假裝這是件再正常不過的事。我也對她視而不見。白癡。這些人我一個也用不著，對他們的信任度是零。

牆壁搞定後，我泡了個澡。頭髮洗了三遍、除腿毛、刮腋毛、拔掉眉毛之間的雜毛。我上了新指甲油，上的妝比平常更重，臉上莫名有些斑斑點點，所以粉底塗了厚厚幾層，上了點腮紅給自己好氣色，眼線自然也不可少。我的臉是一張面具。但我就是穩不住自己的手。唇膏一直畫出唇外，害我宛如一個喝醉酒的老太婆。最後總算大功告成：教人難以發現的低調梅色。鏡前的我恢復原本的樣貌。珍妮佛．亨特沙姆：完美無瑕。

我挑了條黑色窄裙，配上黑色懶人鞋和乾淨俐落的白襯衫。我希望自己看起來實事求是，時髦俏麗。不料裙子鬆垮垮地垂在腰上。我一定是瘦了。這個嘛，日子再怎麼烏雲罩頂，還是能露出一線曙光。

我叫麗娜帶克里斯多去倫敦海生館一遊，然後在外面買午餐。克里斯多說想留在家裡陪我，但我只是給他一個飛吻，要他別傻了，說他會有個愉快的一天。我付給瑪麗一星期的工薪，叫她以後別來了。我伸出一根手指滑過微波爐，給她看上面有多少灰。她雙手插腰，說什麼反正她也不想來，這份工作讓她覺得很毛。

我列出清單。兩份清單。第一份是該做的家務事，沒多久就列完了。第二份要給林克斯和史塔德勒，這就複雜多了，我得喝四杯濃咖啡才能完成。是他們自己說，只要我能記得，任何事都可能相關的，不是嗎？

席林大夫跟史塔德勒連袂到來，兩人面色凝重神秘。我請他倆進克萊夫的書房。

「不要緊，」我對他們說。「別一臉焦慮。我決定向你們坦白一切。要不要來點咖啡？不要嗎？那不介意我喝點咖啡吧？唉呀。」

我在桌上灑了一大灘咖啡，然後拿擺在電腦附近、上頭註明「無損固有權益」的文件來擦那灘水。

「珍妮……」

「等等。我列了張表，你們應該看看。我試著打給那個叫阿拉圖妮安的女人。」

席林大夫注視史塔德勒的眼神，像在命令他跟我說些什麼。史塔德勒只是以皺眉回應。

「就跟你們直說好了，我遇過很多怪人，」我說。「事實上，對我來說，你們都是怪人。沒有人特別突兀，因為每個人都很突兀。」我笑了笑，再喝幾口咖啡。「我第一個男友，事實上，不算克萊夫的話，他是我唯一一個男友，名叫瓊．瓊斯。他當時是個攝影師，現在也還是，也許你們聽說過他，他幫幾乎一絲不掛的模特兒拍照。我是當模特兒，手部模特兒的時候認識他的，所以我不必脫上衣，至少不必在公共場所脫，不過他私底下拍了我很多照片。我們分手時，其實也談不上是分手，感覺比較像是他慢慢對我失去興趣，於是有一天，我無法確定跟他還能不能走下去，沒錯，這個嘛，我差不多是在萌生那個念頭時認識了克萊夫，自然想要跟他討回照片，但他只是笑著說他有版權，所以那些照片一定還被他藏在哪裡。」

「珍妮，」席林大夫打斷我的話：「想不想吃點什麼？」

「不餓，」我邊說邊咕嚕嚕地猛喝一口咖啡。「反正在發生這件事之前，我臀圍大了好幾吋。其實我覺得自己不是很撩人情慾的女人。」我屈身向前，用氣音低聲說：「地球並不為我轉動。」

席林大夫取走我手中的咖啡杯。我發現自己在克萊夫的書桌留下杯印。管他的。待會兒再用神奇亮光劑擦，三兩下就跟變魔術一樣清潔溜溜。我也要把窗戶擦得一塵不染，這樣我跟外面的世界看起來才沒有屏障。

「我想說的其實不是這個，只不過她一直追問我的性生活。我列了張名單，上面是我覺得對我怪怪的男人。」我拿著清單對他們揮舞。「我必須說，名單很長哦。不過我在最怪的男人姓名旁邊加註星號供你們了解。」我斜眼望著名單。要嘛是我今早的字跡飄忽不定，要嘛是我累到看不清楚，問題是我明明覺得不累。

史塔德勒抽走我手中的名單。

「我可以來根菸嗎？」我問他。「我知道你抽菸，只是沒在我面前抽。我看過你在窗外。史塔德勒探長，你要知道，我觀察你。我觀察你，你也觀察我。」

他從口袋掏出菸盒，取出兩根菸，點燃之後一根遞給我。這種感覺親密地出奇，我逃離他的身邊咯咯竊笑。

「克萊夫的朋友很怪，」我一邊說一邊猛咳。我兩眼薰得淚汪汪，吐了口煙，地板彷彿在搖晃。「他們看起來衣冠楚楚，但我敢說每個都在搞外遇，或想搞外遇。男人就像動物園裡的動物。非得把男人關進籠裡，他們才不會亂跑。女人就像動物園管理員。你不覺得婚姻就是這回事嗎？女人努力馴服男人。這麼說來，與其說像動物園，倒不如說是馬戲團。唉，我也不曉得。

「我努力去想來過這棟房子的每個人，即使他們沒出現在我的通訊錄或日記本。但不曉得該從何找起，畢竟花園裡屋子內到處都有男人在工作。大家都知道那種男人是什麼料。不過，說老實話，無論我去哪裡都一樣。哪裡都沒有例外。我到哈利的學校看見那些當爸爸的，或是去喬許的電腦班，總會碰到一些異於尋常的怪人。還有……」我還有話要說。

席林大夫一手搭在我肩上。「珍妮，跟我來，我幫妳做點早餐，」她說。

「現在還是早餐時間啊？老天爺。這個嘛，起碼我有充裕的時間打掃兒子的房間。不過名單我還沒討論完呢。」

「來吧。」

「妳知道嗎，我把瑪麗開除了。」

「是哦？」

「所以現在只剩我了。應該說剩我跟克里斯多和克萊夫。但他們不算數。」

「什麼意思？」

「他們又不會幫我忙，對吧？大致上來說，男人不會幫忙。總之這是我的經驗談。」

「吃不吃吐司？」

「吃什麼都行。我不在乎。天哪，廚房可眞夠亂的，妳說對嗎？什麼事都亂了套。沒一樣合乎條理。沒有人幫我，我自己到底該怎麼收拾殘局啊？」

10

後來發生了什麼事，變得有點朦朧。我說想要出門購物，好像甚至開始找外套了，可是遍尋不著，周圍的人又一直勸我別去。他們的聲音似乎從四面八方向我而來，同時不斷從我體內抓耙，彷彿我的頭蓋骨裡有群黃蜂，繞著腦子爬，等著螫我。我開始對他們咆哮，要他們走開別煩我。聲音是止住了，但我感覺他們緊抓我的胳臂。我人在臥室，席林大夫離我近到我能感覺她的呼吸撲面。她說的話我聽不懂，只感覺胳臂一陣疼痛，接著一切便緩緩褪爲陰幽寂靜。

我宛如置身一個既深且暗的坑底。偶爾浮出渾沌，看見面孔，他們會說些我無法搞懂的話，然後我會再次陷入令人慰藉的陰幽。我醒來之後，感覺截然不同。灰撲撲、冷冰冰，陰沉沉的。一名女警坐在我床畔。她望著我，起身離開房間。我想繼續睡，睡個不省人事，只是事與願違。我想起我做過的事，然後又努力別去想它。眞不曉得我是怎麼了，但再怎麼繞著這問題百轉千迴也是徒勞無功。

過了一會兒，席林大夫跟史塔德勒進房裡來。他們好像走進女校長的書房，面露幾許不安。感覺挺可笑的，但後來我才憶起他們八成只是覺得我會繼續行爲脫序。我肯定是好多了，因爲當下看見那些人在我的臥室出入，我感到怒火中燒。我低頭一看，只見我穿了自己的綠睡袍。是誰幫我寬衣解帶換上這件的？我更衣時又有誰在場？這又是一件我努力別去鑽牛角尖的事。

史塔德勒只在房門口駐足，席林大夫則走上前，緊握我其中一只其實是兒童專用的法式陶杯。外人是不會懂的。亨特沙姆家的廚房運作精密，除了我以外，其他人不會有半點頭緒。天曉得他們把底下弄得多翻天覆地。

「我替妳泡了點咖啡，」她說。「妳喜歡的黑咖啡。」我坐直身子，把溫暖的馬克杯捧在掌心。繃帶纏手有點彆扭，卻也為我隔熱。「要不要換件浴袍？」

「好，絲的那件。」

我把咖啡擱在床頭桌，不停蠕動身子穿浴袍。我想起十三歲那年全身緊裹浴巾在沙灘上扭動身體換泳衣。我現在的蠢樣跟以前相比有過之而無不及。沒人在意是否看見我。席林大夫把椅子向我拉近，史塔德勒步向床尾。我鐵了心不要說話。我沒什麼好道歉的，只想要他們滾開。但我向來受不了安靜，只好打破沉默。

「感覺像是醫院的探病時間，」我強烈挖苦地說。他倆誰也沒開口，只是一直用敏感而憐憫的恐怖表情望著我。若要說有什麼是我無法忍受的，那就是被人同情。

「克萊夫人呢？」

「他夜裡探望過妳了。今天星期四了。他得出門上班，不過我等等會打給他，向他報告妳的狀況。」

「妳一定對我很厭煩吧，」我對席林大夫說。

「說來好笑，」她說：「因為我也一直這麼想。我是說相反的想法。我猜妳一定對我很厭煩。我們聊過妳。」

「那還用說嗎？」我說。

「但我希望，那不是壞事。我們在爭執……或者應該說，在討論的其中一件事……」說這話時，她往史塔德勒那頭瞄了一眼，但他正在扳弄領帶結，似乎壓根沒注意。「我覺得，我們覺得，對妳可能不夠坦誠，所以我想做點什麼來彌補。珍妮……」她頓了一下。「珍妮，首先，如果妳覺得我過問太多，我想向妳道歉。妳應該知道我白天的工作是診療病患的精神科醫師。但是此時此刻，我的任務是竭盡所能協助警方逮到這號危險人物。」現在她跟我說話的口吻溫柔，像是醫生在安撫一個發燒臥病在床的孩童。「妳成了某人執迷的目標。其中一種逮到這傢伙的方法，是找出吸引他注意的原因，所以有時也意味著我會侵犯妳的隱私。我只是想說，我知道妳已經有個非常好的大夫，我沒有要取代他的意思，也不想跟妳說妳的人生該怎麼過。」

我略帶挖苦地對她眉頭一皺，彷彿眞有可能發生這種事。我眼前突然閃現他倆決定參與討論，謹愼且「敏感」地醫治我的畫面。那個古怪的珍妮．亨特沙姆，需要別人小心照料。

「我以爲妳發現我是個徹頭徹尾的瘋婆子，」我說。在我原本的預料中，這是壓倒性的反唇相譏，只是此話一出全盤皆墨。

席林大夫沒有微笑。「妳是說昨天嗎？」她問道。我沒答腔。我才不要跟她說發生了什麼事呢。「妳正承受巨大的壓力。我們都在這裡，試著做點什麼幫妳的忙。可是壓力加在妳身上。難過的是妳。希望妳知道，我們非常理解。」

我舉起包了繃帶的那隻手，端詳著它。或許這只是我愚蠢的想像，但我愈是注意傷口，它好像就疼得愈厲害。「妳感受到我的痛苦了吧？」我語帶尖刻地說。「我不要妳可憐我，」我靜靜地補了一句。「只要妳幫我把這些狗屁倒灶的事趕走。」

我以為席林大夫會動怒或發慌，但她幾乎一點反應也沒有。「我知道，」她說。「史塔德勒探長會跟妳討論。」

她把椅子移到一邊，但仍緊鄰著我。史塔德勒曳步向前。他的表情好似一位和藹的本地警察，來小學為孩子提供一些道路安全的建議。看起來跟他放浪形骸的臉很不搭軋。他抽出一張椅子。「珍妮，那我們開始吧？」他說。

他如此自然而然地叫我名字令我略感驚訝，但我只是點點頭。他離我很近。這是我第一次看見他長了個下巴窩，勾起我想放手指進去的念頭。

「妳很不解我們為什麼不逮到那個人就好，妳的疑惑我都了解。這本來就是警察的工作，對吧？我不會給妳上什麼制式的課程，但事實上，大多數的犯罪，要破案都易如反掌。因為多數人不會花太多心血犯案，只是撞上某人或偷什麼東西，有目擊證人看見他們的犯案過程，差不多就這樣。警察的工作只是將他們繩之以法。但做這種事的人可不能等閒視之。他雖非犯案高手，但這是他的嗜好，他也付出很多心血。他可能只是個穿連帽禦寒夾克、愛好搜集火車號碼的普通人。只不過他挑中了妳。」

「你的意思是，警察抓不到他囉？」

「很難用正常的方法抓到他。」

「他在你們眼前，堂而皇之地進我家門欸。」

「饒了我們吧，」史塔德勒窘迫地微笑道。

「但這是關鍵，」席林大夫打岔道。「只要他想的話，任何女性都能攻擊。但對他來說，重點在於展現他的力量和支配。」

「他是什麼心理狀態，我不在乎，」我惱火地說。

「我在乎，」席林大夫說。「洞悉他的心理是我們逮到他的主要方法之一。我們可以善加利用。而利用的主要方法之一，就是從他觀察妳的角度看妳。只怕妳不好受。」

「我們都仰賴妳，」史塔德勒說。「這會轉嫁更多壓力在妳身上，但我們希望妳能想想自己的生活，讓我們知道有沒有發生什麼異常的事。」

「他可不是一般的偷窺狂，」席林大夫說。「而可能是比妳想像中在大街更常偶遇的對象。可能是突然對妳稍微提高或降低注意的某個朋友。他想要展現他的力量，所以關鍵在於留意妳自身的周遭環境，留意任何新的或不對勁的事。他想展現對你示威的能耐。」

我哼了一聲鼻息。

「問題不在於新鮮事降臨，」我說。「而是跟舊事物消失更息息相關。」

史塔德勒猛一抬頭。「什麼意思？」

「反正幫不上你們的忙啦。你們搬過家嗎？搬家公司出動了兩台搬運車，我很確定有台小的廂形車在繞經M25高速公路的時候把東西搞丟了。鞋子、食物攪拌器的零件、我心愛的短衫，你叫得出名字的玩意兒都丟了。」

「都是在搬家的途中搞丟的？」

「別傻了，」我說。「那個傢伙要是沒開廂型車，再找來四個幫手，是偷不了這些東西的。就連你這個呆頭鵝也會發現異樣。」

「但話說回來……」史塔德勒若有所思地說。他往席林大夫那頭傾身，對她竊竊私語，好像他們的交談內容有趣到足以成爲秘密。接著他抬起頭。「珍妮，可以幫我們一個忙嗎？」

這裡看起來像個瞎了眼的瘋子所整理的舊貨特賣會。他倆事先打電話報備，然後帶我去警局，進一個特別的房間，史塔德勒說屆時會有物品在那裡陳列。坐在車上時，席林大夫把手搭在我手上，這麼一個動作教我毛骨悚然；她說我只要看看那些物品，說出心裡的想法就好。我聽了唯一的想法是，這些話聽起來全是騙徒的瞞天謊話。

結果物品本身差點令我啞然失笑。一把梳子、一條俗不可耐的女用內褲、一隻蓬鬆的泰迪熊、一塊石頭、一個哨子、幾張清楚印了色情圖片的撲克牌。

「老實說，」我說。「我不知道你們希望從我這裡得到什麼……」

但就在這個節骨眼，我感覺有人朝我肚子打了一拳，同時還對我電擊。它出現了。那個可笑的盒飾吊墜。紛雜的回憶在同一時刻向我湧現。我們的第一個結婚週年紀念日，在布萊頓待了一天一夜。往後的那些年，我們去了更高檔的地方，但唯有第一年最教人刻骨銘心。我們走進每條極小的購物街，避開店家正門，嘲笑那些糟糕的紀念品，接著又在同一時間發現它出現在一家珠寶店，而克萊夫二話不說走進店裡把它買了。另一條愚蠢的思緒浮現腦海。當晚克萊夫在飯店扒光我全身的衣物，但只留著那個盒飾吊墜。它垂在我的雙峰間。他先是吻了它，再親吻我的酥胸。那些縈繞在你心頭揮之不去的思緒眞是瘋狂。我感覺自己羞紅了臉，差點得強忍亟欲奪眶而出的淚水。我將它拾起，在掌心感受那熟悉的重量。

「很美對吧？」史塔德勒說。

「這是我的，」我說。

他臉上浮現最愚蠢、近乎滑稽的表情。「什麼？」他幾乎是喘著氣問我。

「克萊夫給我的，」我如夢似幻地答覆。「後來搞丟了。」

「可是……」史塔德勒說。「妳確定嗎？」

「當然，」我說。「這個背面有個細小的夾子可以把它打開。不信你看。」

他看得目不轉睛。「對，」他說。席林大夫也瞠目結舌。他們倆倆相望，目瞪口呆。「等等，」他說。「等等。」

然後他跑呀跑地，跑出房間。

11

我不懂。沒有半點頭緒。什麼也不懂。感覺像是注視喬許其中一款令他眉開眼笑的電腦遊戲，可是上頭的語言和字母我一竅不通。對我而言，那些只是點啊線的或什麼代碼。我望著席林大夫，彷彿她能向我解釋這是怎麼回事，但她只是回以無意義的鼓舞笑容，安慰不成反倒令我不寒而慄。然後我又望向擱在那些稀奇古怪物品間的盒飾吊墜。我伸手用一指輕輕碰它，好像它會把我的臉炸個稀巴爛。

「我想回家，」這不是我的眞心話，但我非得說點什麼，打破小房間裡了無生氣的沉默。

「再等一下，」席林大夫說。

「我想吃東西。我肚子餓了。」

她點了個頭，卻像是心不在焉地做個樣子。臉上略鎖眉頭。

「我上一餐是什麼時候吃的？一定是很久之前吧。」我試圖回憶過去幾天的生活，卻只像往漆黑的暗處凝望。「有沒有人要告訴我爲什麼我的盒飾吊墜會跑來這裡？」

「我相信警方會——」

但她話說到一半，史塔德勒便偕同林克斯回到屋內。他倆往我對面一坐，表情都激動不已。林克斯勾起鏈條將盒飾吊墜拾起。「亨特沙姆太太，妳確定這是妳的？」

「當然確定。克萊夫還在哪兒拍了張照，做爲保險憑證。」

「什麼時候搞丟的？」

這我就得好好想了。

「很難講欸。我記得戴過它去聽演奏會。那是六月九號，家母生日的前一天。兩個星期後，我想戴它參加克萊夫的工作派對，但怎麼也找不著。」

「那是什麼時候的事？」

「請你行行好，你不是有我的日記嗎？總之就是六月，六月底吧。」

史塔德勒低頭看筆記本，似乎很滿意地點了個頭。

「這有什麼重要的？你們是在哪裡找到的？」

史塔德勒直視我的雙眸，我逼自己別迴避他的目光。我一度以為他要跟我說些什麼，但那一刻過去了，他再度帶著稱心如意的表情俯視筆記本。

房裡短暫地凝結弔詭的沉默，接著我揚高音量：「能不能麻煩某位跟我解釋一下現在是什麼情況？」但我其實沒那個意思，我的怒氣似乎早已流光。「我搞不懂。」

「亨特沙姆太太，」林克斯說：「我們能不能建立……」

「不是現在，」席林大夫忽然開口。她站了起來。「我要帶珍妮回家了。她現在高度緊張，身體不適。待會兒再說。」

「建立什麼？」

「珍妮，走吧。」

「我不喜歡秘密。我不喜歡別人知道跟我有關、但我又不知情的事。你們逮到他了嗎？是不是？」

席林大夫一手撐著我的手肘，我跟著起身。我到底為什麼會穿這條棉褲？都好幾年沒穿了；棉褲跟我一點也不搭。

每個人的行為舉止都怪里怪氣。整幢房子充斥一種新的能量，彷彿窗簾被人拉開，窗子也被人推開了。想當然耳，沒人向我透露半點風聲；不過席林大夫和一臉厭倦的女警伴我回家。林克斯跟史塔德勒也隨後抵達。他們對彼此招手點頭示意，並注視著我，但我一與他們四目相交，這幾個人又迴避我的目光。席林大夫似乎不像其他人那樣滿意。

「亨特沙姆太太，可以請妳打電話給妳丈夫嗎？」跟著我走進廚房的史塔德勒問道。

「你不能自己打給他嗎？」

「我們想約談他，但或許由妳居中協調會較有禮貌。」

「什麼時候？」

「馬上。」

「這是為了什麼？」

「我們需要澄清幾項疑點。」

「今晚我們要參加酒會欸。很重要的酒會。」

「我們愈早跟他談上話，他就能愈早自由。」

我拾起話筒。「他會很火的，」我說。

他果眞火冒三丈。

電話鈴響。是喬許跟哈利打來的，那是美國時間一大早，只不過聽起來他們好像就在轉角，隨時會奔進家門。哈利說他在湖裡抓到一條梭子魚，天曉得那是什麼，還有他已學會駕駛風帆了。喬許向我詢問家裡的情況；只要他一過度情緒化，聲線就會由孩童變爲男人。

「寶貝，沒事。」

「警察還在家裡嗎？」

「案子應該有進展了。」一縷希望的微風吻上我。

「我們還得在這兒再待兩個禮拜嗎？」

「寶貝，別傻了，你不是玩得很盡興嗎？錢夠不夠用到夏令營結束？」

「夠，可是……」

「衣服給你帶對了吧？哦，記得跟哈利說你背包裡放了多的電池，可以給他聽隨身聽。」

「好。」

我掛上電話，感覺對話不算成功。克里斯多曳步而過，身後還拖了條小毯子。看見他悶悶不樂的髒臉，我頓時覺得好自責。

「克里斯多，你好啊，」我對他說。「給媽咪抱一下好不好？」

他轉頭面向我。

「我不是克里斯多，」他說。「我是亞歷山大。妳也不是我的媽咪。」麗娜從他房裡用那吟誦的瑞典腔呼喚他。「媽咪，我來了，」他喊道，離開時還洋洋得意地瞥了我一眼。

我脫掉褲子，換了條黃色低腰背心裙，又在耳垂穿上耳環。我照鏡子。一臉素顏的我顯得削瘦蒼白，蓬頭垢面；雙眼雖然亮得出奇，但眼底的肌膚卻又脆又薄，臉頰上還有條紅紅長長的刮痕。怎麼會刮到那兒的？我快要認不得自己了。

席林大夫要我吃她做的蛋餅，其中加了我特意爲酒會後的晚餐留的藥草。算了。我沒什麼嚼，吃了好幾口；只要火速吃進一口，就狼吞虎嚥地塞進焦黃、不太新鮮的麵包。我沒想到自己竟餓成這副德性。她用手托著下巴看我進食，彷彿我令她困惑似地打量著我。我在心裡暗忖，很快我將重振旗鼓、整理房子，把工人、園丁和清潔工找回來，深呼吸打起精神，變回原本的珍妮·亨特沙姆。明天。明天我就要重新開始。但就這麼一次，被人照顧美好地像是打了麻醉。這裡感覺再也不像是我家了，只是一個我坐著等待某事發生的空間；每個人都在等待什麼事情發生。

我猛然睜開眼。鑰匙在鎖眼轉動，大門用力關上，門廳傳來沉重的腳步聲。

「珍妮。珍珍，妳在哪兒？」

葛蕾絲跟我同一時間起身。史塔德勒跟林克斯比我們搶先一步。大夥兒都聚在樓梯旁。

「到底怎麼一回事？」克萊夫繃著一張臉說。他嗓門響亮唐突，聽了教我頭疼。當時他看到自己一箱寶貝文件擱在門廳地上。我看見他氣得前額爆出一條青筋。

「亨特沙姆先生，」史塔德勒說：「謝謝你趕來。」他比克萊夫高得多，但站在他身邊的克萊夫顯得結實性感。

「有什麼事？」

他跟史塔德勒講話的態度，像是把他當做一個特別低階的官員。

「我們希望你來警局一趟，」林克斯說。

克萊夫乾瞪眼。「什麼意思？」他問道。「有話爲什麼不在這兒說？」

「我們想幫你錄口供。這樣比較妥當。」

克萊夫看了一眼手錶。「拜託你們行行好，」他說。「最好眞有什麼了不起的大事。」

「你先請，」史塔德勒爲克萊夫開門，不過克萊夫在離家前轉身面向我。

「打電話給潔恩，隨便編個理由，」他對我厲聲訓斥。「編的理由別讓我倆看起來像是傻子。也別忘了打給貝琪。參加晚宴，開開心心地去，假裝一切正常得不得了，聽見沒有？」我把一隻手搭在他胳臂上，但被他惡狠狠地甩開。「我厭煩這一切，」他說。「厭煩死了。」

葛蕾絲也要離開，她在邁步走出大門前，意味深長地扣上她長夾克的鈕釦。

我打去克萊夫的辦公室，跟潔恩說克萊夫背痛。「老毛病又犯了？」她挖苦地說，但我不懂她爲何要語帶嘲諷。兩小時後，我也如法炮製地對貝琪・李察斯說；她寄予同情地笑了幾聲。「男人眞是多疑，老以爲自己生病，對吧？」她竊笑著說。

我環顧屋內，掃視穿黑禮服的女人和身著黑西裝的男人。至少這些佳賓我大多都認得，只是突然提不起精神和他們攀談。要說什麼，我一個字也想不出來。只覺得好空虛。

12

克萊夫沒有來，我愈來愈覺得自己格格不入，只是把玩手裡的玻璃杯、凝視畫作、在一間又一間的房裡穿梭，彷彿我正急著要跟誰在哪裡碰面。我赫然發現獨自參加宴會，對我而言已變成一個全然陌生的經驗，不禁爲此替自己捏了一把冷汗。除了陌生，還很不對勁。有時候我會半開玩笑地對克萊夫說，雖然我和他連袂出席宴會，但我知道大家其實只想見他，我出席眞正的功用只是當克萊夫的太太。

因此，貝琪跟我說門口有人找我時，我感覺如釋重負，而非厭惡困窘。

「是警察，」她尷尬困惑但不失周到地說。

畢竟是人都知道，門口有警察找，對我們這種普通老百姓來說有什麼意義：要嘛有人出意外，不然就是誰死了或失蹤了。但我再也不像他們只是個尋常人。我鎮定自若地走向門口。史塔德勒跟一位我沒見過的制服員警站在門階。貝琪待了一會兒，古道熱腸但顯得好管閒事。警官沒有開口，我轉頭探詢地望著貝琪。「如果有什麼需要我幫忙的，我人就在屋裡，」她一面說，一面勉爲其難地退離。

我再度面向警官。

「不好意思打擾了，」他說。「局裡派我來通知妳，妳丈夫不會來了。亨特沙姆先生還在偵訊中。」

「哦，」我說。「有什麼問題嗎？」

「我們只是想釐清某些細節。」

我們站在貝琪的門階大眼瞪小眼。「我不太想回晚宴了，」我說。

「需要的話，我們可以載妳回家，」史塔德勒說，接著又補了聲：「珍妮，」我的臉頓時羞得緋紅。

「我去拿外套。」

短途車程中沒人與我交談。史塔德勒跟那名警官交頭接耳個一兩次。抵達家門後，史塔德勒陪我拾階而上。我在鎖眼轉動鑰匙時，有那麼一個荒謬的剎那，感覺像是我倆在外共度夜晚後回家，正要互道晚安。

「克萊夫今晚會回來嗎？」我堅定地問，彷彿要讓自己知道這有多蠢。

「不能確定，」史塔德勒說。

「你們在偵訊什麼？」

「我們需要他證實調查中的某些細節。」史塔德勒答話時若無其事地環顧四周。「哦，還有一件事。警方想在明早進一步搜索府上，這也是我們辦案的趁勝追擊。妳有異議嗎？」

「大概沒吧。只是我不敢相信家裡還有什麼值得看的。你們想搜哪兒？」

史塔德勒再次顯得一派輕鬆。「不同的地方。樓上吧。或許妳丈夫的書房。」

克萊夫的書房。這是我們新家第一個整理到可以住人的地方，那裡略顯奢華，因爲除了克萊夫之外，沒人會待在書房。無論我們住在哪兒，克萊夫總有自己的堅持：要有個私人小窩，放他自個兒東西的房間。我還記我們設計房間時，我笑著抗議，說我都沒有屬於自己的密室，但他說這無所謂，因爲整個家都是我的密室。

書房其實並未重重深鎖，而且沒有這個必要。兒子們嚴禁進入，否則將以酷刑或死罪伺候。我顯然不是百分之百禁止入內。有時我會在克萊夫處理帳目或寫信的當兒進去，他不會對我發怒或叫我走開。但他會面向我，接過咖啡或聽我想說什麼，然後等我辦完事、準備走出房門。他老是說我在房裡他沒辦法專心工作。

因此，我檢查完全家、輕解羅衫、換上睡衣和浴袍後，走進書房似乎是在挑戰禁忌。我打開燈，罪惡感立刻油然而生；我走到房間另一頭關上窗簾，在這幾近半夜的時分，徹底感到寂然獨處。

這是克萊夫的房間。整潔、精準、井井有條。幾乎空無一物，只有幾幅畫。從他母親那兒繼承的一小幅朦朧的風帆水彩畫。小時候人家送他的中學蝕刻畫。一張克萊夫和他同事團隊在慶功晚宴的照片，人手一根雪茄，臉孔紅亮，美酒飲盡的玻璃杯，大家相互搭肩；克萊夫略顯笨拙和遭人迫害。他向來不喜歡被人碰觸，尤其是男人。

我丈夫的書房。這裡有什麼令人感興趣的？我當然不會去搜他的東西。趁他在警局裡這麼做似乎很不堅貞。我只是想看一眼。這樣要是得爲他護航，我的發言也許至關重要。我是這麼自我催眠的。

書房裡有兩個檔案櫃，一個高的呈褐色，另一個矮胖呈金屬灰。我把兩個櫃子都打開，翻閱資料夾和文件，可是它們無聊到難以想像。抵押契據、使用手冊、數不盡的收據、帳單、保證書、發票和會計師的來信。看到這些令我對克萊夫萌生小小愛的火光。這些他全一肩擔起，不勞我費心。他只讓我做有意思的、富創造力的事，其餘枯燥的工作交給他打理。而且全都處理好了，全都井井有條。沒有懸而未決的事，也沒有未繳的帳單或沒回的信。要是沒有他，我不知道會怎樣？我不是每份文件都鉅細靡遺地讀。我只是想確定有沒有什麼檔案內容不無聊。

我關上第二個檔案櫃。這實在太蠢了。除非警方想看我們的貸款協議，否則這裡說什麼也不會有他們感興趣的東西。只是又被誤導，徒勞無功。假如之前警方問我，我可以這麼說。

我把書桌頂層往回推，結果發出巨大聲響，我緊張不安地左顧右盼。我很謹慎，只要是無法在聽見門鈴後幾秒內恢復原狀的事我絕不幹。不用說也知道，沒什麼有趣的好看。克萊夫總說他嚴以律己的規定之一是：只要從書桌前起身，一定會把桌子清理乾淨。桌面上只有鋼筆、鉛筆、橡皮擦、價格不菲的電動削鉛筆機、橡皮筋、迴紋針，全都擺在特別用來安置它們的容器或小碟裡。分類架裡有信封、便條紙、卡片、標籤。撇開其他不講，警方一定會刮目相看。

所以只剩下抽屜了。我往他椅子上一坐。我的膝蓋上方有個淺淺的抽屜。風景明信片。我一張張看。都是空白的。接著是另一側的抽屜。全新空白的支票簿。冬季度假手冊。一堆公文，都是來自克萊夫工作的馬特森・傑佛里律師事務所。一切都乏味地令人感恩。

右下方的抽屜裡放了幾個笨重的褐色大信封。我檢查最上面的那個。裡面盡是手寫信。筆跡相同。我看了其中一張的信尾，上面署名葛蘿莉亞。我知道天大的過錯之一，就是未經允許偷看人家的私人信件。此時「凡偷聽的，肯定聽不到好話」這句格言浮上我的腦海。雖然明知不該讀信，眞正該做的是把信放回原處、上床睡覺、將這一切拋諸腦後，但在此同時，我又想到：到了早上警方可能會基於他們的理由讀這些信，難道我不該掌握一點信裡的內容嗎？

最後我的折衷辦法是瀏覽書信，這裡看句話，那裡看個字。這樣東拼西湊很難從字裡行間看出個所以然，但文字似乎躍於紙上：寶貝……我想你想瘋了……想到昨晚……數日子。說也奇怪，我一開始並不對克萊夫或對葛蘿莉亞惱火。最初我只對她書信裡的陳腔濫調感到輕蔑。難道偷情的男女非要用同樣老套的話表達自己嗎？克萊夫只有那麼點能耐嗎？然後我憶起上回在晚宴看過她，她靠向他竊竊私語，望著餐桌對面的他；想到這裡我不禁雙頰灼燒。我小心翼翼地把信放回信封袋。最後一封信是最近期的。我知道不該讀的，讀了只會造成傷害、造成更多的痛苦和更多的羞辱。

再看一點好了。看整段而不是只有一個句子。給葛蘿莉亞一段文字的機會爲自己平反。最近一封信的最後一段。我得知道自己該如何因應。

「親愛的，現在我得收尾了。我正在上班，現在得回家了。見不到你我好難受，不過九月我們就能一同去日內瓦了。」日內瓦。出差。他還沒跟我提過。「這麼說似乎很過分，可是有時候我好恨她，幾乎跟你一樣恨。」

我把信放下，狠狠嚥了口口水，只是喉頭依舊哽咽。恨我。所以他恨我。沒有愛。也談不上喜歡。不是漠不關心。而是恨。我又低頭讀信。「可是我們不能這樣。我們會解決難題，以後就能朝夕與共了。我們會想到法子的，你是這麼說的，我也深信不疑。給你最眞摯的愛，葛蘿莉亞。」

我把信摺好，輕輕塞回信封底層它原本的位置。我望著抽屜其他鼓鼓的信封袋，光是想到裡面有什麼我就黯然傷神。我拾起最上頭的信封袋，底下有張照片。照片裡是個女人，但不是葛蘿莉亞。看樣子她人在某個派對。她手裡拿了杯酒，戲謔地對著攝影師笑。我沒認識這樣的女人。有趣、嬌小、苗條而且非常年輕。深金色的秀髮、短裙、沒重點的怪短衫。但是一派休閒。有那麼瘋狂的剎那，我覺得她看起來是個好人，可以當我的朋友，但下一秒我便憤怒作嘔，再也無法忍受。我把照片放回第二捆信底下，再關上抽屜。我離開書房，也沒忘要把燈關上。

13

我身陷黑暗。我的人生盡是幽暗。曾被我視爲理所當然的一切，如今全步步進逼，令人不寒而慄。我原以爲外面有個無名氏想傷害我，光是這點似乎就夠駭人了；但直到此刻我才驚覺，沒有哪裡是安全的。外面不安全，家裡也不安全，跟結縭十五年的人共處、待在自己家裡、關在自己房間、躺在自己床上，都不安全。哪裡都不安全。

喬許跟哈利人在美國，在高山上的帳篷，離家千萬里。克里斯多假裝我不是他的母親。還有，克萊夫恨我：他是這麼跟葛蘿莉亞說的。那晚我躺在床上，測試這個字，像用舌尖輕舔電池，看還有沒有電似的。恨。恨。恨。這個字在我腦裡好似針扎。我的丈夫恨我。不曉得，他恨多久了？是有葛蘿莉亞之後？還是好多好多年了？還是一直以來都是如此？

屋外的微風在疲軟易彎的樹林輕嘆。我幻想隔牆有眼，有人在外頭盯著我的窗戶。

也許我丈夫想要我的命。

我在床上坐直身子，轉開床頭燈。這太荒謬了。這麼想未免太離譜了。只不過，警方爲什麼押他押了那麼久？

過了胡亂做夢的一整晚，我在黎明時分走進克里斯多的臥房，坐在依然熟睡的他身旁。日光透進他的魚群悠遊的圖案窗簾，看來今天又要烈日當空了。被子已被他掀掉，睡衣的釦子也解開了。他一手緊握著麗娜在動物園幫他買的海豚絨毛玩偶。嘴巴微張，偶爾咕噥著我無法理解的夢話。我大概今天會安排他跟麗娜去我爸媽家住。我早該這麼做了。這個地方不適合小孩待。

警方一早就來了，三名員警宛如特遣部隊，進入克萊夫的書房。我假裝他們不存在。

我幫克里斯多和麗娜做了頓熟食早餐；但向來不肯吃東西的麗娜只用叉子挑了烤蕃茄，努力將其餘的食物堆成堆，這樣看起來像是她多少吃了一點。至於克里斯多呢，他把煎蛋的蛋黃戳破後，弄得整個餐盤都是，說到處都是蛋黃，可不可以吃巧克力脆片就好？我不自覺地問他：「你是不是忘了說什麼啦？」請問。請問他可不可以不吃這盤噁心的早餐。

警方搬了好幾個箱子離開。一群心生忿恨的粗魯搬家工人，把它們搬來、隨意疊高，只不過是幾個月前的事。克里斯多沒問父親人在哪裡，因爲通常在他起床之前，克萊夫就上班了。在他起床前離家，上床睡覺後回家。恨。我的丈夫恨我。

廚房裡一團亂。自從我開除瑪麗之後，整個家都一團亂。我明天再打掃。今天就算了。我俯視自己的一雙裸腿。心想，又該蜜蠟除毛了，連指甲油也開始剝落了。

「亨特沙姆太太，妳沒事吧？」麗娜用她宛若歌唱般的嗓音問我。這個女孩多漂亮啊，髮色好金，小背心裙下身材苗條，夏天的艷陽把她嬌弱的雙臂曬成古銅色。說不定克萊夫也是這麼想的。我盯著她瞧，直到視線模糊。

「亨特沙姆太太？」

「沒事。」我以手指貼臉，感覺皮膚又薄又老。「只是沒睡好……」我話愈說愈小聲。

「我想看卡通。」

「克里斯多，現在不行。」

「我想看卡通。」

「不行。」

「妳是屁眼。」

「克里斯多！」我抓住他的上臂，狠狠掐了一下。「你說什麼？」

「沒。」

我鬆開他的胳臂，面向一臉嫻靜的麗娜。

「今天有點亂，」我含糊地說。「也許妳可以帶克里斯多去公園、去野餐，或去彈力堡。」

「我不要野餐。」

「克里斯多，你乖。」

「我想跟妳在一起。」

「今天不行，寶貝。」

「來吧，克里寶寶，來挑衣服囉。」麗娜起身。怪不得克里斯多愛她了。她從來不發脾氣，只是用她可笑的嗓音對他吟唱。

我用手撐著腦袋。到處都是灰塵髒污。有衣服要熨。沒有人幫我。克萊夫在警局接受偵訊。偵什麼訊？亨特沙姆先生，你恨你妻子嗎？有多恨她？恨到要寄刮鬍刀片給她嗎？

他倆手牽著手一同走了。克里斯多穿著條紋襯衫和紅色短褲。我盯著他們餐盤上凝結的食物。盯著需要清洗的窗戶。頭頂的燈還結了張蜘蛛網。不曉得蜘蛛跑哪兒去了。

門鈴響了，我嚇了一跳。是衣著皺褶、汗流浹背、臉上留著鬍渣的史塔德勒。他看起來好像徹夜未眠。

「珍妮，我可以問妳幾個問題嗎？」現在他都改叫我珍妮了，好像我們是朋友，是情侶。

「還有話要問？」

「一個就好，」他帶著疲憊笑容說。

我們走下樓，我問他要不要喝咖啡或吃早餐，他都婉拒了。

他環顧四周。「琳恩呢？」他問我。

「屋外，坐在她車上吧，」我說。「你剛一定有經過她的車子。」

「好吧，」他沒睡醒似地，無精打采地說。

「你想問什麼？」

「對對對，」他說。「只是要問清楚細節。妳還記得七月十八日星期天妳人在哪兒嗎？」

我稍微試著回想，但最終還是放棄。「日記不是都交給你了嗎？」

「對。那天妳只有寫『買魚』。」

「哦，對。我想起來了。」

「妳那天做了什麼？」

「我在家。煮飯，準備東西。」

「妳丈夫也在家嗎？」

「不在，」我說。史塔德勒的驚訝溢於言表，接著顯露欲蓋彌彰的勝利笑容。「我不懂你爲什麼要一臉詫異。你也知道他很少在家。」

「妳知道當時他人在哪兒嗎？」

「他說他一定得外出。生意上有急事。」

「妳確定？」

「確定。我正在爲我們做菜。他早上說他一定得出門。」

那天的景象我歷歷在目。那天麗娜放假。哈利跟喬許閒在家裡鬥嘴，後來外出找各自的朋友；克里斯多幾乎一整天都在看電視，要不就是玩樂高，因爲暑熱加上脾氣差，早早就上床睡了。我則坐在廚房，忙了一天徒勞無功，美麗的佳餚、高腳杯和花園採的鮮花都擺在餐桌上，可是他沒回家。

「他出門一整天？」

「對，」我說。

「可以抓個時間給我嗎？」

我說話的時候，親耳聽見自己乏味但哀傷的聲線。「他很早出門，早到超市都沒開。一直到半夜，又或許更晚才回家。我就寢時他還沒回來。」

「妳願意重說一遍，爲我們錄口供嗎？」

我聳聳肩。「你想要的話。你大概不會跟我說這有什麼重要的吧。」

史塔德勒竟抓著我的手，握著不放，這舉動嚇到我了。「珍妮，」他輕聲說，他的嗓音好似愛撫：「我只能跟妳說，一切很快就會結束了，希望對妳來說這是種安慰。」

我感覺自己身子要泛紅了。活像個村婦，「哦」是我唯一能擠出的答覆。

「我馬上回來，」他說。

我不想讓他走，但這話當然說不出口。我把手抽離。「很好，」我說。

我躺在床上，浸在一灘日光下。動彈不得。我的四肢有千斤重、腦筋遲鈍，彷彿沉在水底。

我泡了個冷水澡，閉上眼，試著什麼都不想。我在每個房間閒晃。我當初是看上這房子哪一點？它醜陋、死氣沉沉，令人期待落空。我要搬離這裡，重新出發。

希望喬許會打電話給我。我想跟他說，假如眞的那麼討厭夏令營，其實不用硬待在那兒。不值得過得那麼慘，這點我現在才看透。

我走進兒子們的臥室，撫摸他們衣櫥裡的衣服、書架上的獎品。我們跟彼此離得好遠。我在走廊的長鏡前看見自己的倒影——一個消瘦的中年婦女，頭髮油膩、膝蓋骨突出，像個迷路的小東西，在這個對她而言太大的屋子裡四處閒晃。

暑氣和迷霧把屋外的天空搞得灰濛濛的。

也許我們可以搬到鄉下，搬到房門四周種滿玫瑰的鄉間小屋。外加一座泳池和一棵山毛櫸，這樣兒子們就能爬樹。

我打開冰箱，目不轉睛地盯著裡面。

門鈴響了。

我無法言語。不可能會發生這種事。這不是真的。我猛搖頭，好像這樣就能驅離困惑。林克斯湊到我面前，彷彿我是近視眼、是聾子、也是瘋子。

「亨特沙姆太太，妳有沒有聽到我說的話？」

「什麼？」

「妳的丈夫克萊夫‧亨特沙姆，」他說，好像非得這樣鉅細靡遺地詳加闡述。「一個小時前，我們以一九九九年七月十八日早上柔伊‧阿拉圖妮安的謀殺案凶手罪名將他起訴。」

「我不懂，」我複述一遍。「這太離譜了。」

「亨特沙姆太太，珍妮……」

「離譜，」我複述道。「離譜。」

「他的律師全程參與。他明早會在聖史蒂文治安法庭出庭。他們會申請保釋，但相信庭上會拒絕的。」

「那個女的到底是誰？她跟克萊夫有什麼關係？跟我還有那些信又有什麼關聯？」

林克斯看起來很不安。他深吸一口氣，即使身邊沒其他人，他仍耐著性子，緩緩靜靜地說。

「細節我沒辦法向妳說明，」他說：「但是情況特殊，所以我想我應該讓妳做好心理準備。妳丈夫似乎和她外遇。我們認為他把妳的金屬盒飾吊墜送給了她。他的個人物品中有她的照片。」

我記得昨晚看到的相片：一張熱切的笑臉，她舉杯向她無法擁有的未來敬酒。我大口吸氣，頓感一陣作嘔。「這也不表示他把她殺了。」

「阿拉圖妮安小姐跟妳一樣收過恐嚇信。信是由同一人寫的。我們認為妳丈夫恐嚇她，然後殺人滅口。」

我凝視著他。一塊拼圖慢慢吻合，但浮現眼前的整張圖沒有意義，只是潦草的暴力影像，一場夢魘。「你是說，寫信給我的是克萊夫？那不像他的筆跡啊。」

「我們目前要說的只有，妳丈夫因阿拉圖妮安小姐的謀殺案遭到起訴。」

「跟我說說你的想法。」

「亨特沙姆太太……」

「一定要跟我說。這一點道理也沒有啊。」

林克斯沉默片刻，顯然是想下定決心。「這件事很沉痛，」他說。「希望妳能不用受這種苦。但看樣子他因爲某種理由，想甩了那個女的。解決她之後，似乎就沒人知道他們認識彼此。所以，如果妳……怎麼說好呢，如果妳被凶手鎖定，他就不會是嫌疑犯。」接著他又沉默許久。「這是我們解讀案情的一個面向，」他心神不安地說。「我很遺憾。」

「他眞有那麼恨我？」

林克斯沒吭聲。

「他承認了嗎？」

「他就連認識阿拉圖妮安小姐都不承認，」他冷淡地說。「這倒是有點荒謬。」

「我想見他。」

「這是妳的權利。不過妳確定嗎？」

「我想見他。」

「珍妮，妳不會相信這種事吧？珍珍。妳不可能相信這麼荒唐的指控吧？」我從他的嗓音聽出交雜的憤怒與恐懼。

「我爲什麼不該相信？」

「珍珍，是我啊，克萊夫，妳的丈夫。我知道最近我們關係鬆動，但我還是我啊。」

「關係鬆動，」我複述道。「關係鬆動。」

「珍珍，我們結婚十五年了。妳不是不了解我這個人。告訴警方這太扯了。那天我明明跟妳在一起啊。妳也很清楚的，珍珍。」

一隻蒼蠅停在他的臉頰，他狠狠將牠撥開。

「跟我聊聊葛蘿莉亞，」我說。「你們之間是眞的嗎？」

他羞紅了臉，欲言又止。

我望著他，他的鼻毛，脖子上的塵垢，耳邊剝落的皮膚，還有頭皮屑。他只有在仔細打扮的時候才迷人。不像史塔德勒那種熬了一整夜沒睡，反倒更英俊的人。有誰能整晚未眠卻依舊性感。

「我覺得應該沒什麼好說的了吧？」

「有，」他說。「我有話要說。」

「再見。」

「到時候妳就知道了，」他吼道。「到時候妳會後悔莫及。妳犯下妳可悲人生裡最嚴重的錯誤。」他的拳頭往我們中間的桌面搥，門口的圓臉警察見狀立刻起身。「我會要妳付出代價的，妳等著瞧。」

現在只有一名員警在我家門外駐守了，他躺在車裡，用報紙遮著半睡半醒。克萊夫的書房像遭小偷。整幢屋子是個充滿半成品房間的建築。花園成了荒地；法蘭西斯準備種花、種香氛灌木的花床長出蕁麻；草地也枯黃了。

我開了一瓶香檳，豪飲一整杯，卻感覺嚴重作嘔。我該吃點什麼，但好像進食也不太可能。眞想葛蕾絲上門，再幫我做個稀稀的美味香草歐姆蛋。好想喬許打個電話，跟我說他要回家了。

我獨自坐在廚房。羞辱而自由。

14

一整天狂亂的活動使我得以平靜。這就是我需要的。就是這樣，我才不會胡思亂想，它搗住了無論我吞什麼藥都趕不走的嘈雜聲。這個早晨陽光普照，又不至於暑熱難耐，我與琳恩坐在廚房餐桌前時，心情近乎平靜。她又穿上制服了。我有種預感，一切將要終結、發條鬆懈、就此別過。我們幾乎把一整壺的咖啡都喝光了，我也做了些吐司和她共享。琳恩問我她能否抽菸，我不只允許，還向她要了根菸，然後找來一個淺碟當菸灰缸。

我吐出第一口煙，感覺罪孽深重，彷彿又回到十四歲，但繼續抽下去便得到慰藉。或許等我展開新生，就會重新開始抽菸。

「我曾靠抽菸減肥，」我說。「至少這是個討喜的副作用。不過我懷喬許之後就戒了。我的臀部和大腿再也不復以往。」

琳恩微笑著搖頭。「我希望身材有妳這麼好，」她說。

我以批判的目光注視琳恩。「妳不會喜歡的，」我說。「妳還沒見到它在我眼中的樣子。」

我倆又吐了口煙。這麼多年沒吸菸，我連動作都生疏了，需要多加練習。

「所以妳很忙嗎？」琳恩問道。

「有很多事要打理。」

「什麼時候走？」

「今晚就要飛去波士頓了。」

「妳兒子都知道了嗎？」

聽到這裡我真的差點噗哧一笑。「從電話上告訴喬許他父親……總之，這似乎不是個好主意。他們還不知情，但我相信席林大夫會建議當面講。」

「這樣大概比較好。」

「我大半個下午都在跟我的建築師、好幾位建築工、還有我能幹的園丁法蘭西斯講電話。我跟兒子下週一會飛回來，然後房子的裝修就能復工了。」

琳恩點燃另一根菸，接著與我四目相交，索性也幫我點一根。「這樣不覺得奇怪嗎？」她說。「再重頭來過？」

「這回不一樣，」我說。「所以電話才講那麼久。他們會過來拼湊修補一下，牆上刷些白漆，花園種點灌木。然後我就要把房子賣了。」

琳恩吃驚地瞪大眼。「妳確定？」她說。

「我真正想做的是，把房子連同裡面的一切全都放把火燒了，然後逃之夭夭。不過現實中賣房子是唯一的一條路。」

「妳才剛搬進來欸。」

「我連多看它一眼都辦不到。我在這裡住得很不快樂。這大概不是房子的問題，只是……」

「妳跟席林大夫聊過了嗎？」

「幹麼跟她聊？」我略帶敵意地說。「葛蕾絲・席林的工作是運用所長逮到騷擾我的那個男人。他已經被逮到啦。」我打住不說。「對不起，我不是故意用吼的，又用吼的。」

「沒關係。」

「其實，從各方面來說，這大概不是妳幹過最愉快的工作吧。」

「怎麼這麼說？」

「要想辦法照顧一個處境可憐、脾氣又壞的女人。」

琳恩一臉嚴肅。「別這麼說。這件事很可怕。我們都爲妳感到難過。現在也一樣。」

「現在還是？」

「聽著，我們爲逮到這個犯案元凶而高興。不是因爲犯案者是亨特沙姆而高興。」

這話我得花時間思量才能答覆。我望向琳恩身後的花園。很難相信法蘭西斯竟有能耐只花兩星期就把那裡搞得像樣、可以賣人。

「我只是不斷想起我們婚姻生活的點點滴滴，不懂這是怎麼發生的。我們夫妻間有些難題，這我知道；但我不解的是，他爲什麼非得對我恨之入骨。我是哪裡對不起他了？那個名叫柔伊的可憐女孩，除了跟他上床之外，又是哪裡對不起他了？」琳恩直視我的雙眸，我敢說她沒有迴避我的目光，只是沒有回話。「就算對我恨之入骨好了，爲什麼非要置我於死？教我受罪？他是這種人嗎？妳說啊。」

琳恩開始有點閃躲。

「我得小心爲上，」她說。「畢竟案子涉及羈押聆訊等等。不過有的人就是會做這種事。亨特沙姆先生有外遇，也知道妳不肯離婚。」她聳聳肩。「我上一件處理的謀殺案，凶手是名年僅十四歲的男孩，只是因爲奶奶不願意借錢給他買樂透就痛下毒手。我的小隊長曾說：殺人不用執照。」

「所以他可能這麼做了。妳覺得他會被判有罪嗎？」

琳恩頓了一下才回答。「皇家檢控署說我們在指控任何人以前，必須對定罪有百分之七十五的把握。據我所知，警方指控妳的丈夫是毫無疑慮。我們在那個死去的女孩柔伊和他撒謊的企圖間建立了明確的連結。他沒有不在場證明。他恐嚇妳，有婚外情和動機。這個案子十拿九穩。」

「萬一這是兩起不同的凶殺案呢？」我謹愼地問她。

「不可能，」琳恩說。「妳們兩人都收到一模一樣的恐嚇信，所以肯定是同個人幹的。」

「我有時覺得他是清白的，但會被判有罪。有時又覺得他其實有罪，但是會被無罪釋放。他是律師，機伶得很。我都不知道該怎麼設想了。」

「他逃不了的，」琳恩堅定地說。

我們喝著咖啡，把香菸抽完。

「行李打包了嗎？」她問我。

「我準備要做，」我說。「只打算帶一小袋。」

她看了手錶一眼。「我差不多該走了，」她說。

「沒人監看我的感覺好怪，」我說。

「不是完全沒人監看。我們會密切留意。」

我擺了張有點挖苦的臉。「所以妳也不完全肯定囉？」

「看妳沒事就好。」

語畢她便告辭。

我沒吃午餐。沒空吃。結果打包比我對琳恩說的還要再複雜一點。平常我是拿捏行李份量的世界級冠軍，可是今天我感覺怪怪的，好像做什麼事都慢半拍，彷彿置身水底或月球。縱使做事慢半拍，我還是得加倍謹慎思量。

電話一直響不停。我跟克萊夫的律師談了好久。言談之間，彼此些微相互閃避。我不能百分百確定我們站在同一陣線，到頭來不禁思忖該不該自己請一名律師。好幾個人打來找喬許：他的小提琴老師；電腦班那個名叫哈克的傢伙，說喬許要他送電玩來；他的朋友馬庫斯；我的兩位友人；或克萊夫已經聽聞怪事的朋友。每接一通電話，我就用一連串形同睜眼說瞎話的藉口拖延。

有鑑於我目前的狀況，我覺得還是留多點時間候機比較保險，於是我預約計程車，發瘋似地繞著房子跑，關窗戶和半掩窗簾。我打過電話給瑪麗了。她每晚回來家裡開燈。反正也沒什麼好偷的吧？想偷盡量偷。最後一件事。這是趟橫渡大西洋的航班。要穿軟一點的鞋。我有雙不咬腳的藍色帆布懶人鞋。跑哪兒去了？搬家後我到底有沒有將它們拆箱？想起來了。在臥室櫥櫃的頂層。我跑上樓。環顧臥室——以前我會說是我們的臥室。沒看見什麼被我遺忘的。

此時傳來敲門聲。我指的不是大門。而是有人在敲臥室的房門。

「亨特沙姆太太？」

「怎樣？」我嚇得反問。

一張臉從房門往裡凝望。我一度百思不得其解。當你看見一個跟正常背景毫不相干的面孔就會如此困惑。有個年輕英俊的男人，身穿T恤牛仔褲和工作夾克。他是誰啊？

「哈克。你在幹麼……？」

「這不是我的本名。只是取來讓小孩崇拜的。」

「那你的本名是？」

「莫里斯，」他說。「莫里斯．伯賽。」

「這樣啊，莫里斯．伯賽，我現在有點忙。正趕著出發去機場。」

「電玩，」他邊說邊揮舞一個俗艷的包裝盒。「我打過電話，記得嗎？不好意思，大門是開的，所以我就自己晃進來了。我剛才在樓下喊了幾聲。」

「哦。這個嘛，攔住我算你走運。計程車隨時會來。」

他確實在喘氣，彷彿一路跑來。

「是啊，我眞的很高興，因爲……不只是爲了電玩。我看見晚報了，上面有妳丈夫被告的報導。」

「什麼？哦，天哪。我就猜到會有這種事。」

「亨特沙姆太太，我深感抱歉。也知道這對喬許來說會有多煎熬。」

「是啊，我知道。等等，我先拿雙鞋。拿到了。」

「所以我想馬上過來見妳。妳知道嗎，我一直在想，這絕不是亨特沙姆先生幹的。」

「呃，莫里斯，你人眞好，只是……」

我把腳套進鞋裡。差不多該走了。

「不，不只是那樣。我還知道妳丈夫可以怎樣證明他的清白。」

「什麼意思？」

「簡單到了極點。等他們找到妳的屍體，就會知道不是他幹的了。」

「什麼？」我遲鈍地問他，同時感覺驚慌撲面而來。

他離我很近，冷不防地一個動作，什麼東西掠過我的頭頂，緊緊鎖喉。現在他貼著我，俯視我，熱呼呼的鼻息撲面。

「妳不能講話了，」他幾乎以氣音對我說。他的臉離我好近，要吻我都不成問題。「連氣也喘不上幾口。我只要拉一下，妳就死定了。」他漲紅了臉，滿臉充血，雙眼死命瞪著我，可是出口的嗓音卻很溫柔。「都無所謂了。反正妳也無能爲力。」

我失控了。感覺兩腿間濕濕熱熱的。我尿在自己身上了。聽見尿液流淌，濺灑在木頭地板上。這令我想起羊水破掉的經歷。這是好事一件。克里斯多不在家，在我爸媽那裡住。喬許跟哈利也離家千萬里。很好。

他嫌惡地皺起臉。「看看妳幹了什麼好事，」他說。「連衣服都沒脫呢。」他的臉，將是我在離開人世前看見的最後一個景象，我想問他爲什麼，卻又問不出口。

「可惜來不及搭計程車了，」他說。「我本以爲時間還多，想向妳展現愛意，但現在時間所剩無幾。」

他再次勒緊繩索，用一手抓牢。他搆到一邊，另一隻手再次出現。我看見一把利刃。

「珍妮，我愛妳，」他說。

我想要的只有黑暗，只有陷入痲木。可是我無法。求之不得。

第三部　娜蒂亞

1

我在趕時間。其實呢，應該說我一點也不趕時間。只是覺得如果我營造趕時間的氛圍，或許就能催眠自己完成什麼事。等我發覺釀成大錯時，已經太遲了。我會重新掌控自己的人生。

我在床底下找到一條舊棉裙，將它穿上，再把一件黑色無袖T恤套在上衣外，這樣巧克力污漬便能隱而不顯。肯定是哪個興奮過頭的小鬼，手拿火星巧克力棒還是什麼的，迎面撞向我。我瞄了一眼鏡前的自己。我的髮型活像卡通裡的一群蜜蜂，臉上還有彩繪的污漬。

咖啡。先由它打頭陣好了。我找到一個杯子，在浴室沖一下，順便把水壺加滿水。廚房的洗碗槽不能使用：那裡有堆成山且污漬結塊的鍋碗。等我報完所得稅再來洗碗。這是另一個好主意。那疊噁心又不衛生的陶碗陶碟，是我逼迫自己整理家務的方法。

我把咖啡和半條巧克力拿到桌前。我開始實踐牛奶什錦麥片和現切新鮮水果早餐。四種蔬菜和六種水果。我該每天貫徹。巧克力是豆子做的對吧？

我也該把這了結了。繳稅的最後通牒擱在電腦鍵盤上。好幾週前就寄來了，但我一直把它跟其他所有沒拆封的信放在抽屜，眼不見爲淨。麥克斯曾說我該去看心理醫生，治好我無法拆信的病。有時候我放著好幾星期不拆，我也不曉得爲什麼。雖然明明知道這是在爲自己累積麻煩，再說寄來的也不全是我討厭的，比方帳單或圖書館逾期未還的罰金通知。我不拆的還包括支票、朋友寄的信、工作介紹信，現在拆絕對不成問題。之後好了，我是這麼告訴自己。之後再拆。等抽屜滿了再說。

「之後」在此刻到來。我從椅子上掃掉一包餅乾和一頂草帽，然後坐下，打開電腦，眼睜睜地看著螢幕變綠。我用滑鼠點擊「帳目」，再點「支出」。很好。非常好。我工作了一小時。在書桌上、書桌後和外套口袋翻找。我拆開信封。旋出舊收據和發票。我的人生開始成形。為求保險，還是全印出來好了。這時螢幕出現一個小視窗：未知錯誤，第18種。什麼意思？我再次點擊，可是游標不動了。一切就此凍結。我狠戳鍵盤，非常用力，好像運用外力就能使電腦起死回生。結果什麼也沒發生。現在怎麼辦？我該怎麼做？我的人生，我嶄新的、井井有條的人生，就在螢幕後方的某處，可是我搆不著。我把頭埋在手中，一會兒罵髒話，一會兒啜泣。我重擊電腦上方，又懇求地輕撫它。「拜託，」我說：「以後我會乖乖的。」

我需要查使用手冊，問題是我沒有使用手冊。這台電腦是麥克斯朋友轉贈給我的。後來我想起上星期有張卡片被塞在我擋風玻璃的雨刷底下。修理電腦。當時我還一笑置之，把它扔到一旁。但到底扔到哪兒去了？我打開書桌頂層的抽屜：衛生棉條、口香糖、漏水的筆、透明膠帶、包裝紙、拼字遊戲旅行版、幾張我根本認不得的照片。我把肩包裡的東西倒出來：一堆多餘的零錢、揉皺的一團衛生紙、一把舊鑰匙、一副撲克牌、兩顆彈珠、單隻耳環、幾條橡皮筋、一支唇膏、一顆雜耍球和幾個筆蓋。我往錢包裡找，那裡只有信用卡、收據、外國鈔票和一張麥克斯的快照。我把相片扔了。卡片找不著。

沙發座墊下、我曾拿來裝奇珍異寶的缺口茶壺、放首飾的抽屜或廚房餐桌上那疊紙中，都不見它的蹤影。我八成是拿它當書籤了。我走進臥室，翻閱我最近讀過或看過的書，在《簡愛》裡找到一株乾枯的幸運草，在阿姆斯特丹的旅遊書中找到一張外送披薩的傳單。

還是我沒把它當一回事，隨便塞進口袋了？我那天穿的是哪件衣服？我開始在外套、褲子、短褲，和在臥室與浴室散亂著、等待清洗的所有衣物間東翻西找。我在一把扶手椅下的麂皮靴裡找到它。它被我扔在一旁時，肯定像片落葉著陸。我將它攤平，注視紙上的文字：「電腦有問題嗎？」全是粗體字。「問題不分大小，找我幫你修好。」小寫字是電話號碼，我一看便火速撥號。

「喂。」

「是修電腦的嗎？」

「對。」

他聽起來年輕友善而且很有頭腦。

「謝天謝地。我電腦掛了。所有的資料、我的整個人生都在裡面。」

「妳住哪裡？」

感覺精神一振。帥呆了。先前我還想像自己扛著電腦穿越倫敦街頭。

「卡姆登，離地鐵站很近。」

「今晚可以嗎？」

「你現在方便嗎？拜託。相信我。如果不是事出緊急，我不會這麼麻煩你的。」

他笑了。友善、孩子氣的笑聲。撫慰人心。像是醫生。「我看看能幫上什麼忙囉。妳白天在家嗎？」

「一直都在。實在太好了。」我馬上在他能找到藉口前把住家地址跟電話給他。然後我補充道：「對了，我家是個狗窩。」我環顧四周。「不騙你，眞的是狗窩。我叫娜蒂亞。娜蒂亞・布蕾克。」

「待會兒見。」

2

結果不消半小時，他就敲上我家大門。眞是方便到荒謬。他像是我爸老掛在嘴上講的雜工，在過往點燃街燈的燈伕和煙囪清潔工大行其道時會出現的那種人。他是會登門造訪修東西的那種人。而且更好的是，他並非眞的來自上個世代。他不是什麼中年男子，穿著制服、稱妳爲女士，手拿寫字夾板，開一台廂型車，車身印了他的公司名，最後給你一張發票，價錢讓你明瞭其實換個馬桶都比通馬桶要便宜。

他跟我是同一世代，只不過再年輕一點。反正比我再年輕一點。個子高，穿了輕便的運動鞋、灰長褲、T恤和在這種天氣穿一定會熱爆的破爛夾克。他皮膚蒼白，深色長髮及肩。長得還可以，和電腦宅男給人的刻板印象不同，其實他一點也不膽怯害羞。

「妳好，」他邊說邊伸出手。「我叫莫里斯・伯賽。修電腦的。」

「太棒了，」我說。「太棒了。我是娜蒂亞。」

我請他入內。

「妳家遭小偷？」他環顧屋內說。

「沒。我在電話上跟你說過我家是狗窩了。打掃家裡是我優先考量的首要工作。」

「有沒有幽默感啊？我覺得這裡很讚。有可以通往花園的大門眞好。」

「沒錯，很有園藝概念。整理花園也在我的待辦清單內，不過排名稍低一點。」

「病人在哪兒？」

「往這兒走。」那台惹是生非的機器在我的臥室。其實非得坐在床上才能替它動手術。

「要來點茶嗎？」

「咖啡。加奶不加糖。」

但我仍在原地徘徊，等他針對我的問題做出答覆。這情況像在跟我唱反調似地，宛如有點小痠小痛就去看醫生。假如病情真的相當嚴重，妳會頗為自豪，彷彿提供醫生什麼值得他注意的疾病。另一方面，萬一診斷結果是你根本好端端的，妳會羞愧得無地自容。我希望擁有一台健康的電腦，但同時又想提供宅男莫里斯什麼挑戰，讓他不至白跑一趟。不該是如此。

他脫掉夾克，往床上一扔。我大吃一驚。原本以為會看見纖瘦多筋的手臂，沒想到他的臂膀竟肌肉發達強健。他的胸膛寬大。這個傢伙平時會練身體。我才一百五出頭、身型纖細，站在他的身邊自然顯得弱不禁風。

「太空兄弟，」我說。

「什麼？」他問我，然後低頭微笑。「我的上衣？不曉得是誰發明這些口號的。大概是日本哪台電腦接錯電線了吧。」

「那麼，」我說。「你也看到了，它就這麼當了。我平常只要敲幾下鍵盤，它就會起死回生，可是這次任憑我怎麼敲呀搥的，一點用也沒用。」他坐在床上望著螢幕。「我想說的是，視窗上顯示什麼第18種錯誤，天曉得那是什麼玩意兒。我不知道該不該把插頭拔掉、重新開機，可是這樣說不定資料會全毀。」

莫里斯身子緩緩前傾。他用左手同時壓住鍵盤上幾個較大的按鍵，接著右手按「歸位」鍵。螢幕變黑，然後電腦自動重新啓動。

「就這樣？」我問他。

他起身一把抓住夾克。「如果下次又發生同樣的情況，同時按那幾個鍵，再按『歸位』。如果還是不管用，這台電腦背面應該有個小孔。」他搬起電腦，吹走些許灰塵。「這裡。拿根火柴往裡推。幾乎每試必中。如果這些全都沒用，就拔掉插頭。」

「非常抱歉，」我氣喘吁吁地說。「我只是拿這玩意兒沒辦法，實在很不好意思。之後我一定會好好學，去上個電腦課。」

「不必啦，」他說。「女人不用知道該怎麼操作電腦。那是男人的天職。」

其實我有點趕時間，因爲還得整理東西，可是又覺得這樣把人家攆出門很不通人情。「我泡杯咖啡給你，」我說。「如果找得到咖啡的話。」

「可以借用一下廁所嗎？」

「可以，就在那裡。裡面很亂，請先容我道歉。」

「我該付你多少錢？」我問道。

「別擔心，」莫里斯說。「剛才那些小事，我不會跟妳收錢的。」

「這太扯了，到府服務也該收費吧。」

他微微一笑。「妳請我喝這杯咖啡就夠了。」

「你到處幫別人免費修電腦要怎麼維生啊？你是什麼聖人嗎？」

「不不不，我做很多跟電腦有關的工作，設計軟體啦，到學校教課啦，有的沒的。幫人修電腦只是我的嗜好。」他頓了一下。「妳是做什麼的？」

每次非得向人解釋工作內容，我的心就會往下沉。「其實這不算是工作，我也不會把它講的像是一份職業，我目前是個表演餘興節目的藝人。專去小孩的派對表演。」

「什麼？」

「就這樣。我跟我的拍檔柴克——我指的是工作上的拍檔——到派對上要些把戲，讓小孩摸摸沙鼠、給他們綁造型氣球、表演偶戲。」

「棒呆了，」莫里斯說。

「這其實不是什麼艱澀的獨門絕活，差不多只是餬口飯吃。總得有錢進帳，過日子還是得顧柴米油鹽醬醋茶。莫里斯，我眞的很抱歉，這樣浪費你的時間，我很過意不去。我對無助女性的演繹，應該沒把你逗樂吧。」

「妳男友不能幫妳修嗎？」

「你爲什麼覺得我有男友？」我表情略帶詭秘地說。

莫里斯臉紅了。「我沒有特別的意思，」他說。「只是在浴室看見刮鬍膏、多的一副牙刷，諸如此類的。」

「哦，那個哦。麥克斯——也就是我之前交往的對象，兩個星期前閃人，但仍留下一些個人用品。等我抽出時間大掃除，那些東西都會被扔進垃圾袋。」

「抱歉，」他說。

我不想深入私人感情的話題。「所以我的電腦健康得不得了嘛，」我雀躍地說，並將我的咖啡一飲而盡。

「用多久了？三年了？」他問我。

「不曉得欸。這台原本是朋友的朋友的電腦。」

「眞不知道妳怎麼用得來。感覺難道不像在纏著綿花的沼澤裡走路嗎？」莫里斯說。他瞇著眼打量電腦。「需要多點記憶體。更快的倉鼠。就是這麼回事。」

「不好意思。更快的倉鼠？那是什麼啊？」

他咧嘴一笑。「抱歉。只是一種說法。」

「我小時候養過倉鼠。牠跑得一點也不快。」

「總之，我只是要說，妳的電腦像是石器時代的工具。」

「聽起來不妙。」

「花個一千英鎊，妳就能把這台電腦變得千倍強大。可以上網。可以架設自己的網站。有試算表可以讓妳把帳都記在上面。妳想要的話，我可以幫妳設定。這樣妳就會看見我成熟電腦顧問的一面。」

我開始感到有點茫然。「莫里斯，你眞是個大好人，不過你大概把我當成統御世界的女強人了。」

「不是的，娜蒂亞，妳錯了。有好的系統能使一切變得更方便。妳也可以更有掌控力。」

「夠了，」我毅然決然地說。「我不需要功能更強大的電腦，功能單薄的就夠用了。我不需要網站。我光是熨衣服就得花上半年呢。」

莫里斯一臉失望。他把咖啡杯放回桌上。

「妳改變主意的話，」他說：「有那張小卡能聯絡我。」

「一點不錯。」

「還有啊，或許我們可以，妳知道的，之後可以一起喝個飲料什麼的。」

大門的門鈴響起。柴克。謝天謝地。這份統計數據告訴我，我認識的男人裡面，百分之七十九會約我出去。怎麼男人都不怕我？我望著他。心弦沒被撩撥。沒有。

「是我的拍檔，」我說。「我們大概要趕著出門了。還有……」我敏感地頓了一下，「現在感情的事我還沒拿定主意。還沒準備好。不好意思。」

「當然了，」莫里斯話是這麼說，卻迴避我的目光。「我完全了解。」

他人很好。跟著我走向大門。莫里斯跟柴克在門口擦肩而過時，我介紹他倆認識。

「這位先生，」我說：「來我家修電腦，但分文未取。」

「真的假的？」柴克興致高昂地說。「我也被我的電腦搞得七暈八素。可以幫我看一下嗎？」

「抱歉，」莫里斯說。「這是千載難逢的機會，錯過不再。」

「我總是落得這種下場，」柴克渺無希望地說。

莫里斯和藹可親地向我點了個頭離去。

我找到她了。完美的第三位。她跟其他人一樣嬌小，可是強壯、充滿能量。整個人也因此容光煥發。她的肌膚宛若蜂蜜，一頭栗色秀髮雖然光潔，卻糾結不堪，綠褐色的雙眸好似胡桃，銅色的雀班在鼻子和雙頰上星羅棋布。在夏末展露秋色。堅毅的下顎。潔白的牙齒。動不動就微笑，張嘴笑時頭微往後仰，講話時手勢很多。這一位悠然自得，並不靦腆怕羞。像是爐火邊的一隻貓。她的肌膚看起來很溫暖。跟她握手時，她的手又暖又乾。我見到她的第一眼，就知道她是為我量身訂做的。我的挑戰。我的寶貝。娜蒂亞。

3

「我們該想另一種把戲了。」面前擺著發泡粉紅奶昔的柴克對我皺眉。「總之就是想個新的。」

「爲什麼？」

「如果客戶又找我們登門表演的話。」

我會變兩種把戲（如果把魔杖也算進去，我就會三種；只要把底部的控制桿往下推，魔杖就能斷成好幾節，舉凡四歲以下的幼童，全都視之爲驚世奇招）。第一種要把一條白色絲巾塞進空袋裡——好幾個小孩事先把他們的髒手伸進袋裡，所以他們都知道袋子是空的——然後，我變！我把絲巾掏出來的時候，它已變成紮染的粉紅和紫色了。第二項把戲是把球變不見再變回來。全都是基本的把戲。基本到無以復加。初階。但是經年累月我已將它們昇華到毫無破綻。要領在於，吸引觀衆往別的方向看。如果他們詫異地抽氣，說什麼都要忍著，別重變一次。還有，別把變把戲的秘訣對外透露，即使面對好奇的家長也不能心軟。我曾經告訴麥克斯。我變了球的戲法，他爲之驚艷，好奇心也油然而生。妳是怎麼辦到的？妳是怎麼辦到的？他問個沒完。於是我把過程表演給他看，只見他難掩失望。就這樣？我對他吼道：不然你還想怎樣？這只是個該死的把戲。

我也會拋接球。不過跟每個人一樣，只會同時拋接三顆。沒什麼困難度。但我不只使用彩色沙包，香蕉、鞋子、馬克杯、泰迪熊和雨傘我都能拋接。小孩子最喜歡看我拋接時打破雞蛋了。他們以為我是故意的，以為我只是故意搞笑。

偶戲柴克比我在行多了。我頂多一人飾兩角，而且聲音聽起來完全相同。有時我們會辦烹飪派對——把所有的食材帶到府上，教一群小孩做精靈蛋糕、糖霜娃娃和漢堡，用酥皮切刀把火腿三明治切成圓形。我們收拾殘局，小孩大快朵頤。走運的話，孩子的母親還會泡茶給我們喝。

我扮演的角色是小丑、弄臣，吵吵鬧鬧、生氣蓬勃，搞得翻天覆地、自個兒出糗。柴克則是陰沉嚴肅的助手。我們剛去過一個名叫譚馨的五歲女童派對，滿屋子任性霸道的小女孩，穿著好像蛋白霜的洋裝。我聲嘶力竭地扮完角色，渾身是汗、筋疲力竭，一心只想回家小睡片刻，在浴缸裡讀報。

「昆蟲，」柴克突然開口。「我聽說有人帶昆蟲跟爬蟲類動物到小孩的派對讓他們摸。光這樣就夠了。」

「我才不要把昆蟲跟爬蟲類動物放在家裡。」

他唏哩呼嚕喝掉奶昔，看起來一臉惆悵。

「我們可以弄些會咬小孩的蟲。不行，那可不成。這樣我們會被告。更棒的是會傳染小孩重病的蟲，這樣小孩會重病不起，只是時間會拖得更晚。」

「不錯哦。」

「妳討不討厭『生日快樂』？」他問我。

「討厭。」

我倆相視咧嘴而笑。

「妳今天抛接球很不靈光欸。」

「是啊。疏於練習。他們不會請我們回去表演了。不過沒差，因爲譚馨的老爸用手臂勾我。」我起身準備要走。「要不要一起搭計程車？」

「不了，妳搭就好。」

我倆吻別，各走各的路。

過去這兩星期，自從麥克斯走後，回家就顯得不對勁。我才剛開始習慣有他在家：馬桶座墊上翻，而不是放下；衣櫃裡滿是他的西裝和襯衫；冰箱裡擺了現榨的柳橙汁和培根；床上另一個軀體，夜裡稱讚我美，早上叫我快點起床，因爲我又遲到了；幫忙煮三餐的對象，爲我料理三餐的人、替我揉背、命令我吃早餐的人。和我一起計畫未來、使我改變人生方向的人。這樣子拘束自由，我偶爾會心生怨懟。他絮絮叨叨要我再整潔一點，生活再有條理一點。他覺得我不修邊幅。覺得我太夢幻。原本他心目中的迷人之處，開始令他惱怒。可是如今我發現自己懷念與人分享生活。現在又得重新學著一個人過日子了。自私的快樂：我又可以在床上吃巧克力、晚餐吃粥、看《眞善美》、在牆上貼紙條、心情不好也不用擔心影響別人。我可以再遇見某個人，重新譜出一段令人暈眩的、美味的、教人洩氣的戀曲。

我身邊的朋友一個個塵埃落定。從事他們訓練已久的工作，有退休金可領，前景一片光明。有貸款要背，有洗衣機，還有工時。很多都結婚了，有幾個連小孩都生了。或許這就是我跟麥克斯分手的原因。顯然我倆沒打算要開個聯合帳戶，或生個頭髮像他、眼睛像我的寶寶。

我開始在心裡迂迴恐慌地盤算，我過了多少日子，還有多少日子可過；我做過什麼事，還要做什麼事。我今年二十八了。我不抽菸，應該說幾乎不抽；吃大量蔬果。我爬樓梯，不搭電梯，大家都知道我常跑步。我大概還有五十五年可活，說不定能再活六十年。夠我學怎麼自己拍片、在急流泛舟、看極光、認識我的眞命天子。應該說眞命天子們。上星期我讀到一篇新聞報導，說再過不久，六十幾歲的女性也能懷孕生子，讀了眞教我如釋重負。

我在心裡暗忖，說不定我今晚要去的晚宴，麥克斯也會出席。我在壅塞的交通中開車回家，沿途答應自己要打扮得明艷動人。我要洗頭、換上紅色洋裝、有說有笑、調情跳舞，要他看看自己損失了什麼，也要他知道我根本毫不在意。少了他，我也不寂寞。

我確實洗了頭，熨了洋裝。我躺在精油滿溢的洗澡水中，即使室外依舊陽光普照，還是在浴缸邊上擺了一圈蠟燭。然後我吃兩片抹了馬麥醬的吐司和一顆冰涼且閃爍微光的油桃。

後來，麥克斯沒來；過了一會兒，我不再門口一走進誰，就東張西望尋覓他的身影。我認識一個名叫勃伯的男人，他是個濃眉律師，還有一個叫做泰倫斯的討厭鬼。我非常狂野地和舊識高登共舞，幾個月前是他介紹麥克斯給我認識的。我跟露西小聊一下，這是她的三十歲生日晚宴，也和她兩百一十幾公分、髮色很淡的新男友聊了幾句。他得對我彎腰：讓我感覺自己像個侏儒或小孩。我七點半就告辭了，和老朋友凱西與梅兒到一家中國餐廳吃飯，三人喝得微醺，不過是美好的微醺。排骨、黏呼呼的麵條、廉價紅酒，最後只穿單薄紅洋裝的我開始發冷。我突然好想回家，爬上我的大床。

我回家的時候已過凌晨一點。一過半夜，卡姆登便活了過來。人行道上盡是奇男異女，有的疲倦，有的相當癲狂。一個綁綠色馬尾的男人想要抓我，我叫他滾開，他便聳了個肩、咧嘴一笑。一位幾乎一絲不掛的美女好似陀螺，在我家附近馬路的人行道上不停轉圈。好像誰也沒注意到她。

我踉踉蹌蹌地走進大門，打開門廳的燈。門墊上有封信。我將它拾起，看信封的字。字跡我不認得。工整的黑色斜體字：娜蒂亞·布蕾克小姐。我的手指滑進黏著的信封蓋口，再把信往外一倒。

4

「他還洗劫妳家？」

「什麼意思？」

林克斯往我凌亂的家一指，座墊散在地上，地毯上堆疊紙張。

「不是啦，」我說。「是我弄的。最近我有點忙，之後會清。」

警探一度不知所措，彷彿剛剛睡醒，不曉得自己身在何方。

「呃，這位小姐。」

「我姓布蕾克。」

「是的，布蕾克小姐，我可以抽菸嗎？」

我四處翻找，找到一個菸灰缸，好巧不巧雕成伊微沙島的形狀。我突然開始擔心這會使人聯想起毒品，不過林克斯總督察顯然另有要事在心頭。他看起來身體狀況不佳。我有個舅舅心臟病發三次還死不戒菸，即使他連吸口氣、不讓菸熄滅的力氣都使不上來，仍死性不改。麥克斯有個朋友曾經神經失常、需要開刀，目前正在康復中。那是一年前的事，但他現在講起話來，依舊抖著顫音，像是忍住不哭。林克斯使我想起他倆。看他點菸像在心裡練習提十五個吊桶。他手抖得太厲害，幾乎無法把火柴對準菸頭，後來終於對上了，也只是須臾之間。他看起來像是試圖在北海拖網漁船的瞭望臺上，而非在我相對通風順暢的客廳裡點菸。

「你還好嗎？」我問他。「要不要喝點什麼？想不想來點茶？」

林克斯準備開口，卻活像得了支氣管炎，咳得說不出話。他只能搖頭示意。

「來點蜂蜜加檸檬？」

他還是一個勁兒的搖頭。從側身口袋掏出一條看起來污穢的手帕擦拭雙眼。他開口時，嗓門很低，所以我得把身子往前傾才能聽見他說的話。「重點是……」他頓了一下。要講什麼，他還是摸不著頭緒。「建立接近的機會。也就是說，誰能接近妳。」

「對，」我不耐煩地說。「這你說過了。感覺要爲一封變態寫的信大費周章。這會是項大工程。經常有人在我家留宿。我男友常住這兒。時常有人在這兒進進出出。我剛離開兩個月，這段期間有個女生朋友住我家。顯然她住這裡的時候，我家形同開放參觀。」

「現在她人呢？」林克斯問道，音量比可悲的喘息好不到哪兒去。

「大概在布拉格吧。她在那裡有事要做，但旅程的終點站是回家鄉伯斯。」

林克斯回望他的同事。另一名員警，史塔德勒探長，看起來保險風險要比林克斯來得低。可能有點酒醉，但說也奇怪，這樣他反倒迷人。他則是完全無動於衷。一頭直髮往後梳，顴骨凸出，有雙深色眼眸，每分每秒緊盯著我，彷彿我令人心神嚮往到了極點，但注視我的眼神又有點怪——與其說我是個女人，其實更像是車禍現場。這是他頭一回發言：「妳能不能推測這張字條會是誰寫的？先前有沒有收過類似的訊息？恐嚇電話？或碰到什麼怪人？」

「哦，碰過的怪人可多咧，」我說。林克斯精神一振，看起來稍微不那麼像活死人了。

「我因為工作的緣故，每個星期都要拜訪不同戶人家。請容我解釋，我不是小偷。」他們沒有微笑。一絲笑容也沒有浮現。「我跟我的拍檔在孩童的派對上表演餘興節目。老實說，我遇到的那些人，扯到令我難以置信。像是我剛為一個五歲小孩做完表演，她的父親就跑來搭訕，小孩的母親則在廚房點生日蛋糕——唉，讓我對人性更加失望。」

林克斯掐熄才抽了一半的菸，又點燃另一根。

「嗯，這位，」他低頭看筆記：「這位，嗯。」他似乎連讀筆記都有困難。「布蕾克小姐。我們呢，有理由相信，近期，或者應該說相當近期，嗯，有其他女性也被這號人物鎖定。」他不斷偷瞄史塔德勒，彷彿在尋找精神支持。「所以警方偵訊的重點之一，會是建立，確切來說是，試圖建立，這幾位受害者之間可能的關聯性。」

「她們是誰？」

林克斯又咳了幾聲。史塔德勒沒有替他代答的企圖。只管坐著目不轉睛地凝視我。

「這個嘛，」他最後說道：「在偵訊的這個階段，可能並不適合，嗯，對確切細節詳加著墨。這可能會阻礙調查的觀點。」

「你是不是擔心我會設法聯絡她們？」

林克斯掏出手帕擤鼻涕。我望向另一頭的史塔德勒。這是他頭一次沒回望我。他似乎在筆記本上找到什麼他極度感興趣的東西。

「我們會盡可能把辦案進度向妳回報，」林克斯說。

「辦案？」我說。「這只是一封信欸。」

「警方有必要認真看待恐嚇信件。再說，我們有位心理學家，席林大夫，她的專長是，嗯……她應該……」他看一下手錶，「……隨時會到，沒錯。」

現場陷入一片沉默。

「聽好了，」我說：「我不傻。大約一年前我家被闖空門，只是沒有東西被偷。可能是我妨礙到竊賊偷東西了。警方大概一天之後才來我家，而且他們啥也沒做。現在我才收到一封惡意的信，就這麼勞師動眾。這是怎麼回事？警方沒有其他驚天動地的大案子要辦嗎？」

史塔德勒啪地一聲闔上筆記本，收回口袋。「有人責難警方，說我們對女性為犯案目標的案件不夠敏感，」他說。「所以我們對這類的恐嚇非常認真看待。」

「哦，這樣啊，」我說。「那也是好事吧。」

席林大夫這種女人令我好生妒忌。她顯然過往在學業上表現優異、名列前茅，即使現在仍散發智慧的光芒。她的穿著也相當雅緻，給人一種秀外慧中的感覺。她有一頭柔亮的金髮，但顯然只花三秒半鐘別住頭髮，為了營造她其實沒那麼在意外表的觀感。不用說也知道，她不是那種會在一群尖叫孩童面前倒立的小丑。假如知道她要來，我一定會先把家整理乾淨。唯一令我惱怒的是，她對我說話的口氣極其嚴肅，幾近哀傷和掛慮，彷彿在錄宗教性質的電視節目。

「我知道妳的前一段感情結束了，」她說。

「我敢保證那封信不是麥克斯寫的。原因千百種，其中包括他連寫信給送牛奶的人都有問題。總而言之，提分手的人是他。」

「不管怎樣，這或許都意味著妳的處境很脆弱。」

「這個嘛，或許該說我的處境很不爽。」

「娜蒂亞，妳有多高？」

「不要在我傷口上灑鹽。我盡量不去想這個問題。才一百五出頭。我是個情感脆弱的哈比人。這是妳想強調的點嗎？那不用勞妳費心了。」

她臉上沒有浮現一絲笑意。

「我該擔心嗎？」

席林大夫久久沒答腔。等她再次開口，說起話來精闢入裡。

「我認為……怎麼說呢，驚慌失措也無濟於事。不過，出於安全考量，妳應該裝個擔心的樣子。妳受人恐嚇，所以應該表現得受到驚嚇。」

「妳眞的認爲有人會無緣無故想要殺我？」

她若有所思。「無緣無故？」她說。「有可能。有很多男的自以爲有非常充分的理由攻擊或殺害女性。那些理由可能無法說服妳我就是了。但這沒辦法帶來太多慰藉，對吧？」

「沒辦法替我帶來太多慰藉，」我說。

「沒錯，」席林大夫近乎無聲地說，像在對別人說話，某個我看不見的人。

5

他們在我家待到天荒地老。兩小時後，林克斯接到一封訊息、蹣跚而去，但史塔德勒跟席林大夫仍舊留著。席林大夫詢問我的同時，史塔德勒出門，後來帶了三明治、鋁箔包的飲料、牛奶和水果回來。之後，他帶我在家裡檢查安全措施（並大幅提升保全），她則進我廚房泡茶。我甚至聽到洗碗的叮噹哐啷響和水的潑濺聲。她抓了幾個馬克杯回來。史塔德勒脫掉夾克，捲起衣袖。

「有鮪魚黃瓜、鮭魚黃瓜、雞肉沙拉和火腿芥末口味，」他說。

我拿了火腿三明治，席林大夫拿了鮪魚三明治，我不禁覺得鮪魚口味健康得多，而我的選擇稍微低劣且無足輕重了點。

「妳是醫務警官嗎？」我問道。

她滿嘴都是食物，所以只能搖頭，同時費勁地努力嚥下三明治。我一時之間感到洋洋得意。逮到她狼狽的樣子了。

「不不不，」她趕緊澄清，彷彿被我冒犯了。「我替警方諮商。」

「那妳的正職是什麼？」我問她。

「我在韋貝克診所任職，」她說。

「做什麼？」

「葛蕾絲太謙虛了，」史塔德勒說。「她是那個領域的箇中翹楚。有她站在同一陣線妳很幸運。」

席林大夫猛一轉頭看他、漲紅了臉，在我看來，與其說是害臊，其實更像是惱羞成怒。這些表情和悄悄話，讓我覺得自己像個局外人，闖進一群老友的談話，他們有自己專屬的口頭禪、密語和共事的愉快回憶。

「我眞正想說的是，」我說：「我的工作是在小孩的派對上表演餘興節目。別人得進辦公室上班的平日，我通常沒什麼壓力。但是席林大夫，妳……」

「娜蒂亞，別見外，叫我葛蕾絲就好，」她咕噥道。

「好吧，葛蕾絲。我知道當醫生的都忙得不可開交，每次我想看醫生就有這種體悟。我可以暢所欲言地向妳坦白，坐在這裡跟妳閒聊是一大樂事，而且我非常樂意和妳談談我的人生，要談得多鉅細靡遺都可以。不過，我只是好奇，像妳這麼一位了不起的精神科醫生，爲什麼要坐在卡姆登一間寒酸公寓的地上吃鮪魚三明治。妳既沒看手錶，也沒用手機接聽電話。我覺得匪夷所思。」

「沒什麼好匪夷所思的，」史塔德勒一邊擦嘴一邊說。他吃的是鮭魚三明治。我敢說火腿口味的不僅最廉價，營養價值也最低。「我們想做的是，制定計畫，看如何著手進行。我們想爲妳提供非正式的人身保護，這次見面的目的是決定該怎麼保護妳。席林大夫是研究這類騷擾案首屈一指的權威，她身負兩項目標。當然最重要的是協助警方找到恐嚇妳的人。爲了逮到元凶，她必須檢視妳和妳的生活，掌握吸引這個瘋子的關鍵。」

「所以是我自作自受，對不對？」我說。「是我引他來的。」

「絕對不是妳自作自受，」葛蕾絲急著說。「是他挑中妳。」

「我覺得是你們一窩蜂地瞎操心，」我說。「這個傢伙對寄猥褻信給女性樂此不疲，這是因爲他畏懼女性。有什麼了不起的？」

「妳錯了，」葛蕾絲說。「寄這種信是暴力行爲。寄這種信的男人已經——這個嘛，或許已經……越界了。一定要把他當做危險人物。」

我大惑不解地望著她。「妳難道覺得我受的驚嚇還不夠多嗎？」

她將馬克杯裡的茶喝光。看起來幾乎像在故意拖延時間。「我可以建議妳怎麼做，」她說。「但不該告訴妳該怎麼感覺。喏，把杯子給我。我再幫妳倒點茶。」

話題就此結束。史塔德勒咳了一聲。「我想做的是，」他說：「如果可以的話，我想請妳聊聊妳的生活，交了哪些朋友、遇到哪種人、妳有什麼習慣，諸如此類的事。」

「你看起來不像警察，」我說。

他略顯詫異，但接著展露笑顏。「不然警察應該長得什麼樣子？」他問我。

很難讓這個男人尷尬，或者至少是我很難讓他尷尬。我從沒遇過誰像他這樣直視我的雙眸，幾乎像是想要往裡窺視。他到底想看什麼？

「不曉得，」我說。「反正你長得就是不像警察。你長得，呃……」我緊急煞車，因爲我感覺自己準備要說他長得太帥，不像警察；但此話一出不僅愚蠢至極，對於眼前的處境也不合適到極點，總之葛蕾絲也已倒茶回來了。

「很正常，」我拖延地結束這個句子。

「就這樣？」他說。「我還以為妳會說什麼更入耳的話。」

我扮了張鬼臉。「我覺得長得不像警察就是好話了。」

「這取決於妳心目中的警察長得什麼樣子。」

「我是不是打擾你們了？」葛蕾絲略帶嘲諷地問。

接著電話鈴響。是珍娜打來的。她想問我見面的事。我摀住話筒。

「這是我的姐妹淘，」我高聲用氣音說。「我跟她約好今天傍晚要一塊兒小酌。順帶一提，這張字條絕不是她寫的。」

「今天不行，」史塔德勒說。

「你是認眞的嗎？」

「就順著我們點吧。」

我又扮了張鬼臉，對珍娜掰個藉口。不用說也知道她很善解人意。她還想多聊，可是我將對話漸漸收尾。葛蕾絲跟史塔德勒似乎對我的談話內容太感興趣了點。「你在開玩笑吧？」我說。

「什麼意思？」

「我開始感覺遭人迫害了，」我說：「但是迫害我的不是寫信的可悲王八蛋。我感覺自己躺在卡片裡，有根大頭釘將我刺穿。我身子還在不停蠕動，但已有人拿顯微鏡觀察我。」

「這是妳的感受嗎？」葛蕾絲熱切地問。

「哦，別提了，」我火冒三丈地說。「看在老天的份上，別說這句話有什麼了不起的。」

總之，這只是我心裡一半的感受。我們坐了一整個下午，我先是沏茶、再泡咖啡、然後又找了一罐餅乾。我翻出幾張我稱爲日記的破紙、一一過濾通訊錄、滔滔不絕地聊起我的生活。他倆不時提問。開始下雨了，不知是多久以來的第一場雨，突然間我覺得自己不再是解剖前接受檢查的稀有樣本，反倒像和兩位相當陌生的新朋友共度時光。坐在地上聽著雨滴打在窗上，比什麼都撫慰人心。

「妳眞的會耍拋接嗎？」史塔德勒在某個時刻問道。

「我會耍拋接嗎？」我挑釁地複述道。「看好了。」我環顧屋內。碗裡有幾個水果。我抓了兩顆乾皺的蘋果和一顆橘子，一群小蠅飛上空中。想必是有東西爛了。

「那我來試試，」我說。「看仔細了。」

我開始拋接水果，然後小心翼翼地在房裡走來走去。我絆到座墊跌了一跤，水果掉落地上。

「這樣你們差不多懂了吧，」我說。

「能不能拋接多點東西？」他問道。

我輕蔑地哼了一聲。

「拋接四顆球很無聊欸，」我說。「只是一手拿兩顆拋上拋下，沒有變化。」

「那五顆呢？」

我再次嗤之以鼻。

「五顆是瘋子玩的。想拋接五顆球，你得獨立坐在房裡花三個月練習，其餘什麼事也不做。五顆球的雜耍，我會等到哪天被關進牢裡、遁入空門，或者擱淺在一座熱帶荒島才練。我的觀眾只是剛會走路的小孩，不管怎樣，這只是我正在經歷的一個階段，在此同時我會思考往後的人生該何去何從。」

「這不是藉口，」史塔德勒說。「我們想看妳拋接五顆球，對吧？」

「最低要求，」葛蕾絲附和道。

「閉嘴，」我說。「否則我要變魔術給你們看囉。」

6

接下來發生的事，我無從解釋。或者至少是我無從解釋，所以一切合情合理。葛蕾絲·席林走了。她道別時將雙手搭在我肩上，凝視我好一會兒，彷彿想要吻我，或想痛哭流涕。還是說些無比沉重的話。然後史塔德勒說警方安排一位姓柏奈特的女警盯梢。

「她該不會要住我家吧？」

「不會，之前我就想向妳解釋。琳恩·柏奈特是主要指派保護妳人身安全的員警。到了晚上，可能是她，但通常是其他員警，會在妳家門外駐守。他們多半待在車上，但不是警車。白天她有時或許會待在屋裡，不過這就看妳們兩個怎麼決定了。」

「晚上也要派人？」我問道。

「這只是暫時的。」

「那你呢？」我說。「你不過來嗎？」

他凝視我的時間多了那麼兩秒，幾乎讓我情不自禁想說些別的什麼，但後來門鈴響了。我嚇了一跳，眨眨眼，朦朧地對他微笑。

「琳恩來了，」他說。

「你到底要不要回答？」

「這是妳家。」

「隨時等你上門。」

他轉身開門。她比我年輕，但小不了多少，長得清秀可人。臉頰上有一大塊紫色的胎記。她的穿著打扮不像女警，穿了T恤、牛仔褲，手裡拿了件淺藍色的夾克。

「我是娜蒂亞．布蕾克，」我邊說邊伸出手。「抱歉，家裡一團亂，不過我沒想到會有訪客。」

她微微一笑，羞紅了臉。「如果妳不需要我幫忙，我會盡量別打擾到妳，」她說。「再說，整理家務我還挺有一套的。如果妳想整理的話，」她趕緊補了一句。

「這裡的情況有點失控，」我說，並瞥向史塔德勒，展露笑顏；可是他沒回以微笑，只是若有所思地注視我。我走進臥室，往床上一坐，等他離開。我感覺又累又不對勁。這是怎麼一回事？整晚有琳恩相伴，我該做些什麼？就連早點上床吃吐司抹起司，我都覺得放鬆不了。

情況已經不錯了。我們晚餐吃煎蛋配焗豆，琳恩把她家七個兄弟姐妹的故事娓娓道來，我還知道她的母親是美髮師。她幫我打掃一下，幾乎像是非得找事給雙手做那樣。後來她便告辭。但想當然耳，不是離開。她只是出門坐在車上。她說今晚過後會由其他員警輪班執勤。畢竟她偶爾也要睡覺的。我在浴缸裡泡了好久，直到指尖皺縮；我踏出浴缸後，往窗簾的細縫窺視，可以看見她在車上的輪廓剪影。究竟她在看書還是聽廣播？我分不清。八成只要是分心的事都不能做。我在考慮洗完澡後要喝湯還是咖啡。結果我直接上床。

隔天琳恩跟我上店裡採買；我寫信時，她也在一旁坐著。柴克打電話來，說要上門安排行程，尷尬的氛圍油然而生。我把電話放下，眼神往她那兒一拐，說：「嗯……」

她馬上回覆：「我去外面等。」

「其實只是……」

「沒關係。」

傍晚時分門鈴響起。上門的是史塔德勒。只見他提了一只極其正式的公事包，身穿一套樸實的西裝。

「警探，你好啊，」我甜美地問候。

「我來跟琳恩換班。」他面無表情，不帶笑容。「一切都好嗎？」

「還可以，謝了。」

「我打算問妳一些問題。」

他往沙發上坐，我坐在他對面的扶手椅上。

「警探，你想問什麼？」他一雙手挺漂亮的。纖長，指甲平滑。

他打開公事包，摸索幾份文件。「我想問妳和前男友們的交往情況，」他說。

「你不是問過了嗎？」

「這我知道，不過……」

「你猜怎麼著？過去的感情狀態，我比較想向葛蕾絲・席林報告。」

他深呼吸，顯得侷促不安，但我不在意。「妳可能會發現這些問題有所幫助——」他話沒說完就被我打斷。

「我不是很想向你詳加交代我的性生活。」

他目不轉睛地望著我，再也沒低頭看筆記一眼。我起身背對他。

「我要倒杯酒。你要不要來一杯？別跟我來：『執勤中不喝酒』這一套。」

「很小一杯或許可以。」

我為我倆各倒一杯白酒。沒有一杯稱得上「小」。我們走進花園。我的院子貼著一個貯存容器的工廠，以前那些容器存放於室內。昨天和今天的雨停了，空氣比前幾個星期更清新。梨樹的葉片閃閃發光。

「我馬上要好好整頓這裡，」我邊說，邊和他站在提前開花的植物間。「這裡感覺像拍電影《食人樹》，野草要全面佔領了。」

「但是很隱蔽。沒人能看見裡面。」

「沒錯。」

我啜飲一口酒。他對我所知甚詳。我的工作、家庭、朋友、男友，他無所不知；就連我考試成績如何、跟誰談過戀愛，他也瞭若指掌。我渴望什麼，像是敞篷跑車、更美妙的歌喉、多一點的尊嚴，我恐懼什麼，像是電梯、高處、蛇跟癌症，他都摸得一清二楚。我和他與葛蕾絲聊，像是我跟愛人魚水之歡後躺在床上，外頭靜謐幽暗，我倆只管互訴心底的秘密或親密瞎扯。然而，我對他一無所知，什麼都不清楚。這令我感到暈眩。

我倆靠近彼此。我暗忖道：我又來了，我又要鑄成一個大錯了。但就在犯錯的當兒，我絆到一根粗刺藤，重重跌了一跤。酒杯摔掉了，雙膝往濕漉的長草上跪。他跪在我身旁，一手撐起我的手肘。

「來吧，起來，」他聲線沙啞地說。「快啊，娜蒂亞。」

我雙臂環繞他的脖子。他沒閃避目光。我摸不透他在想些什麼，又想要什麼。我毫不忌諱地在他唇上深深一吻。他的雙唇冰冰的，但肌膚很溫暖。起初他沒把我推開也沒回吻我。只是跪在地上任我抱他。我看見他臉上的線條，他眼周的皺紋和嘴邊的溝槽。

「那扶我起來啊，」我說。

他扶我起身，我倆一同站在荒野的花園。他塊頭比我大得多，高大寬闊，遮蔽了西沉的餘暉。

我用拇指拂掠他的下唇，雙手捧起他沉重的頭。又吻了他，這次吻得更深更久。我感覺酩酊大醉，彷彿不只喝了半杯酒，而是一連灌了六杯。我把手深進他襯衫下的後背，自己緊貼著他。他結實魁梧。手臂懸在兩側。我拾起他一隻手，貼在我滾燙的臉頰上，然後帶他穿過雙扇門，走回起居室。

他往椅子上一坐，盯著我瞧。我解開襯衫，跨坐在他身上。

「史塔德勒，」我說。「卡麥隆。」

「我不該這麼做，」他說。他把頭埋進我雙峰中，我將手伸進他頭髮裡。「真的不應該。」他最終闔上眼，然後直接在地板上爬到我身上，我的背壓著一隻鞋，還有一只舊梳子扎我左腳；到處都是灰塵，他直接在污穢的舊地板上把我的裙子往上拉，進入我的體內。我跟他誰都沒說半句話。

事後他從我身上翻下來，以雙臂爲枕，仰躺在我身旁。我們有十分鐘只是肩並肩地躺在那裡，盯著天花板，什麼話都沒說。

琳恩回來時，卡麥隆正一臉正經地講電話，而我則在看雜誌。我們相當正式地向彼此告別，但後來他對琳恩低聲竊語，說有什麼東西忘了檢查，又把檔案夾在腋下跟我回臥室，關上門，把我壓在床上，再次吻我，把頭埋進我的脖子掩蓋他的呻吟，對我說他一有辦法，馬上就會回來。

接下來的晚上，我酥麻地躺在床上，假裝讀書，但一頁也沒翻，一個字也沒讀。

7

「現在有什麼計畫？」我在早餐時間問琳恩。

我以為我是個有點聰明才智的女人，但這件事應付起來遠超過我的能耐。昨天我跟一個萍水相逢的男人上床。現在，不是跟他，而是跟一個萍水相逢的女人共進早餐。

今早我從一場混亂的夢裡醒來，人一醒夢見什麼便不復記憶；後來我才想起昨天和前天發生了什麼事。感覺很不可思議，宛如反映現實的暴力卡通；但當我望向窗外，只見琳恩坐在車子前座，無精打采地看著前方。這是哪門子的工作？好像當「我」是件很耗腦力的事。我花了約莫兩分鐘的時間梳洗換裝刷牙，然後走出門外，輕敲她的車窗，把她嚇了一跳。還保護我咧。

我說要幫我們買早餐，她說要跟我一起來。她很堅持。我們在麵包店買了牛角麵包。她出一半錢。我有點想叫她付兩人份，畢竟除了特殊場合，我通常是不吃早餐的。

回家後，我泡咖啡，找到一罐只剩一丁點的草莓果醬，和她坐下來吃早餐。然後我問她有什麼計畫。

「警方現在負責保護妳，」她像是死記公式地回答。

我咬了一大口牛角麵包，再豪飲咖啡將它沖下肚。我只要一破不吃早餐的戒，就要確定自己飽餐一頓。我們之間沉默許久，不是為了沉思，純粹只是進食。我像隻吞鹿的巨蟒。最後我設法吃完了。「老調重彈，」我說：「妳不覺得這麼做實在反應過頭了嗎？」

「這是為了妳好，」她說。

「只不過是有人寄了一封信給我，」我說。「你們就要保護我下半輩子？」

「我們想要逮到寄信的那個人，」她說。

「萬一逮不到呢？總不能一直這樣下去吧。」

「到時候再說，」她說。「時候到了就知道。」

面對她鬼打牆式的回答，沒必要再針對這個話題多說什麼。

「我也很尷尬，」我說。「光是我自己的人生就夠荒謬了。琳恩，妳很優秀，我也不打算要批評妳，但光想到我無論做什麼事都有個女警緊盯著我，似乎不太振奮人心。」

「我們可以再討論，」琳恩一臉認眞地說，彷彿我提了某項政策上重要的論點。但門鈴響起，打斷我們的談話。我走到門口，琳恩在後面徘徊。是卡麥隆。他望向我身後，對琳恩點了個頭。

「布蕾克小姐，妳早，」他說。

「哦，警探，叫我娜蒂亞就好，」我說。「我們沒那麼拘謹。」

「娜蒂亞，」他有點虛弱地咕噥：「我過來替琳恩顧個兩小時。」

「好啊，」我盡量輕鬆歡快地說。

「還有計畫一下今天要做什麼，」他繼續說。「不曉得妳有安排了嗎？」

「有，」我說。「我跟柴克四點半得到麥斯威爾丘，參加一個小孩的派對。週末還有兩場。如果有客戶打來，說不定還有更多生意。」

「沒問題，」卡麥隆說。「琳恩可以陪妳去。」

「這樣可能太顯眼了，」我說。

「我會坐車上，」琳恩說。「妳可以搭我便車。」

「好上加好。」

琳恩還剩半杯咖啡，牛角麵包也只吃了半個。

「不用急，」卡麥隆多此一舉地說。

事實證明琳恩果眞不急。她徐徐啜飲咖啡，半心半意地把玩牛角麵包。她正打算要買間公寓，所以開始問我當初是怎麼買的。我是先賣掉舊的才買這間嗎？這說來話長，我愈想長話短說，隻字片語就愈東扯西拉。在此同時，卡麥隆在我家到處閒逛，用一般看來專業且不動感情的方式檢查室內，要嘛拾起物品，要嘛打開抽屜。這令我不由自主地猜想，他這麼做其實是爲了檢視我，發掘更多我想要保留的事物。最後這個話題我們聊乾了，琳恩面向他。

「娜蒂亞對我們的計畫有些疑慮。」

「基本上，我根本不知道你們有什麼計畫，」我說。

「我會再跟她討論，」卡麥隆用打發她的口吻說，並調過頭去，不再繼續這個話題。

她還是緊握咖啡杯不放。這個女的到底還要纏我多久？她沒正事可做嗎？

「那回頭一點左右見？」卡麥隆說。

「你們要出門嗎？」她問道。

「不管我們要做什麼，都會在一點鐘回來。」

她點點頭。「好。那待會兒見囉，娜蒂亞。」

「琳恩，待會兒見。」

她出門了。我看她在門外拾階而上，踏上人行道。那雙腿愈走愈遠。安全了。我轉身面向卡麥隆。「昨天的事……」

他馬上貼上來摟著我，像是把我當做無比珍貴的寶貝。他的手撫摸我的臉，輕拂我的頭髮。我將他微微推開，直視他的雙眸。

「我——」我結結巴巴。「我不……」

「我做不到……」他咕噥道，接著又吻我。

我感覺他的手伸到我身後，摸我的背，然後伸到T恤裡要摸我的胸罩，結果發現我沒穿。

「妳要我停下來嗎？」

「我不知道。不要。」

他牽起我的手，領我進臥室。這回跟昨天不同：更放鬆、更從容、更不慌不忙。我往床上一坐。他走向窗畔，拉下百葉窗，接著關上臥室房門。他脫掉外套，鬆開領帶，然後也把領帶脫了。我赫然發現跟一個需要脫西裝和領帶的男人做愛，幾乎是項獨特的體驗。

「我沒辦法停止想妳，」他說得像是一種病徵。「一閉上眼就看見妳。我們該怎麼辦？」

「把衣服脫了，」我說。

「什麼？」他低頭一看，彷彿很驚訝自己仍穿著衣服。

他在迷濛中脫衣，把褲子往椅子上扔成堆，過程中一直注視我。我向他伸出雙臂。

「等等，」他說。「等等。娜蒂亞，讓我來。」

我躺臥在朦朧的歡愉中，最後他進入我的體內，等完事之後，我倆交纏地躺著，他依舊望著我，輕撫我的頭髮，像把我的名字當做某種魔法不斷複述。過了一會兒，我倆抽離彼此，我改躺在枕頭上。

「剛才很美妙，」我說。

「娜蒂亞，」他說。「娜蒂亞。」

「但我感到困惑，」我說。

魔法就此破除。他緩緩移回來，一道暗影劃過他的臉，他緊咬嘴唇。「我可以跟妳說句實話嗎？」他說。

我突然想打寒顫。「好，」我說。

「這份工作是我生命的一切，」他說。「而我們……」

「你是說這個，」我邊指著床邊說。

他點點頭。「是不可以的，」他說。「說什麼都不可以。」

「我不會告訴任何人的，」我說。「你想說的是這個嗎？」

「不是，」他陰鬱地說。

「那是什麼？」我問他，他沒答腔。「你到底想說什麼？」

「我結婚了，」他說。「我很抱歉。我真的很抱歉。」

然後他開始哭了。我躺著，床上還有個赤身裸體的警探垂淚。這段關係大概才過了十八小時，我們就從初始的慾望進展到流淚和相互指責。我感到失望，不發一語。沒有輕拍他、撫摸他，或跟他說一切都會沒事的，乖，聽話。最後他長嘆一聲，象徵他要打起精神。「娜蒂亞？」

「怎樣？」

「說句話呀。」

「你要我說什麼？」

「妳在氣我嗎？」

「哦，卡麥隆，」我說。「得了吧。我猜你老婆並不了解你。」

「不是的，我不知道。我只知道我想要妳。娜蒂亞，我向妳保證，我不是玩玩就算了。我想要妳想瘋了。這種感覺強烈到我不知該如何是好。可以這樣講嗎？妳是怎麼想的？娜蒂亞，告訴我妳是怎麼想的。」

我轉身望向床邊青蛙造型的時鐘，接著身子一彎，親吻卡麥隆的胸膛。「我是怎麼想的？

我有個原則，那就是不跟有婦之夫上床。這麼做讓我心情很差，你家裡的老婆一直在我心裡揮之不去。不過，我覺得這主要是你的問題，不是我的。還有，琳恩應該再過七分鐘就要回來了。」

穿衣服的速度快到引人發噱。感覺有人跟我意氣相投。

「不曉得我該不該換條褲子穿，」我說。「來測試一下琳恩的眼力。」

「不行、不行，」卡麥隆一臉驚慌地說。

「哦，那好吧，」我說。

然後我倆接吻，一邊吻一邊相視微笑。已婚。為什麼他一定要結婚？

那是星期三的事。到了星期四，他只有時間打電話給我，那時琳恩人在我家，所以這段對話顯得很奇怪，他那頭是熱情如火的堅決聲明，我這頭是單調空泛的陳述：對。是。當然。好。我也這麼覺得。好的。星期五早上，一隊員警來我家在每扇門上換新鎖，在每扇窗戶加裝鐵格。午餐過後他來換班，因為琳恩必須回局裡報告。我倆還有時間洗鴛鴦浴。

「我想看妳的節目，」他說。「我想看妳表演。」

「明天來吧，」我說。「我們要在櫻草丘那條路上為一群五歲小孩表演。」

「我沒辦法，」他答話時迴避我的目光。

「哦，」我拘謹地說，同時痛恨自己。「家裡有事。」

「沒辦法脫身，」他說。「可以的話就去。」

「沒關係，」我說。這就是為什麼先前我不跟已婚男人上床——那些羞恥、痛苦和內疚。

「妳在生氣？」

「沒這回事。」

「妳確定？」

「你想要我生氣嗎？」

他拾起我的手往他臉頰貼。「我愛上妳了，娜蒂亞。我戀愛了。」

「不要說這種話。這會讓我害怕。讓我飄飄欲仙。」

她自以為神不知鬼不覺。我全看見了。接吻。我的女孩和那個條子在接吻。在地上翻雲覆雨。他站在窗畔關百葉窗時，我在他那張蠢臉上看見男人陷入愛河的，昏愚的、癡迷的臉。

我更加愛她了。沒有人能像我這樣愛她。每個人都找錯方向了。他們尋的是恨。愛，才是關鍵。

8

五六歲的小女孩是最美的主顧。她們甜美可人，對表演讚不絕口，高雅端莊地排排坐，身穿色彩柔和的絲質洋裝，頭髮綁成辮子，腳踩漆皮鞋。如果我叫其中一位上台幫我，她會把手指塞進嘴裡，講起話來竊竊私語。八九歲的男童最討厭了。他們會取笑我們，高聲說他們知道消失的東西其實藏在我口袋，而且你推我擠、爭先恐後要檢查我的戲法箱。我球沒接好會遭到他們竊笑。這些小鬼頭不只說偶戲是給娘娘腔看的，還用嘲諷的嗓音吼著唱「生日快樂歌」，也不忘把氣球統統弄破。我跟柴克有項牢不可破的原則：絕對不接十歲以上的客戶。

這是場爲五歲男童舉辦的派對，也有幾位小女孩從旁點綴。那棟富麗堂皇的豪宅坐落於櫻草丘，階梯直通大門，門廳寬敞到你可以連翻幾個筋斗才抵達另一頭，廚房有我公寓那麼大，塞滿孩童的客廳一路往後延伸，穿過淺色的厚實地毯到落地窗。花園狹長，受到精心照料，有露台、金魚池、一長條的拱型花架、修剪成箱型的樹籬和白玫瑰。

「哇賽，」我對柴克嘶聲說。

「什麼都別打破就好，」他用氣音回我。

壽星小男孩名叫奧利佛，他個頭小、肥嘟嘟，臉頰興奮地起了紅斑；他撕掉禮物包裝紙的同時，他的朋友像雜亂的原子在周圍起鬨。他的母親叫溫德姆太太，看起來非常高挑纖瘦富有，派對才剛開始，她卻好像已氣到無以復加，一臉疑惑地看著我跟柴克。

「一共有二十四個小朋友，」她說。「吵死人了。你們也知道小男生是什麼樣子。」

「我們知道，」柴克陰鬱地說。

「沒問題，」我說。「請小朋友先進花園幾分鐘，我們好布置場地。」我邊走進客廳邊鼓掌。「小朋友先跑到外面哦。等節目快要開始，我們再叫你們進來。」他們如畜群竄逃橫越落地窗，溫德姆太太在他們身後一面追，一面哀嚎著要他們小心她的山茶花。

偶戲劇場是我和柴克聯手打造的。我倆一同又鋸又釘，在帆布上畫藍色山脈、綠色森林和農舍內部。我們甚至用混凝紙漿做了其中一隻獅子玩偶。手藝拙劣，花了許久才完成，看起來好似一團乾掉的塑膠黏土，結瘤且不對稱的表面畫了張搖晃不穩的臉。其餘的戲偶是在偶戲專賣店買的。我們有兩齣戲是柴克寫的。畢竟他是作家。每當有人問他在哪兒高就，他就會這麼回答：「我是小說家，」他堅定地說，或許事後追想才說寫作之外還做點別的貼補家用，比方說爲小孩表演餘興節目。

他的偶戲雖短，但劇情複雜，牽扯太過不同的聲音。今天的這齣戲有男孩、女孩、巫師、小鳥、蝴蝶、小丑和狐狸。每次表演完我都汗流浹背。

不用說也知道，我收到恐嚇信、警察上門，以及警方採取的預防措施，柴克都知道了。他今天見過琳恩，我們讓他搭便車到櫻草丘，他坐在她身旁的副駕駛座，沿途跟她聊起混沌理論，還有印度人口即將衝破十億大關；在此同時，她一臉茫然地在車陣中穿梭。

我們一塊架設劇場時，他問我恐嚇信加警力布署的事是不是把我嚇壞了。

「不。」我一邊遲疑地說，一邊把窗簾掛在迷你舞台上。有件事我非找人傾吐不可。「其實很刺激。」

「聽起來有點反常。」

「柴克，我有件心事，你可以保密嗎？」我沒等他回覆，也知道他根本保不了密，他是出了名的大嘴巴。「我跟其中一名警官搞上了。」

「什麼？」

「我知道。是有點奇怪，可是——」

「娜蒂亞。」他抓住我的肩膀，我不得不停下手邊的工作。「妳瘋了嗎？不可以這樣。」

「不可以？」

柴克瘋狂地比手劃腳，彷彿光用言語無法形容我的行徑有多糟。「這很不妥欸。這是不對的。就像跟妳的醫生亂搞一樣。他在利用妳，利用妳的脆弱。妳看不出來嗎？聽我說，我相信妳把這件事看得很美妙純潔，也看得很重，可是妳才跟麥克斯分手，馬上就跟理應要保護妳的人上床。」

「柴克，你閉嘴啦。」

「一個父執輩形象的人。娜蒂亞，妳不能再這樣下去了。」

「他結婚了，」我慘兮兮地補了一句。光是說出口都教我的胸口發疼。

柴克挖苦地哼了一聲。「那還用說嗎？」

「他非常迷人。我是說，我從沒想過要……」憶起那個早上，幾小時以前，他來接琳恩一小時的班，我們在浴室裡做愛，抵著瓷磚牆壁，迫不及待地摸扒彼此的衣服，我的身子就不禁打顫。

「娜蒂亞，」柴克焦急地說。「哦，媽的，他們來了。」

小男孩從花園裡回來了。

表演完後，我找奧利佛幫忙變我可悲的魔術，每次只要他一碰，魔杖就會塌倒，小孩無不聲嘶力竭地吼著說：「天靈靈地靈靈！」門口的溫德姆太太聽了臉部肌肉抽搐。然後我叫他們給我奇怪的東西玩拋接。一個名叫卡佛的壞小孩給我他在廚房找到的乳酪刨絲機，但我認爲溫德姆太太不願在地毯上見到血。我挑了一顆甜瓜、一只套餐巾的小環和一條雞腿，結果一個也沒拋落地。柴克吹了長氣球，扭成動物形狀。後來孩子們衝進廚房吃烤香腸、果醬餅乾和火車造型的生日蛋糕。派對也到了尾聲。柴克的菸癮犯了，所以我把他推到屋外。

「麻煩妳囉，」他說。「可以幫我善後嗎？」

「好，去吧，快去。」

「娜蒂亞，記住我說的話。」

「好好好。拍檔，你快閃啦。」

「妳不打算收手是吧？」

我暫時閉上眼，想像他的嘴唇吻上我的喉頭。

「我不知道。還很難講。」

家長跟保母陸續抵達——我一眼就能看出這兩者的差異。我把劇場拆了，開始將零件放入箱子。一位妙齡女子拿了杯茶走向我.

「溫德姆太太要我請妳喝杯茶。」她有一頭銀金色的頭髮，操著輕快有趣的口音。

我心懷感激地接過茶杯。

「妳是奧利佛的保母嗎？」

「不是。我來接克里斯多。他就住在這條馬路。」她拾起一個戲偶，打量了一番，然後套進手裡。「妳的工作一定很辛苦。」

「可不比妳辛苦。妳只顧這一個嗎？」

「還有另外兩個年紀大點，不過喬許跟哈利在學校。這個丟袋子裡嗎？」

「謝了。」我豪飲那杯茶，開始堆疊物品。收拾道具我駕輕就熟。她沒走，只是看著我。

「妳是哪裡人？英文講得眞好。」

「瑞典人。我本來要回老家的，但這裡出了點事。」

「哦，」我含糊地說。魔杖在哪兒？一定是被奧利佛拿走，跑到哪裡研究怎麼把它折成好幾段。「這個嘛，謝了，妳叫……」

「麗娜。」

「麗娜。」

她返回廚房，在那裡可見其他保母被她們照顧的孩童包圍，看他們把火車造型的巧克力塞進嘴裡，彼此閒聊男友和夜生活。孩子們一個個走了。「要說謝謝，」我聽見有人這麼說，還有：「我的派對包呢？」和「哈維拿到藍色的，我也要藍色的。」

東西都收拾好了。謝天謝地，有琳恩在門外車上。看來被一個怕羞又固執的女警如影隨形地跟著也有好處。走廊上有個金髮小男孩迎頭撞向我。他眼底有紫色的污漬，嘴巴一圈沾了巧克力。

「你好，」我雀躍地說，鐵了心要快點閃人。

「我媽咪死了，」他用明亮的雙眸緊盯著我說。

「哦，這樣啊，」我邊說邊左顧右盼。他母親八成在廚房的某處吧。

「對啊。媽咪死了。把拔說她上天堂了。」

「眞的嗎？」我說。

「假的，」他邊吸棒棒糖邊說。「我覺得她沒跑那麼遠。」

「是哦……」我說。

「有個男的把她殺了。」

「不會吧。」

「是眞的，」他很堅持。

麗娜帶著他的夾克回來了。「走吧，克里斯多，回家了，」她說。

他牽起她的手。

「我要先拿我的派對包。」

「他說他母親遇害了，」我說。

「對，」她坦率地說。

「什麼？眞的假的？」

我放下箱子，再次對克里斯多彎腰。「我很難過，」我無能爲力地又說了一次。我不知該說什麼才好。

「可以給我派對包了嗎？」他不耐煩地拽麗娜的手。

「什麼時候的事？」我問麗娜。

「兩星期前，」她說。「是件悲劇。」

「老天哪。」我深受震懾地注視她。我從沒接近過接近命案受害者的人。「怎麼發生的？」

「沒人曉得。」她的腦袋左搖右晃，銀髮也隨之擺盪。「在家發生的。」

我瞠目結舌地望著她。

「好可怕。任誰都覺得可怕。」

溫德姆太太拿了個派對包給克里斯多，這個包看起來比其他人的要大三倍。

「寶貝，這個給你，」她說著說著就往他頭頂種下一吻。「只要有什麼是我能做的就說一聲……」她嘆息道，彷彿光是看著他都教她心痛。「乖寶寶。」她瞄了我一眼。「布蕾克小姐，我這就去拿演出費。馬上就來，錢都準備好了。」

「我拿到兩包糖果，湯瑪士只拿到一包，」克里斯多洋洋得意地說。「我還得到一顆黏球球。」

「布蕾克小姐，這是妳的演出費。」

從她決定性的口吻聽來，他們不會再邀我們來表演了。

「謝了。」我又把所有裝備一肩扛起，轉身要走。

「祝妳好運，」我對那位年輕的保母說。

「謝謝。」

我們一同在門廳稍加逗留。柴克要自己回家，我得先向他道別。

「是搶劫嗎？」

「不是，」她說。

「他寫信來，」克里斯多歡快地說。

「什麼？」

麗娜點點頭，嘆了一聲。「對，」她說。「很可愛。信上警告她會遇害。寫得就跟情書一樣。」

「跟情書一樣，」我遲鈍地複述道。

「對。」她抱起小男孩，他用兩腿圈住她腰際。「克里斯多，走吧。」

「等等。等一下。她有沒有報警？」

「有的。來了很多警察。」

「但她還是死了？」我追問她，同時感到渾身冰冷。

「對。」

「他們叫什麼名字？」

「什麼？」

「那些警察叫什麼名字？」

「爲什麼問這個？」

「記得他們叫什麼嗎？」

「記得？我天天看見他們。有一個叫林克斯，另一個叫史塔德勒。還有一位心理學家席林大夫。爲什麼要問？怎麼了？」

「哦，沒什麼。」我對她微笑的同時，心裡在灼燒。「我以爲可能會認識他們。」

9

「娜蒂亞，妳還好嗎？」

「什麼？」

我驚嚇地猛一轉頭，幾乎認不得自己身在何方。原來我在琳恩車上，坐在她隔壁。她傾身向前，用朋友關懷的目光注視我。

「妳臉色發白欸，」她說。

「我突然覺得頭好痛，」我說。「我們先安靜一下好不好？」

「要不要我幫妳買點什麼？」

我搖搖頭，往椅背一靠，閉上雙眼。我不想看她，也不能依賴自己開口講話。琳恩發動車子，要開車回家。我感覺頭蓋骨裡裝滿了沸騰的液體，我得用雙手將它握牢，它才不會往外爆射。這時我才赫然想起沒跟柴克道別。我留他一人待在曲終人散的派對。唉，管他的。

我被扔到一個嶄新的世界，一個黑暗恐怖的世界，我得分辨東西南北；但在那之前，我必須先等腦裡沸騰的嗡嗡響漸漸消失。最至關重要的是，在這趟回家的短短車程，我得聚精會神，別在琳恩新的倫敦警察隊車上嘔吐。這使我聯想到熱水潑到身上的時刻。當下不痛不癢，可是你知道約莫到了下一秒，你就得應付手與胳臂撕裂的劇痛。我知道我將會平靜下來，細細咀嚼先前聽聞的消息。我暫時只聽到一個聲音，在遙遠的某處，在我心底，有個聲音一而再、再而三地告訴我，有個女人跟我一樣收到了恐嚇信，後來她死了，被人殺了。那個女人經歷過我經歷的事，到頭來她慘遭辣手催花。而且是兩星期前才發生的事。我最後一次跟麥克斯起爭執的時候，她還活著，正在擔心對方的恐嚇，不知這場惡夢何時結束，如今世上多了少了娘的孩子。

停車了。我正在深呼吸。

「到家了，」有個聲音在我耳畔說。「要我幫什麼忙嗎？」

「我大概進門躺一下就好。」

「要我待在車上嗎？」

此刻我突然有種臉被壓進冰水的感覺。思緒變得清晰。從現在開始我裝病好了。

「不不不，沒這個意思。妳進來才能做事嘛。」

「妳確定？」

「但我可能話不多就是了。我好像偏頭痛。」

「要不要吃藥？」

「只要躺在房裡，把燈關了就好。」

進屋之後，我留她一人，自己回到臥室，把門關上，確定窗戶關嚴，然後拉下百葉窗。就像卡麥隆那樣。就像那該死的卡麥隆・史塔德勒探長。我俯臥在床，感覺自己像個五歲女童。想要爬上床，拿被子蓋過頭，這樣就安全了，沒人能找到我。實際上我並不安全。他也能找到我。這是我生平第一次躺在床上卻沒安全感。我必須保持視線無礙，於是把枕頭擺在床頭板靠頭。這樣房間的每個角落都逃不過我的法眼。但這有什麼幫助？或許還是不要親眼看著自己遇害比較好。

我試圖重溫我和麗娜之間的對話，但是重建不易。有那麼精神錯亂的幾分鐘，我試著改編一段樂觀版本的對話。或許她瘋了也不一定。但就算精神錯亂，我也無法說服自己。她連林克斯、葛蕾絲・席林、卡麥隆的名字都點出來了。她就住在附近，不是嗎？這樣準沒錯。

每逢星期五就有人把本地免費的週報塞進我家門縫。我從不多看一眼，畢竟我對新的單向系統、本地議會社會服務部的質詢沒有興趣。報紙一送來，我直接收進洗碗槽底下的櫥櫃，之後可以揉成紙團，塞進濕鞋裡。我的鞋好一陣子沒濕了，所以過去兩個月的週報仍在報紙堆裡。我步出臥室，跟琳恩說我好一點了。我爲我倆沏茶，把壺裝滿水，打開開關。我需要兩分鐘，燒水煮茶差不多也要那麼久。

我從五期前的週報找起。上面沒我要的，再下一期也沒有。只有警察突襲搜索毒品、倉庫發生大火和標註「廣告專欄」的文章。那再下一期，剛好涵蓋兩週前的新聞，果然被我找著了，內頁篇幅小小的報導，我的手抖得厲害，我怕琳恩的注意力會被窸窣作響的報紙吸引。

標題是「櫻草丘殺人案」。我看了馬上把那頁從週報上撕下來。水燒開了，我將熱水淋在茶包上。

「琳恩，吃餅乾嗎？」

「不了，謝謝。」

我還有兩分鐘，所以把文章放在流理台上攤平：

一位育有三子的母親，上星期被人發現在價值八十萬英鎊的櫻草丘自宅慘遭殺害。警方表示三十八歲的珍妮佛·亨特沙姆在八月三日被人發現身亡，他們懷疑死者是在接近傍晚時分撞見闖入家中的凶手。「這是一場悲劇，」史都華·林克斯總督察於這週宣布成立調查小組時表示。「如果你有任何資訊，請務必與斯特雷頓葛林警局聯絡。」

這就是了。我一讀再讀，彷彿能從純然的絕望裡吸出更多資訊。沒提到任何一封信。我繼續試著從我跟保母目的分歧的對話拼湊出故事原貌。但話說回來，血淋淋的事實自己浮上枱面，我幾乎能嚐到乾涸的、帶金屬感的血味。消息是麗娜自願說的。我什麼也沒向她說。結果員警都是原班人馬。

我拾起兩杯茶，但我的左手不由自主地顫抖。滾燙的茶水灑到我手上，我只能把杯子放下重新倒水。我先拿一杯茶給琳恩，再返回廚房幫自己拿，也不忘拿奶油酥餅。我坐在琳恩附近，注視她。警方派她來保護我，是因爲她不認識前一個女性受害人，還是恰好相反？她以前是否也像這樣和珍妮佛·亨特沙姆同坐喝茶，假裝是她的朋友，向她保證一切都會沒事，她不會有危險的？我啜飲一口茶。茶水過燙，燙傷我的舌頭，害我開始咳嗽。等我不再咳了，便拿酥餅浸茶，啃咬溫暖柔軟的邊角。我再次開口時，試圖模仿找話引子的女人。

「我還是覺得很奇怪，」我說。「只是接到一封信，就派女警日夜陪伴我。是不是只要有人接到恐嚇信，妳就要出動？」

琳恩似乎很不自在。或者在我看來，琳恩泰然自若的表情只是一種保護色。

「我只是照規矩來，」她說。

「要是有人來家裡攻擊我，妳會保護我？」我面帶笑容地說。「是爲了這個，對吧？」

「不會發生這種事的，」她說，我一度好恨琳恩，我這輩子從沒這樣恨過誰。我想跟瘋婆子一樣撲向她，把她的臉扒得血肉模糊。她到底想保護誰的感受？然而，恨意沉澱，最後只剩隱隱作痛。我盡快將熱茶豪飲而盡。我需要時間整理思緒。電話鈴響，結果是柴克打的。我跟他說我偏頭痛。

「偏頭痛？」他說。「妳怎麼知道？」

「因爲感覺像是偏頭痛。我得去躺一下。」

我確實又回床上躺，努力回想前幾天沒被我當一回事的每一件事。每段回憶都像我在房裡繞著走的物品。我拾起物品端詳的時候，它的樣貌就變了。最讓我印象深刻的無非是卡麥隆。卡麥隆坐在角落，幾近飢渴地望著我。卡麥隆彷彿把我當成易脆的絕美寶物，輕解我的衣裳。卡麥隆用無盡關懷、一絲不苟地對我溫柔愛撫。卡麥隆把頭埋進我的雙峰。他對我說了什麼？

「我必須向妳坦白，」就是這句話。坦白。

晚上我跟琳恩出門閒晃，買了炸魚薯條。我食不下嚥，喝了一瓶啤酒，幾乎沒開口說半句話。琳恩不斷偷瞄我。是不是察覺我發現什麼了？後來，天還沒怎麼黑，我就早早上床，躺著聆聽卡姆登週末夜街頭的噪音。我的思緒翻來覆去，想得愈多就愈害怕，恐懼一如濕氣在屋裡攀升，動搖屋子、侵蝕屋子。最終我迷迷糊糊地入睡，做了零碎的幾場夢。

我人一醒，一如以往夢見什麼即忘。忘得一乾二淨，但我也爲此心懷感激，因爲心裡知道那些會是怎樣的夢魘，自然希望惡夢煙消雲散。電話一直響。我爬下床接聽。是卡麥隆打的。他用氣音低語。「我剛找到空檔，」他說。「我好想妳。」

「很好，」我說。

「我急著要見妳，」他嘶聲說。「不能沒有妳。我安排好了，快傍晚可以離開局裡。我四點去找妳好不好？」

「好啊，」我說。

我在愁雲慘霧中度過這一天，和琳恩外出兩小時，在卡姆登的市集瞎逛，這只是爲了讓「不講話、或至少不講重要的話、別聽到更多謊言」感覺沒那麼尷尬。卡麥隆準時四點到。他穿了件寬鬆的藍色襯衫配牛仔褲。沒刮鬍子。看上去比平常邋遢，不過變得健談，感覺反倒更英俊。他跟琳恩說他來接班兩小時，有些關於下星期的事，他想跟我討論。琳恩一如往常賴著不走。她是不是猜到我們之間有姦情？怎麼可能猜不到？但在這個節骨眼上，拖延幾乎令我無法忍受。我覺得幾乎遏止不了自己，快要將自己毀滅了。最後她終於啪嗒啪嗒拾階而上，踏上人行道消失。卡麥隆輕輕關上她身後的大門，轉身面向我。

「哦，娜蒂亞，」他說。

我走向他。自從和他講電話起，這一刻我已準備一整天了。他向我伸出雙臂，我把拳頭握到最緊。等離他只剩一呎遠，我直視他的雙眸，然後使用全力往他臉上揮拳。

10

他把雙手舉到面前。那是出於自衛或是反擊？我昂首挺胸地站著，幾乎是挑釁要他回擊。但後來他把手放下，往後退一步。

「搞什麼鬼？」他嗓門不大，但冷冰冰的。眼神也很冷漠，俊俏的臉龐看起來沉重愚蠢而邪惡。我心滿意足地看著鮮血從他的鼻孔淌出，我的戒指剛好擊中那個部位。

「我知道了，史塔德勒探長。」

「啥？」

「我什麼都知道了。」

「妳說什麼？」

「你興奮了嗎？」

「啥？」他又問了一遍。「妳說啥？」他拭去鼻血，再端詳手指。

「你興奮了，對不對？想到你在上一個快死的女人讓你興奮。」

「妳瘋了，」他語氣輕蔑斷然地說。

我用食指戳他胸膛。「珍妮佛・亨特沙姆。這個名字你有沒有印象？」

他臉色大變，五官出現恍然大悟的一道微光。「娜蒂亞，」他說。他伸出手，往前一步，彷彿我是隻需要哄誘的野獸。「娜蒂亞，別這樣。」

「不要過來，你——你——」我找不到夠惡毒的字眼。「你心裡在想什麼？你怎麼可以這樣對我？是把我當做死人嗎？」

他收斂表情。「我們說過對這種恐嚇案件會認眞看待，」他茫然地說。

「你是他媽的僞君子。」我甩他一個耳光。我想要傷害他、把他截肢、磨成粉末。「我不敢相信，」我說。「我不敢相信居然跟你做了。」我嫌惡地望著他。「一名有婦之夫藉著跟他應該保護的對象上床而得到滿足。」

「我們是在保護妳啊。」

這時我眼淚奪眶而出，連自己都嚇著了。

「娜蒂亞。」他語氣柔和，帶著些許勝利的口吻。「親愛的娜蒂亞，對不起。我很抱歉沒能告訴妳。」

我感覺他碰到我了，這令我抓狂。「你滾，」我噙淚尖叫。「我他媽的哭，不是爲了你。我很害怕，你看不出來嗎？我怕到胸口好像被挖了個大洞。」

「你閉嘴。」我從口袋掏出面紙擤鼻涕，然後看了一眼手錶。「再一小時琳恩就要回來了。我要你回答一些問題。我先去洗臉。」

「娜蒂亞……」

「等等，」他說。「我保證不會碰妳，可是讓我解釋一下，我們之間發生的事，之前，我要說的是，我不是隨隨便便跟任何人……」他嘎然而止，望著我的表情既奉承又忿恨。現在他怕我了。

我在浴室洗手洗臉，並清潔牙齒。嘴裡有股作嘔的味道。我照鏡子。我看起來跟以往沒有任何不同。我怎麼可能看起來還是一如往常?我綻露笑顏，倒影也開心地回以笑容。

忿恨的暑氣已消。我感覺冷酷平靜，而且糟糕透頂。卡麥隆似乎也緩和下來。我們像兩個漠不關心的陌生人，坐在桌子的兩頭。不可思議的是，兩天前他才用雙手摟著我的頭，把我當做全世界最珍愛的寶貝，把手伸到我衣服底下摸找。回憶使我不寒而慄。

「妳是怎麼發現的？」他問我。

「北倫敦很小，」我說。「特別是北倫敦的精華區。我遇見保母麗娜了。」他沒吭聲，但我看見他微微點頭。「她跟我說了字條的事。還提到你。你確定信是同一人寫的嗎？」

他迴避我的目光。「確定，」他說。

「他寫給她的信，就跟寫給我的一樣，然後就把她殺了。」

「對。」

「可是警方沒有保護她嗎？」

「有。原因錯綜複雜。」

「但他還是潛進家裡把她殺了。」

「那個時候我們其實沒保護她。」

「爲什麼？你們不是很認眞看待嗎？」

「那是當然，」他像被刺傷似地回覆。「我們非常愼重其事，畢竟——」他猝然止住不說。

「什麼？」

「沒事。」

「什麼？」

「娜蒂亞，妳要知道，我們用盡一切防範措施在保護妳。」

「怎樣？畢竟怎樣？說呀。」

「我們知道寫給亨特沙姆太太的信有多嚴重，」他咕噥著說，音量小到我得拉長耳朵才聽得見。

「爲什麼？」他迎上我的目光，我這才如夢初醒。這項新消息朝我鋪天蓋地而來，幾乎把我逼得無法呼吸。我目不轉睛地望著他，只能發出沙啞的低語。「她不是第一個受害者，對不對？」

卡麥隆搖搖頭。

「還有誰？」

「一個名叫柔伊·阿拉圖妮安的年輕女人。她住在哈洛威。」

「什麼時候的事？」

「一個多月前。」

「怎麼死的？」

卡麥隆又搖了搖頭。「娜蒂亞，拜託妳，別這樣。我們都在保護妳。相信我們。」

我按捺不了自己醜惡的笑聲。

「娜蒂亞，我知道妳有什麼感受。」

我頭一垂，埋在雙手中。「不，你不知道，」我說。「連我都不知道自己有什麼感受了，你怎麼會知道？」

「妳打算怎麼做？」

我抬起頭瞪他。他想問的是：我打算告發他嗎？真是幼稚；殘忍、自負，但是幼稚。

「我要活下去，」我說。

「妳當然會活下去。」他流露撫慰而甜蜜的嗓音，像正在和垂死病人談話的醫生。

「你覺得我活不了，對不對？」

「沒這回事，」他說。「不是這樣的。」

「瘋子，」我說。恐懼好似膽汁升上我的喉頭。血液在我的耳裡咆哮。「殺人犯。」

門鈴響了。是臉紅、面帶微笑的騙子琳恩。卡麥隆壓低音量說：「拜託別跟任何人提起我們的事。」

「滾啦。我在想事情。」

11

說來荒謬，我竟然很享受和琳恩的會面時光。她試著問卡麥隆關於下週勤務輪值表的幾個技術性問題，但他幾乎無法開口或面對她——或我——的目光。他只是輕撫臉頰，像是想用指尖探查我打他的位置有沒有明顯的傷痕。然後他咕噥了幾聲，說要告辭。

「明天再聊，」我說。

「什麼？」他慘兮兮地說。

「看怎麼安排行程，」我說。

他目光銳利地看著我，接著聳肩離去。我這才驚覺現在只剩我跟琳恩獨處了。我還沒去想跟卡麥隆談完後要跟她說什麼。

「想喝點什麼嗎？」我問她。

我不是那種需要小酌的人，但是老天爺啊，我確實需要來一杯。

「茶好了。」

於是我匆匆離去，拿壺燒開水。如果老是爲她沏茶，好像要變成她的祖母了。給她馬克杯跟茶包就夠了。我在碗櫥底部找到不知是誰在免稅店買來送我的一瓶威士忌。我在平底無腳杯裡倒了點酒，再從水龍頭接冷水。我倆走進花園，雖已傍晚，暑氣依舊逼人。

「乾杯，」我拿威士忌和她裝茶的馬克杯擊杯，再啜飲一口酒，喉底頓顯灼熱，我感覺酒好像一路斷斷響地往我體內淌，最後流進胃裡。不用說也知道花園裡雜亂無章，但正是因爲它雜草蔓生，反倒像個避難所，阻絕外界可怕的事物；不過我仍能聽見車聲和馬路上某間公寓音響傳來的音樂。我們走到一角，那裡有株植物長得像是想變成大樹的灌木。它覆滿一簇簇圓錐狀的紫花。白的、褐的蝴蝶圍著它飛舞，宛若被風吹散的小紙屑。

「我好愛晚上站在花園，」我說。琳恩對我點頭回應。「我是說夏天的時候。下雨天我不出來的。我喜歡賞花，好奇它們叫什麼名字。妳對園藝了解嗎？」琳恩搖搖頭。「可惜。」我又啜飲一口酒。現在該切入主題了。「我欠妳一個道歉，」就在她把馬克杯舉到唇邊，輕輕地淺嚐試溫時，我對她說。她一臉困惑。

「什麼意思？」

「昨天我問妳——我是說動用這麼多人力資源保護——是不是沒必要。我很好奇你們爲什麼要這樣勞師動眾，但其實我知道原因。」

琳恩把茶杯端到唇邊的動作凝結。

我繼續說下去。「跟妳說，我碰上一件怪事。昨天我在兒童派對上和其中一個小孩的保母講話。後來我完全出於偶然地得知一些事。她爲，應該說她曾爲一名叫珍妮佛・亨特沙姆的女人做事。」我不得不稱讚琳恩精湛的演技。肉眼完全看不出她有何反應。她只是不願面對我的目光。「妳聽過這個人嗎？」我說。

琳恩花了點時間才回覆。她低頭望著茶。「聽過，」她答覆的音量小到我幾乎聽不見。

此時有個想法掠過心頭，與其說是想法，倒不如說是感受。我還記得跟麥克斯去過哪裡，他又說過什麼話，讓我察覺他曾帶前女友來過同樣的地方，那種感覺好怪。還有，儘管我知道這麼想很蠢，但後來心情也有些低落，玩興也低了點。

「妳跟她也是這樣嗎？跟珍妮佛？妳是不是也站在她的花園，跟她一起喝茶？」

琳恩一臉為難，但又逃不了。她非得待在這裡保護我。

「我很抱歉，」她說。「沒跟妳坦承我很不好受，可是局裡規定很嚴。長官覺得實話可能會對妳造成創傷。」

「珍妮佛知道在她之前有受害人嗎？」

「不知道。」

我感覺自己下巴都垮了。我嚇傻了。不知該說什麼才好。

「我……妳也對她說謊，」我最後只能吐出這幾個字。

「不是這樣的，」琳恩嘴巴這麼說，但還是不敢直視我的目光。「一開始就決定好了。長官認為給妳帶來恐慌不好。」

「給她帶來恐慌也不好。我是指珍妮佛。」

「沒錯。」

「所以讓我搞清楚，她不知道寄信給她的人殺過人。」

琳恩沒答腔。

「她也沒辦法決定該怎麼保護自己。」

「不是這樣的，」琳恩說。

「不是哪樣的？」

「這不是我下的決定，」琳恩說：「可是我知道他們這麼做是爲了顧全大局。顧全他們理想中的大局。」

「警方保護珍妮佛還有第一個受害人柔伊的策略，不是相當管用。」我豪飲一口威士忌，結果連咳幾聲。我不太習慣酒精。我感覺悽慘害怕又作嘔。「琳恩，我很抱歉，我相信妳很難受，可是我比妳更慘。這是我的人生。要死的人是我欸。」

她向我靠近。「妳不會死的。」

我不禁退縮。我不要這些人碰我。我不要這些人的體恤。

「琳恩，我這就不懂了。妳和我同坐家裡好幾天了。妳待在我家、喝我的茶、吃我的食物。我跟妳分享我的生活。妳見過我打赤腳、無精打采地窩在沙發、半裸著、到處閒晃。妳見過我是怎麼相信妳、信任妳的。我實在不懂。妳到底在想什麼？」

琳恩依舊無語。我也好一陣子沒開口，只是伸手拿威士忌啜飲。

「妳覺得我在犯傻嗎？」我說。「總之我有個問題，每個人都知道關於我的事，但就我自己不知道。換做是妳，妳做何感想？」

「不知道，」她說。

我再啜飲一口酒。酒精的效力開始發揮了。我對任何藥物的抵抗力低得驚人。這樣很好，因爲我身體的適應力很強，只是有點頭昏腦脹。如今變得難以抑制怒火，只是恐懼仍舊在我心底的某處悸動。然而，我能感覺酒精在我渾身上下乃至於體外發酵，在北倫敦正中心夏日傍晚的金光下，把這個世界變得更柔和、更朦朧。

「妳有沒有保護第一個女的？」

「柔伊？沒有。我只見過她一次。就在……那個……之前。」

「珍妮佛呢？」

「有。我和她共處過。」

「她們是怎樣的人？跟我像嗎？」

琳恩將她那杯茶一飲而盡。「對不起，」她說。「很抱歉把妳蒙在鼓裡。但局裡嚴禁洩漏這類消息。抱歉。」

「妳聽不懂我說的話嗎？」我開始話裡帶刺了。「我從沒見過那兩個女的，也不知道她們長什麼樣子。可是，我跟她們有個非常大的共通點。我想要了解她們，這或許會有幫助。」

如今琳恩的表情變得茫然。她突然像是坐在辦公桌後的官僚。「如果妳有任何掛慮，請向林克斯總督察提出。我無權洩漏任何機密。」她的臉上閃過一絲人情味。「娜蒂亞，聽我說，妳該問的人不是我。我從沒看過這個案子的檔案。跟妳一樣是邊緣人。」

「我不是邊緣人，」我說。「我巴不得是。但我身陷黑洞的核心。就這樣？只是要我信任妳，相信妳工作愈來愈上手？」

我在心裡咒罵：去妳的。去他們的。我們走進屋內，幾乎正眼也沒互看一眼。她拿冰箱裡剩的幾片火腿做三明治，我們沒講話，只坐著看電視。節目在演什麼我幾乎也沒注意。起初我忿忿不平地回想，在心裡重播最近的生活片段，想我和琳恩、林克斯、卡麥隆的對話。我還記得和卡麥隆躺在床上，他凝望我的眼神。我試著想像我這樣撩人性慾的裸體，即將命喪黃泉卻不自知的女人肉體。當個只與殺人犯當情敵的愛人，是怎樣的滋味？是不是讓做愛更刺激了？我愈鑽牛角尖，他用鼻子愛撫我身體的畫面就愈教我想吐，彷彿老鼠在啃嚙我的胸部和兩腿間。

以前我從沒眞正受過驚嚇。我自認爲不是個容易受驚的人。我很容易談戀愛，脾氣來得很快，也很容易開心、煩躁、興奮。我是會咆哮和大哭大笑的性情中人。這些情緒潛伏在表面淺層，自然會探出頭來。反觀恐懼則是深藏不露。現在我怕了，但恐懼不像怒氣或突然激起的慾望，能使其他所有的情緒淹滅。這種感覺更像是遠離陽光，走進暗影：冰冷怪誕。一個截然不同的世界。

我不知該向誰求助。先想到爸媽，但馬上就打消這個念頭。他們年事已高又神經質，老是在還沒必要眞正操心的時候爲我操心。柴克，親愛的、陰鬱的柴克。還是珍娜？有誰能像磐石般冷靜堅強？有誰能傾聽我？救我？

後來我在無意間想起那些死去的女人。除了她們的名字和珍妮佛・亨特沙姆有三個小孩外，其他我一無所知。我記得她小兒子挑釁卻如天使般可愛的臉龐。兩個女人。柔伊跟珍妮佛。她們長得什麼樣子，又有什麼感受？她們肯定曾像我現在這樣，在黑暗中清醒地躺在床上，跟我一樣感受冰冷的恐懼湧至周遭。還有相同的孤寂。當然，就目前為止，被一個瘋子牽扯到一塊兒的，是三個，而不是兩個女人。柔伊、珍妮佛和娜蒂亞。娜蒂亞：就是我。為什麼是我？我一直在想這個問題，同時躺著聆聽夜晚的聲音。為什麼是她們，為什麼是我？到底為什麼？

但即使我只是躺著蜷在被窩，心兒撲通直跳、兩眼刺痛，卻還是知道我得脫離恐懼下的盲目和無助。不能只是瑟縮著等待事情發生，或等某人把我救出這場夢魘。躲在床單底下哭不能解救我。彷彿我的內心深處也有一小部分糾結著蓄勢待發。

我在淩晨入睡，隔天早上從怪夢中醒來，茫然而疲倦。其實沒有因此變得更勇敢或更有安全感。感覺更堅定是真的。十點一到，我問琳恩能否離開我家，因為我有一通私人電話要打。她說她會在車上等，她前腳一走，把身後的門關嚴，我便打電話給正在上班的卡麥隆。

「我感覺好絕望，」他一接上線就傾吐心聲。

「很好。我也是。」

「很抱歉讓妳有被背叛的感覺。我很難過。」

「沒關係，」我說。「你可以彌補我。」

「只要妳說句話就行。」

「我要看這個案子的檔案。不光是我的，還要另外兩個女人的。」

「不可能。檔案不能對外公開。」

「我知道，但我還是要看。」

「完全不可能。」

「卡麥隆，你給我聽仔細了。我認為這整件上床的事，你表現得很差勁。大概光是想到跟潛在的受害者上床，就能讓你病態地興奮吧。不過我也樂在其中，更何況我也不是小孩了。我對懲罰你沒有興趣。只是想跟你把話說清楚。但是如果你不把檔案帶來給我，我就會去找林克斯，把我們發生關係的事告訴他，說不定還會掉幾滴眼淚，哭泣自己狀況有多不堪一擊。」

「妳不會的。」

「我還會向你老婆掀牌。」

「妳不會的。那樣就——」他像是哽咽似地發出咳嗽聲。「不可以跟莎拉說。她有憂鬱症，承受不了的。」

「不關我的事，」我說。「我沒興趣。把檔案給我就是了。」

「妳不會這麼做的，」他像是被人掐住喉頭似的。「不可以。」

「給我聽清楚了。有個殺掉兩名女子的凶手現在要來殺我，所以此時此刻你的飯碗或你太太的感受，我統統不在乎。如果你想跟我要花招，那就放馬過來。我明天早上就要檔案送到我家，還要足夠的時間詳讀，之後你再把它們帶走。」

「辦不到。」

「隨你便囉。」

「那我試試看。」

「一件都不能少。」

「我盡量。」

「快去，」我說。「想想你的飯碗。想想你的嬌妻。」

我掛上電話時，原以爲自己會哭或感到羞恥，但當我瞥見壁爐上方自己鏡中的倒影，卻大吃一驚。最終竟是一張友善的臉。

12

我把客廳那張大餐桌清空，但空間還是不夠。卡麥隆甩掉琳恩之後，來回走了三趟才把車上的檔案都搬來。這裡有兩個鼓鼓的手提箱和兩個硬紙箱。他把紅色、藍色和米色檔案擺在桌面，空間不夠了又擱在地毯上。檔案都取出後，他氣喘吁吁，臉色發白、汗水黏滑。他的肌膚倦怠灰暗、死氣沉沉。

「就這些？」等最後一疊被扔在腳邊，我反諷地問道。

「還不只，」他說。

「我說了，檔案要全部到齊。」

「那得開小廂型車才載得完，」他說。「這些是辦公室的現用檔案，其他的我有直接管道可以取得。總之我不知道妳爲什麼覺得這些對妳有幫助。大部分應該很難懂。」他坐在角落的藤椅上。「妳有兩小時可以看。假如妳跟任何人提起見過這些文件，那我就大難臨頭了。」

「閉嘴，」我邊說邊隨意拾起檔案。「這些是怎麼整理的？」

「別搞亂了，」他說。「灰的大多是供述。藍的是局裡內部的報告跟文件。紅的是鑑識報告和犯罪現場。內容不完全一致。反正封面都寫了。」

「有照片嗎？」

「妳腳邊地上的相簿裡有犯罪現場的照片。」

我低頭一望。說也奇怪，警方居然把謀殺案的照片放進人們用來留存假期相片的那種相簿。我頓時心一寒。這麼做恰當嗎？

「等等好了。我只想看她們長什麼樣子。」

卡麥隆走向前，一面在桌上翻找，一面喃喃自語。「這裡，」他說。「還有這裡。」

我伸手去拿時，他抓住我的手。「抱歉，」他說。

我掙脫他的手，現在刻不容緩。「走開，」我說。「你去花園好了。好了我再叫你。」

「不然呢？」他不耐煩地說。「妳會打給我老婆嗎？」

「你人在這兒，我沒法專心。」

他頓了一下。「娜蒂亞，讀這些會讓妳心情不好的。」

「閃開。」

他慢慢地、不情願地離開房間。

在開第一份檔案、甚至碰它之前，我有些許遲疑，彷彿檔案外頭受到電流保護。我彷彿要開門進一個房間，但不知怎地，一切總會改變。我也會改變。

我打開檔案，她攤在眼前。紙上釘了一張快照。柔伊・阿拉圖妮安。生於一九七六年二月十一日。我端詳照片。她想必在度假。半坐在一堵矮牆上，身後是碧空萬里。艷陽下的她微微瞇眼（手裡拿著墨鏡），她正在笑，不知和攝影師在說些什麼。她穿了件綠色背心和鬆垮的黑色短褲，留著一頭及肩的金髮。她長得標緻嗎？應該是，但很難講。她看起來人挺好的。這是張快樂的照片，該被釘在廚房軟木記事欄上，和購物清單與本地計程車公司名片並排。

檔案裡還有一些電腦打字的記錄。我在找的就是這個。男友、朋友、雇主、其他參考資料、聯絡電話、地址。為此我準備了筆記本，草草抄下一些人名和電話，轉頭確定卡麥隆看不到我。我翻閱檔案，還有一張照片，那是張黑白半身照，像是用來鑑別身分的。沒錯，她是個可人兒。前幾張照片她看起來很苗條，但這張她的臉略顯圓潤。她看上去非常年輕，縱使基本上表情嚴肅，但眼裡散發一絲微光，彷彿在說拍照的那一瞬間，她要綻露一抹淘氣的微笑。不曉得她說話的聲音怎樣。她的姓氏雖有異國情調，卻是在雪菲爾附近土生土長的英國人。

我闔上檔案，小心翼翼地擱到一旁。輪到下一份了。珍妮佛・夏洛特・亨特沙姆，生於一九六一年，長相跟柔伊完全不像。不可否認的是，這張照片是在相館拍的，更為正式。我可以想像它立於銀框的梳妝台上。她的外貌比柔伊更耀眼出衆。雖稱不上是美女，但吸睛的魅力卻教人無法擋。她有雙深色大眼，在瘦長臉型的襯托下，她凸出的顴骨更為顯眼。她散發古典的氣質：穿圓領毛線衣，配小珍珠項鍊，深褐色的頭髮梳得柔亮，使我聯想起五〇年代的英國小牌電影明星，到了六〇年代便光芒褪盡。

我感覺柔伊年紀比我小得多；珍妮佛・亨特沙姆似乎比我大一輩。不是說她長得老氣，唯一看起來比我，尤其是一早醒來的我更憔悴的，只有塵封兩千年被挖出泥煤田的木乃伊。她只是看起來成熟罷了。我覺得曾在哪裡見過柔伊，至於珍妮佛那型的，我不確定有沒有見過。我又看了檔案一眼。丈夫和三個小孩，姓名和年齡。他媽的。細節我全抄下了。

我想起某件事，注視那兩份檔案疊放的文件堆。一如我所料，有份寫了我名字的檔案。我將它打開，凝視自己的照片。娜蒂亞・伊莉莎白・布蕾克，生於一九七一年。我不寒而慄。也許不出幾星期，這份檔案就會變厚，還會再開另一個檔案。

我看了一手錶。接下來呢？除了好奇之外，這麼做有何意義？我十一歲那年，地方上泳池有塊高達五呎的跳水板。我從來不敢往下跳，直到某天我爬上階梯，就像毫無理由、碰巧爬梯子那樣，不假思索地跨過跳水板的邊緣，我辦到了。現在也如法炮製。

我手往下一伸，取第一本紅色俗麗封面的相簿。照理說應該裝了小女孩吹熄蠟燭、人們在海灘踢球的照片。我將它打開，機械式地翻了一頁又一頁。其實沒太多要看的。我又翻回第一頁檢查。沒錯，這是謀殺柔伊・阿拉圖妮安的犯案現場。她的自家公寓。她人就在那裡，面朝下地躺在地毯上。並不是赤身裸體，而是穿了T恤和內褲。看起來不像死了，反而像在睡覺。有條緞帶還是領帶什麼的緊緊套在她脖子上，還有許多從不同角度拍攝凶器的照片。我只是盯著她的上衣和內褲瞧。感覺像是她那天早上穿上這些衣物，渾然不知自己再也沒有機會將它們脫下。在腦海揮之不去的，偏偏就是這種愚蠢的念頭。

我放下它，拾起第二本。珍妮佛・亨特沙姆自宅的犯罪現場。我像對待第一本似地盡責地翻閱，但後來看不下去了。它看起來截然不同。明明只是一張照片、一個現場，我卻只看到片段：瞪大眼死不瞑目、繩圈纏繞頸部、衣服不是撕扯就是被割破，她兩腿張開，有個像是金屬棒的東西插進她體內，看不出是她身體的哪個部位。我把相簿一扔便衝向洗碗槽。剛好及時趕到，嘔吐物從我的口中噴濺。我的胃不斷上拉，痛苦地清空自己。我低頭一看，畫面幾近可笑。洗碗槽滿是髒餐盤。現在餐盤髒上加髒。

我開了溫水和冷水洗臉，再著手這輩子最噁心的碗盤大清潔，我大學時期可是跟一女兩男當過室友。洗碗活動穩定我的情緒，現在我能走回餐桌，不看相簿一眼就將它闔上。

沒多少時間了。我必須精挑細選。我快速翻閱檔案，檢查內容。看到柔伊公寓和珍妮佛豪宅的平面圖。我瀏覽證人的供詞。供詞又臭又長、雜亂無章，幾乎不可能從裡面得到任何頭緒。柔伊的男友弗雷說起她與日俱增的恐懼，和他多花心力去安撫她。她的朋友露意絲好似要抓狂了。柔伊被人勒斃時，她人正坐在公寓外的車上。珍妮佛凶殺案的證詞塞滿十本厚厚的文件夾。我僅僅只能認出受訪者，他們其中多半受雇於她。亨特沙姆家似乎是個大雇主。

我對這兩位女性死者的驗屍報告稍加留意。柔伊的單純多了：被浴袍帶子捆綁窒息。還有其他小挫傷，但那些只是勒縊過程中需要壓制她的外力。陰道和肛門檢體並未顯示性侵跡象。

珍妮佛的死亡報告要長得多。我只能顧著抄細節：捆綁窒息，脖子上細而深的勒痕與繩索吻合；切傷和刺傷；鮮血噴濺、積聚、擦抹和拖曳的痕跡；會陰撕裂傷；大量的尿液跡證。她尿在自己身上。

有一疊厚厚的檔案和信件分析相關，其中包含寄給柔伊和珍妮佛的信件副本。讀信的時候我害怕且內疚，像在偷看寫給別人的情書。但信裡寫了承諾和誓約，確實是情書沒錯。還有一張柔伊被蹂躪的畫。說也奇怪，今天見了這麼多教人觸目驚心的檔案，唯獨那張卑鄙殘忍的畫令我落淚。它讓我不斷想起有個喪心病狂的傢伙處心積慮地要毀掉一個人。我瀏覽了檔案分析。警方試著將恐嚇信跟柔伊認識的人連結：她的男友弗雷、前男友、房仲、公寓可能的買主。然而，圖畫上的刻痕（附註補充，經過證明：珍妮佛．亨特沙姆受的傷）明確顯示殺人犯是左撇子。上述的嫌犯全是右撇子。

還有別的檔案，是針對犯罪現場灰塵、織物、毛髮等等的檢驗報告。其中許多太技術性了，我搞不懂究竟有沒有查出重要的證據。看起來沒有。首頁有份單張的報告摘要，副本寄給了林克斯、卡麥隆和專案調查小組的其他成員。摘要清楚陳述兩起謀殺現場找到的鑑識微量跡證，沒有明顯的關聯。從死去的柔伊身上穿的衣服，以及地毯、床單和其他衣物所取得的毛髮和織物採樣，都屬於公寓近期住戶的：也就是她男友弗雷和柔伊自己。珍妮佛．亨特沙姆犯罪現場的毛髮與織物分析就更複雜了。由於出入分子太雜，尚有許多無法辨別的採樣。不過，除了在柔伊家發現珍妮佛的盒飾吊墜、在珍妮佛家找到柔伊的相片之外，兩個命案現場沒有其他鑑識關聯。更多糟糕的消息。

我也詳讀許多警方內部的備忘錄，對查案子的不同階段有了粗淺的了解，包括標註「極機密」的非正式內部調查結果，也因此得知珍妮佛．亨特沙姆之所以卸下心防，是因爲她的丈夫克萊夫正在接受柔伊．阿拉圖妮安謀殺案的起訴。眞是一場糊塗。

我正準備叫卡麥隆回來時，翻起一份外表普通的檔案。裡面包含勤務輪値表、會議記錄、假日任務。不過吸引我目光的是底下一張影印的備忘錄，那是林克斯發給麥克．葛里芬大夫，再寄副本給史塔德勒、葛蕾絲．席林、琳恩和其他十幾個人，只是看名字我認不得。開頭擺明爲了回應葛里芬大夫的怨言，他指出首批抵達現場的警官偵辦程序有疏失，洩漏了兩起命案現場，尤其是柔伊．阿拉圖妮安公寓的機密：

我會努力確保未來任何現場的機密，將即時並有效地封鎖。我的了解是，由於隱私保護實際上的困難，這件案子的解決方案很可能，而且在很大程度上，會交由鑑識科專家處理，而我們也會給予你一切可能的協助。

我吼著叫卡麥隆，沒過幾秒他就進來了。他是不是一直從窗戶偷看？這有什麼重要的？

「你看，」我邊說邊把備忘錄遞給他。「『未來任何現場』，好像沒對你自身的能力投下信任票嘛。」

他看了一眼，然後把它擺回檔案。「是妳要看檔案的，」他說。「我們自然要爲每種可能做準備。」

「可能從我的角度看就不一樣了吧，」我說。「是我欸，未來任何現場。是我。」

「那妳覺得呢？」

「很可怕，」我說。「但我高興的是沒被蒙在鼓裡。」

卡麥隆開始收拾檔案，將它們放進箱子或塞回公事包。

「我們不是很像，」我說。

他頓了一下。

「什麼？」

「我原以為我們是同一型的。我知道光從照片和一些特色來看很難判別，但我們似乎是完全不同的人。柔伊肯定比我年輕甜美，還有份正職。至於珍妮佛，看起來宛如皇室成員。如果還在世，應該沒什麼時間應付我這種人。」

「或許吧，」卡麥隆惆悵地說，我頓時好生忌妒。他見過她、和她說過話。知道她講起話是什麼聲音。見過她有趣的小手勢，那些事絕對不會記錄下來。

「妳們都很嬌小，」他說。

「什麼？」

「妳們都很嬌小輕盈，」他說。「也都住在北倫敦。」

「你們只查到這些，」我說。「將近六個星期，死了兩個女人，你們只知道這個殺人犯不找身高超過一百八的健美小姐，或散布世界各地的女性下手。」

他收拾完了。

「我得走了，」他說。「琳恩差不多要來了。」

「卡麥隆？」

「怎樣？」

「我不會跟你老婆或林克斯還有其他人說的。」

「那就好。」

「我可以這麼做的。」

「我也是這麼想的。」

我倆對彼此的舉止變得有點尷尬。對我而言，尷尬源於曾和某人袒裎相見，如今卻再也沒有一丁點的迷戀。況且我還有種非常強烈的感覺，那就是一心只想回臥室痛哭一場，想想再過幾小時就要斷氣了。

「娜蒂亞？」

「怎樣？」

「這一切我很抱歉。規矩一直是這樣的。那麼。」他止住不說，揉揉臉，又東張西望，好像以爲琳恩早就進來了，只是我倆都沒發現。「我還有別的東西。」

「什麼？」從他的語氣聽來，這不是好消息。

他手伸進外套，掏出一張紙。其實是兩張紙。他把紙在桌上攤開壓平。「過去幾天我們攔截到的。」

「怎麼攔的？」

「其中一封是寄來的。另一封應該是塞進門縫。」

我目不轉睛地望著這些信。

「這是第一封，」他邊說邊指向左邊那張紙。上面寫著：

親愛的娜蒂亞：

我想把妳操到死。這事我要妳放在心上。

「哦，」我說。

「這封是兩天前攔截的，」他說。

親愛的娜蒂亞：

我不知道條子對妳說些什麼。他們是攔不了我的，他們自己也心知肚明。再過幾天、或一到兩星期，妳就會嗚呼哀哉。

「我想向妳坦白，」他說。

「原本只收到一封信，這對我來說是個極小的慰藉。我以爲他轉移目標了。」

「抱歉，」他環顧四周說。「我得把檔案搬回車上了。但是我非常抱歉。」

「我就要死了，對不對？」我問道。「我是說，至少你是這麼想的吧。」

他手裡抱了一箱文件。「不不不，」他一面說，一面走到門口。「妳不會有事的。」

13

「我想去逛卡姆登市集，」我說。「現在就去。」

琳恩一臉疑惑。今天是星期六，而且才剛過九點，我猜她已習慣我賴床、試著找方法獨處。過去這兩天，我被反鎖在夢魘裡，不斷在腦海中看見那些照片。柔伊看起來就像沉入夢鄉，珍妮佛則慘遭蹂躪。而我卻梳洗乾淨、換完裝、出奇友善、準備出發。

「人很多欸，」她口吻懷疑地說。

「我喜歡。人群、音樂、廉價的衣服跟首飾。我想買一堆沒用的東西。妳不必跟我來啦。」

「我當然要去。」

「妳是不得不去，對吧？可憐的琳恩老是緊跟在我身後，時時刻刻都得保持客氣，還要撒謊。妳一定很懷念正常的生活吧。」

「我很好，」她說。

「我知道妳沒戴婚戒。妳有男友嗎？」

「有。」一抹熟悉的殷紅在她蒼白的臉上重現，她的胎記泛紅。

「嗯。妳一定希望這趟快結束吧。不管用什麼方式。來吧，走五分鐘就到了。」

琳恩說得對。今天是大熱天，天空是褪色的、髒污的一片藍，卡姆登市集擠得水洩不通。琳恩穿著羊毛長褲和沉重的鞋，頭髮汗濕黏成小髮辮，垂在臉上。我稱心如意地想：她一定是熱昏頭了。我換上檸檬黃色的無袖洋裝和平底涼鞋，把頭髮往後綁。我感覺涼爽、步態輕盈。我們在人潮中摩肩接踵地推進，暑氣從人行道升起。我一邊走，一邊左顧右盼，感覺愉悅在體內高漲，因為我又重返人海了。雷鬼頭、龐克、單車客、女孩有的穿顏色歡快的洋裝，有的穿紮染的裙子、男人臉上坑坑洞洞，眼神警戒提防、年輕人無精打采地走路裝酷，謝天謝地，那種忸怩作態會隨著年紀增長而消失。我頭往後仰，吸一口廣藿香精油、毒品、焚香、香氛蠟燭和實在的汗臭味。

角落有賣現擠新鮮果汁的攤位，我幫我倆各點一杯芒果柳橙汁和一包椒鹽脆餅，再花五鎊買了二十條銀製細手鐲，把它們戴在手腕，叮噹作響聽了令人滿意。我又買了條輕飄飄的絲巾、一小對耳環、幾個豔麗的髮夾。都是能立即穿戴的，我不想把東西提在手上。說時遲那時快，就在琳恩端詳木雕時，我開溜了。就是這麼簡單。

我迅速奔下通往運河的樓梯，沿著小徑跑到大馬路。這裡依舊人山人海，而我只是群眾裡的其中一人。我低著頭在人群中穿梭。就算琳恩走這條路來找我，也看不見我。沒人能看見我，就連眼神如X光的他也不例外。終於沒人跟著我了。

我感覺自由，感覺煥然一新，彷彿擺脫了過去幾星期黏在我身上的垃圾：恐懼、慾望和惱怒都消失了。這是我連日來感覺最好的一天。

我知道要上哪兒去。路線昨晚我都想好了。動作要快，免得讓別人發現我去過哪裡。

電鈴我得按個好幾次。我以爲他可能外出了，不過樓上的窗簾還沒拉開。接著我聽見腳步聲和朦朧的咒罵聲。

開門的男子比我想像中更高、年紀更輕、樣貌更帥。淺色的頭髮蓋過他的額頭，古銅的臉上有雙淺色的眼眸。他身上只穿了條牛仔褲，看起來迷迷糊糊。

「有事嗎？」他的語氣不是挺友善。

「你是弗雷嗎？」我試著對他擠出笑容。

「對。我認識妳嗎？」他帶著有氣無力的自信說。我想像柔伊在他身邊，揚著標緻的臉，熱切地仰望他。

「不好意思把你吵醒了，不過我有急事。可以進去講嗎？」

他對我揚起眉毛。「妳是誰？」

「我叫娜蒂亞．布蕾克。我來這裡是因爲殺柔伊的凶手也寄恐嚇信給我。」

我原以爲他會感到意外，只是沒料到我表明來意的這番話，宛若拳頭打在他身上。他整個人差點往後跌。

「什麼？」他說。

「可以進去講嗎？」

他身子往後退、壓著門讓我過，一臉茫然。他還沒來得及反應，我已從他面前經過。他跟著我上樓，來到一間凌亂的小客廳。

「對了，柔伊的事我很遺憾，」我說。

他專注地望著我。「妳怎麼知道我的？」

「在證人名單上看到的，」我說。

他撥了一下蓬亂的頭髮，然後揉揉眼睛。「要喝點咖啡嗎？」

「謝了。」

他走進毗連的廚房，我則環顧四周。我以爲房裡可能會有柔伊的照片，使我想起她的東西，但啥也沒有。我拾起地上的幾本雜誌：園藝簡介、倫敦俱樂部生活指南和電視節目表。其中一個架子上堆了好些圓石頭，我拾起形狀像鴨蛋的大理石，握在我的掌心，然後小心翼翼地放回原處，再拿起掛在椅子邊上的一頂褐色毛氈帽，用食指圈著轉。我想感受接近柔伊的感覺，可是她完全不存在。我從架上拾起一隻木雕小鴨端詳。直到弗雷返回客廳，我才匆匆忙忙物歸回位。

「妳在幹麼？」他疑神疑鬼地問。

「只是隨便看看。不好意思。」

「妳的咖啡。」

「謝了。」我忘了告訴他我不喜歡咖啡裡加牛奶。

弗雷坐在看起來像從垃圾場撿來的沙發上，對我比了一下椅子。他雙手握著馬克杯，不發一語。

「柔伊的事我很遺憾，」因爲講不出更中聽的話，我只好複述一遍。

「是啊，」他說，然後聳了個肩，別過目光。

我到底在期望什麼？我原以爲我們之間有些情感聯繫，因爲他認識柔伊，而這使得他在我想像中比其他任何朋友更貼近我，縱使有這種想法相當不理智。

「她是怎樣的人？」

「怎樣？」他惱怒地抬起頭。「她很友善、迷人、樂天，具備這些美好的特質，不過妳到底想怎樣？」

「我知道這聽起來很蠢。我想知道關於她的各種小事：她最喜歡的顏色、穿什麼衣服、有什麼夢想、收到信的時候做何感想，一切的一切……」我一時喘不過氣。

他一臉不自在，表情近乎嫌惡。

「我幫不了妳，」他說。

「你愛過她嗎？」我唐突地問。

他看我的表情，活像我說了什麼可憎的話。

「我們玩得很開心。」

玩得開心。我聽了心一沉。他根本不了解她，或者不想讓我透過他來了解她。玩得開心：

這樣的墓誌銘太勁爆了。

「不過，難道你都沒想過當時她的感受嗎？我的意思是，她受到恐嚇乃至於遇害的感受？」

他伸手到沙發旁的茶几拿一包菸和一盒火柴。

「沒有，」他邊說邊點燃一根菸。

「我看過她的照片，只是年代滿久遠的。你有沒有更近期的？」

「沒有。」

「一張都沒有？」

「我不拍照。」

「還是有沒有她的遺物能讓我看看？總該有一兩件吧。」

「妳要幹麼？」他臉色一僵，不肯讓步。

「很抱歉，我知道這樣好像很殘忍，但我只是覺得跟這兩個女人有所連結。」

「什麼叫做這兩個女人？」

「柔伊還有珍妮佛・亨特沙姆，第二名受害者。」

「什麼？」他嚇得向前躍起，把馬克杯擱在桌上，灑了好些咖啡。「搞什麼鬼啊？」

「抱歉，原來你沒聽說啊。警方一直保密到家。我是無意中才發現的。另一個女人也收到同樣的信，柔伊死後幾星期她就遇害了。」

「可是……可是……」弗雷似乎陷入沉思，接著用迥然不同的熱切目光注視我。「第二名受害者。」

「珍妮佛。」

「她是被同一人殺的？」

「沒錯。」

他低聲吹了一下口哨。

「媽的，」他說。

「是啊，」我說。

電話響了，音量大如警報，把我倆都嚇了一跳。弗雷拾起話筒，轉身背對我。

「是啊。好，我起床了。」他頓了一下，然後說：「那你現在來吧，等等一起去找鄧肯跟葛蘭姆。」

他掛上電話，瞄了我一眼。

「有朋友要來找我了，」他以打發我的口吻說。「娜蒂亞，祝妳好運。抱歉我幫不上忙。」

就這樣？不會吧。我無助地凝望他。

「娜蒂亞，再見了，」他又想打發我，幾乎是用推的把我趕到門口。「保重。」

我垂頭喪氣，盲目地走向地鐵。我在心裡暗忖：可憐的柔伊。令我驚愕的是，弗雷幾乎完全沒想像力可言，人長得帥但粗心大意。無論他事發後是怎麼跟警方說的，我就是無法想像他在女方飽受威脅時，同情她的處境。我重溫他惜字如金的話，沒有一句值得我逃離警方的保護。此時恐懼貫穿體內，使我冷不防地打了個寒顫。我孤伶伶地一個人，沒人保護，幻想星期六的人群中有眼睛盯著我的一舉一動。

突然有人擋住我的去路。面前有個男的站著低頭看我。深色頭髮、蒼白的臉，咧嘴微笑露出發光的皓齒。他是誰啊？

「妳好啊，怎麼魂不守舍的樣子。」

我目不轉睛地盯著他。

「這可不是娜蒂亞嗎？家裡有古董級電腦的？」

啊，這下我想起來了，頓時如釋重負。我展露笑顏。「對。抱歉。嗯——」

「莫里斯。莫里斯．伯賽。」

「當然囉。你好。」

「娜蒂亞，妳好嗎？最近怎樣？」

「什麼？哦，很好，」我心不在焉地說。「聽我說，眞是不好意思，其實現在我有點趕時間。」

「沒問題，那我不耽誤妳了。妳確定沒事嗎？妳看起來有點焦慮。」

「哦，只是有點累啦，你懂的。那先掰囉。」

「娜蒂亞，再見。好好照顧自己。再見。」

眞不愧是豪宅。雖然見過照片，但現實生活中更富麗堂皇：離馬路有段路，有私人花園，階梯直達有門廊的前門，紫藤花在白色的高牆上攀爬。一切皆顯得富饒，代表了品味和財富。我當然知道什麼叫做有錢，只不過在這裡，我幾乎能聞到鈔票味。我仰望一樓的窗戶，珍妮佛在其中一個房間斷氣。我把頭髮往後抹平，緊張地拉動我廉價連身棉裙的肩帶，然後輕快地上樓，走到門口敲黃銅門環。

我簡直期待珍妮佛本人來開門：在門口一睹她窄長的臉和光潔的黑髮。她會對我很客氣，用那種有教養又略感意外的方式，叫我這種粗俗魯莽的人滾蛋。

「妳是？」應門的不是珍妮佛，而是一位高挑優雅的女子，一頭金髮滑順地往後撥，耳朵上戴了珠寶，穿著杏桃色的絲質短衫和剪裁合身的黑長褲。我在檔案裡讀過克萊夫的婚外情，所以不用猜也知道她是誰。「請問有事嗎？」

「不好意思，我想找克萊夫．亨特沙姆先生。我叫娜蒂亞．布蕾克。」

「有急事嗎？」她的口吻親切之餘又冷冰冰。「我們家裡有訪客，妳應該也聽到了。」

我可以聽見屋裡此起彼落的人聲。這是星期六中午，喪妻的鰥夫克萊夫正和他的愛人舉辦小型社交活動。我聽見敬酒的擊杯聲。

「其實滿急的。」

「那進來吧。」

門廳寬敞涼爽，這裡聽起來人聲更為嘹亮。我心想：她曾住在這裡，打量四周。這是她想改造成夢想家園的房子，但看樣子工人都回來了，如今夢想家園變成這個女人在管轄。我面前的房間到處都是梯子和油漆罐。門廳盡頭可見家具上披著帷幔。

「可以在這裡等嗎？」她問我。

但我還是跟著進去，和她走進偌大的、顯然剛漆成石板灰色的客廳，從大落地窗望去，是一座新掘好的花園。壁爐台上的銀製橢圓相框放了三個孩子的照片。沒有珍妮佛。假如我死了，是不是也會被人遺忘？潮水會不會這樣將我淹沒？

客廳裡約莫有十位或十二位賓客，全都舉杯、三兩成群。也許他們以前是珍妮佛的朋友，但現在聚集此地，歡迎新的女主人。女人走向一個表情嚴肅的男人，他下顎寬厚，留著深色但發白的頭髮。她手搭在他肩上，對著他的耳畔低語。他猛一抬頭看我，向我走來。

「有事嗎？」他說。

「抱歉打擾了，」我說。

「葛蘿莉亞說妳有事想跟我說。」

「我叫娜蒂亞．布蕾克，殺害珍妮佛的凶手也在恐嚇我。」

他的臉色幾乎沒變，只是閃躲地東張西望，像在檢查其他人有沒有留心聽。

「哦，」他說。「這樣啊，那妳想怎樣？」

「什麼意思？你太太被謀殺欸。現在那個人想要找我下手。」

「我很抱歉，」他平靜地說。「但妳來這裡幹麼？」

「我以爲你能跟我聊聊珍妮佛的事。」

他啜飲一口酒，領我走向客廳邊角。「所有相關的事，我都告訴警方了，」他說。「我不太理解妳來這裡幹麼。這是樁悲劇。現在，我只想盡可能地繼續過生活。」

「看樣子你過得不錯，」我環顧屋內說。

他臉色鐵青。「妳說什麼？」他火冒三丈地說。「布蕾克小姐，請妳立刻離開。」

怒氣和羞辱將我包圍，我開始結結巴巴，試圖爲自己辯白。但一開口，就看到一男孩，一名青少年，獨自坐在靠窗的座位。他瘦弱蒼白，留著油膩的金髮，不僅長黑眼圈，額頭上也冒痘。男性青春期笨拙纖長的絕望，在他身上表露無遺；他反應了兒子喪母的、混亂驚嚇的困惑。大兒子喬許。我盯著他，他與我四目相交。他有雙可卡犬的深色大眼。清秀臉龐的可愛大眼。

「我這就走，」我靜靜地說。「不好意思打擾了。我只是很害怕，想要求助。」

他對我點點頭。或許他的面容並不那麼殘酷，只是有點笨、有點自滿。或許他只是跟其他人一樣。也許有點軟弱，再多點自私。

「抱歉，」他無望地聳肩道。

「謝了。」我轉身要走，努力憋著別哭，努力不去在意每個人是不是都把我當做強行入門的乞丐看待。

到了門廳，有個小男孩騎三輪車，怒氣沖沖地穿過我面前停車。「我認得妳。妳是小丑，」他吼道。「麗娜，小丑來家裡了。快過來看小丑。」

14

「這些我全要，」我堅定地說。「蛋跟培根、油炸麵包、炸馬鈴薯、番茄、香腸、磨菇。還有，那是什麼？」

櫃台後方的女子檢查金屬容器的內容物。「血腸。」

「好，那我也要。外加一壺茶。妳呢？」

大概是看見我餐盤裡堆了多少食物，琳恩的臉色微微發白。

「哦，」她說。「一片吐司。再來點茶。」

我們把托盤帶出餐館，步入公園邊上陽光普照的花園。餐館一開，我們就到了，所以是第一批客人。我挑了一張角落裡僻靜的餐桌，然後我們放下盤子、杯子和金屬茶壺。我開始大快朵頤，先攻擊煎蛋，一刀往蛋黃切下去，濺得整個盤子都是。琳恩用一種吹毛求疵的責難眼神看我。

「妳不是都早起吃早餐的嗎？」我邊說邊拿餐巾紙擦嘴。

「現在對我有點太早了。」她優雅地小口飲茶，從吐司上咬了毛毛蟲大小的一口。

這個早晨眞美。溫馴的麻雀在桌腳偷繞，尋覓餅乾屑；松鼠在公園圍牆另一頭的大樹枝頭互逐。有喜樂的幾秒鐘，我只是假裝琳恩不在。我啃咬能導致心臟病的早餐，連同桃花心木褐茶一起嚥下肚。

「妳朋友來的時候，」琳恩問道：「要我離開餐桌嗎？」

「不用麻煩了，」我說。「妳也認識她。」

「什麼？」她一臉驚恐地問。

我愛的就是這個。我身體一定有魔術師的血液。「是葛蕾絲·席林。」

我以勝利者的姿態咬下連在培根上的番茄。

「可是……」琳恩口吃。

「嗯？」塞了滿嘴的食物我也只能嗯一聲。看得出來她正猶豫這麼多個問題要問哪個才好。

「誰──誰安排的？」

「我。」

「可是……林克斯總督察知道嗎？」

我聳聳肩。「席林大夫或許跟他報備過了。這不是我的問題。」

「可是……」

「她來了。」

席林大夫已走進用餐區。好幾張餐桌都坐人了──帶著孩童的男女、攤開週日早報的情侶──她還沒看見我們。只見她一如往常打扮俐落，只是今天稍顯休閒。她穿一條深藍色的褲子，褲管只及腳踝的一半，上身配黑色的V領毛線衣。還戴者墨鏡。她一見著我們便走過來，摘下墨鏡，把它連同一串鑰匙和引起我興趣的一包菸放在桌上。她戒慎恐懼地看著我們，表情如往常冷靜；令我莞薾的是，我好像被人發現坐在豬舍，頭埋在飼料槽似的。

「要吃點早餐嗎？」我問道。

「我其實不吃早餐。」

「黑咖啡配香菸？」我問她。

「早上我差不多只能吃這麼多。」

我望向驚駭的琳恩。

「可以幫席林大夫買杯咖啡嗎？」我問她。

琳恩倉皇跑開。

「感覺有點像是請了個私人助理，」我面帶笑容地說。「我挺喜歡的。妳跟林克斯報備了嗎？」

她點燃一根菸。「我跟他說了妳要見我。」

「沒問題吧？」

「他很意外。」

我拿炸麵包吸走最後一點蛋黃。「可以請妳保密嗎？」

「什麼意思？」

「我看過檔案，」我說。「應該說看過一部分。不算透過正常管道看的，所以希望妳別提到太多。」

她很詫異。這是當然囉。我開始習慣這個表情。她吸了長長一口菸，在椅子上挪動身體。她侷促不安。她是否覺得自己不再大權在握？但願如此。

「那妳又何必跟我說？」

「我必須向妳請教幾個問題。我知道妳對我撒了瞞天大謊。」她猛一抬頭，張開嘴但吐不出半個字。「無所謂。那些我都不感興趣了。我要妳曉得我已經知道有柔伊跟珍妮佛這兩個人了。我看過驗屍報告，所以這些都不是我的幻覺。我只要妳向我坦白。」

琳恩帶著咖啡回來了。「我可以坐這兒嗎？」她問道。

「琳恩，抱歉，這段對話還是保密的好，」我說。

她羞紅了臉，移到鄰座。我轉頭面向葛蕾絲．席林。「我對警方的綜合能力沒有任何意見，但是妳一定會了解的是，我對他們防止我遇害的能力毫無信心。無論是妳、是他們或是誰，總之有兩個女的在你們保護下死了。」

「娜蒂亞，」葛蕾絲說：「我可以體會妳的感受，但會發生這些事是有特殊原因的。阿拉圖妮安小姐的第一個案子——」

「柔伊。」

「對。那個案子的危險程度沒受到重視，後來提高警覺已來不及了。至於亨特沙姆太太的案子，則出了個問題。」

「妳是指逮捕她丈夫嗎？」

「對，所以妳應該理解妳的處境大不相同。」

我又幫自己倒了杯茶。「葛蕾絲，妳誤會我了。我來這裡不是要讓妳丟臉或爲了抱怨而蒐集情資、也不是想得到什麼慰藉。但請妳別說什麼『不用擔心』，用這種方式來侮辱我。我看過警方的備忘錄，上頭寫了該怎麼處理我的遇害現場，這妳也看過的。」

葛蕾絲點燃另一根菸。「那妳要我怎樣？」她無動於衷地說。

「我沒看到妳寫的報告。或許這是因爲上面寫了什麼，我看了會不舒服。我要知道妳知道些什麼。」

「我不確定我知道的會不會有幫助。」

「爲什麼是我？我原本希望看了檔案就知道我跟其他死者間的共通點，可是除了我們個子都很嬌小外，我一點頭緒也沒有。」

葛蕾絲似乎在沉思。她深吸一口菸。「對，」她說。「而且妳們都相貌出衆，有各自不同的風味。」

「這個嘛，謝謝妳的美言……」

「妳們都很脆弱。性虐待狂找女人下手，就跟肉食動物掠食其他動物一樣。挑中畏縮不前、欠缺信心的對象。柔伊・阿拉圖妮安剛搬來倫敦，對自己沒有把握。珍妮佛・亨特沙姆被困在不幸福的婚姻裡。而妳剛跟前男友分手。」

「就這樣？」

「這樣或許就夠了。」

「可以跟我聊聊他嗎？」

她頓了好一會兒。

「會有線索的，」她說。「凡走過必留下痕跡。問題在於是否能看穿。法國犯罪學家羅卡大夫有句名言：『每個罪犯都會在犯罪現場留下些什麼——無論多渺小——也總會在現場帶走些什麼。』我們一定會找出明確的線索，但在那之前，我只能說他可能是白人。可能二十幾或三十出頭。個子比一般人高，身強體壯。受過教育，應該有大學的程度。但我相信這些妳大多都猜到了。」

「我認識他嗎？」

葛蕾絲掐滅香菸，欲言又止，這是她頭一回面露不悅。她顯然很難鼓起勇氣。「娜蒂亞，」最後她說：「我希望可以說點有建設性的話。我很想說他不是妳認識的熟人，因為我希望警方已在他跟其他女人間建立了某種關聯。但他可能是妳的親密好友，可能是妳遺忘的一面之交，也可能是只見過妳一眼的陌生人。」

我環顧四周，很慶幸選在豔陽高照的早晨、孩子到處奔跑喧嚷不休的地方和她碰面。

「這已跟我晚上睡不睡得著無關了，」我說。「現在我連眼睛都不敢闔，因爲只要一閉眼，就會看見珍妮佛・亨特沙姆陳屍地上，身邊盡是……嗯，我相信妳也看過了。我無法接受凶手是我認識的人，在犯下這麼慘絕人寰的案子後還堂而皇之，過著一般人的生活。」

葛蕾絲用一根纖長的手指順著咖啡杯杯緣畫。「他做事很有條理，從那些字條和他精心寄送的方式就能窺知一二。」

「但我還是不敢相信，他都放話說要殺人滅口了，警方還是沒辦法保護那些女人。」

葛蕾絲點頭如搗蒜。「過去這幾週，我研究了一下。過往也有一些這種案例。其中一件發生在幾年前的華盛頓特區。一名男子在寄給女性的字條裡表明他蓄意謀殺的威脅。雖然第一名女性受害者的丈夫請了荷槍實彈的保鏢，但她還是在自宅慘遭毒手。第二名受警方二十四小時全天候的護衛，仍然在自家臥室遭到虐殺，而且當時她的丈夫也在家裡。很抱歉舉了這些例子，但是妳要我坦白的。有些罪犯以為自己是天才，他們擁有偏執的嗜好。這些人有動機，想要折磨女人，然後把她們幹掉，窮盡所有精力、資源和智謀達成這項任務。警方盡力了，但還是難以對抗這種單一目標性的犯罪。」

「華盛頓的凶手後來怎麼了？」

「警方最後在犯案現場逮到他了。」

「那名女性受害者得救了嗎？」

葛蕾絲別過目光。「不記得了，」她說。「我只能說他不是一個住在橋下紙箱裡滿身臭汗的神經病。此時此刻，他八成過得好好的。泰德・邦迪的女友說，他犯下兩起謀殺案後，回家看起來還精神飽滿。」

「他是誰？」

「另一個專找女性下手的殺人犯。」

「但又何必這麼麻煩？」我抗議道。「爲什麼不直接在暗巷攻擊女性就好？」

「麻煩也是樂趣的一部分。娜蒂亞，我想強調的是，妳必須拋開所有妳對角色或動機的尋常觀點。他不是要奪財，對妳也沒有恨意，至少他認爲沒有。他把這種感情視爲愛。想想他寄來的信：從病態的角度看，那些是情書。他對他挑上的女人執迷不悟。」

「妳的意思是，對方是火車迷，而我是火車。」

「差不多可以這麼說。」

「但這又是爲什麼？我不懂爲什麼要費盡千辛萬苦，寫字條、畫圖、冒極大的險遞送字條、然後殘忍地殺害這些平凡女子。爲什麼？」

我直視葛蕾絲的雙眸。她的臉如今面無表情，宛若一張面具。

「妳認爲發生了這樣的慘案，背後一定有什麼天大的動機。某一天，這個傢伙會被監禁，而某人——或許是我——會和他聊起他的人生。可能他小時候曾被殘酷施暴、被叔叔凌虐或頭部受重傷，導致腦部受損。這些或許是原因。但話說回來，有太多人小時候被殘酷施暴、凌虐或受傷，但是他們長大也沒成爲性變態。他就是喜歡做這種事。我們爲什麼喜歡做我們喜歡做的事？」

「妳覺得之後會發生什麼事？」

她點燃另一根菸。

「他在進化升級，」她說。「第一起凶殺案近乎投機取巧。他或許根本沒有正面看她，好像存心想要徹底消滅她。第二起凶殘且侵略性得多。這是典型的模式。犯罪手法變得更殘暴而無法控制。最後行凶者會被抓到。」

我頓覺烏雲蔽日。我抬頭看，事實上並沒有。天空依舊萬里無雲。

「這對他下一個挑中的人應該會有幫助。」

我倆同時起身離開。我轉身看琳恩，但她迴避我的目光。我回望葛蕾絲。「妳前個月有什麼感覺？」我問她。「妳對辦案的方式滿意嗎？」

她拾起墨鏡、鑰匙和那包菸。「我戒過菸，那是什麼時候的事啊？大概是五年前吧。我一直在腦中反覆重溫案情，思考我是否能做出不同的決定。或許等他落網後，我會知道答案。」

她對我露出一絲苦笑。「別擔心。我不是要妳的同情。」她從口袋掏出什麼東西遞給我。原來是張名片。「隨時都可以打給我。」

我接過名片，不得要領卻又客氣地看著它。「我猜妳沒辦法及時趕來，」我說。

15

隔天早上醒來，我頭痛欲裂、口乾舌燥，而且感到反胃。我把窗簾拉開，痛苦宛如一道光線鑿進我的眼窩。我踉踉蹌蹌地走進廚房，喝兩杯水，對琳恩同情但略帶責備的目光視若無睹。然後我泡一大壺茶，帶著進臥室。我穿著破爛的灰色背心和運動長褲盤腿坐在床上，盯著自己衣櫥長鏡前的倒影。這幾天我比以往更常照鏡子，大概是因爲我再也不把自己視爲理所當然了吧。難道我看起來不該變了個人，不只變瘦，還變得更悽慘？就我所知，從外表看來我什麼也沒變。我就是這樣，個頭嬌小、鼻樑上長了雀斑、蓬頭垢面還宿醉的女人。

門鈴響了，我聽見琳恩去應門。我仔細聽，但只聽出幾個模糊不清的字。接著有人敲我的臥室房門。

「什麼事？」

「有人來找妳。」

「誰？」

門的另一頭有些許的猶豫。

「喬許・亨特沙姆。」琳恩壓低音量，用氣音說。「她兒子。」

「哦，老天啊。等一下。」我跳下床。「請他進來。」

「妳確定？不知道林克斯會怎麼——」

「我馬上出去。」

我衝進浴室，吞三顆止痛藥鎮住頭疼，往臉上潑冷水，又使勁擦亮牙齒。喬許。那個坐在靠窗座位、臉上長青春痘、遺傳珍妮佛褐眼珠的男孩。

我走進客廳和他握手。「喬許，你好。」

他被我握著的手顯得冰冷無力。他迴避我的目光，嘴裡咕噥著什麼，目光盯著地板。

「琳恩，可以請妳到車上等嗎？」我說。

她邁步離開，帶上房門時不忘焦慮地回眸一望。喬許緊張地不停挪移重心。他穿的田徑服尺寸有點過小，油膩的頭髮塌在眼睛上。該有人帶他購物，勸他洗頭髮和使用體香劑。這些葛蘿莉亞想必都沒做到。

「要喝咖啡還是茶？」我問他。

「都不用。」他含糊地說。

「那果汁呢？」但後來我才想起冰箱裡根本沒果汁。

「不了，謝謝。」

「坐吧。」我指向沙發。

他彆扭地窩在沙發一端盡頭，我則磨咖啡豆，等壺裡的水燒開。我注意到他的手腳有多大，手腕又有多削瘦。他膚色淺白，但眼眶泛紅。我覺得他看起來糟透了，不過話說回來，我已十年沒認識青少年了。任何男生，只要年紀超過九歲，對我來說都是一個謎。

「你怎麼找到我的？」

「查黃頁電話簿『藝人』那欄。克里斯多跟我說妳是小丑。」

「幹得好。」我手拿咖啡往他對面一坐。「喬許，聽我說，你母親的事我很遺憾。」

他點了個頭，聳聳肩。「是啊，」他說。

酷哥一位。

「你一定很想她。」

天哪，我爲什麼不能閉上嘴？

他臉部肌肉抽搐一下，開始嚼其中一根手指甲。「她其實沒什麼時間陪我，」他說。「不是在趕時間，就是在爲什麼事生氣。」

我感覺義不容辭要替她說話。

「生了三個小孩又有一大家子要管，大概都會這樣，」我這麼說，又假裝從空杯啜飲咖啡。業餘心理醫師娜蒂亞。「有沒有找到誰分享這些事？」我問道。「朋友還是醫生之類的？」

「我很好，」他說。

我倆默默無語地坐著，爲了找事做，我又替自己倒杯咖啡，豪飲下肚。

「那妳呢？」他突然問我。

「我？」

「妳怕不怕？」

「我盡量保持樂觀。」

「我夢見她，」他說。「每晚都是。夢裡她沒有遇害。做的都是好夢、美夢，老媽會摸我頭髮或抱我之類的，只不過從前她只摸克里斯多的頭髮。她說我年紀太大，不適合這樣了。」他紅透了臉。「這些美夢只是讓現實更難熬。」然後他說：「沒人肯說她究竟是怎麼死的。」

「喬許……」

「我可以接受事實。」

我回想珍妮佛陳屍的那張照片，看著眼前彆扭但勇敢的男孩。「很快，」我說。「她走得很快。沒時間知道發生了什麼事。」

「連妳也在騙我。我還以為妳會跟我說實話。」

我深吸一口氣。「喬許，其實我也不知道。你母親走了，現在沒有痛苦了。」

我以自己為恥，卻又不知還能怎樣改進。喬許忽然起身，開始在屋裡閒晃。「妳真的是小丑？」

「餘興節目的藝人。」

他拾起我拋接用的沙包。

「妳會耍嗎？」

我從他手上接過沙包，開始拋接。他一臉不為所動。

「我是說眞的拋接欸。我認識很多人都會耍三顆球。」

「不然你來試啊。」

「我又不是藝人。」

「也對，」我乾巴巴地說。

「我帶了東西給妳，」他說。

他走到另一頭，從他的帆布背包取出一個馬尼拉紙袋信封。

裡面有幾十張照片，大多是多年來度假拍的。我翻閱照片的同時，清楚地意識到喬許在我背後，和他那沉重的呼吸。以一片藍天和沙灘爲背景，非常苗條、膚色曬得古銅的珍妮佛身著黃色比基尼。身穿綠色馬球衫和時髦牛仔褲的珍妮佛，圈著克萊夫僵硬的胳臂，對著相機綻露甜笑。他倆的外貌宛如美女與野獸。珍妮佛手牽著年紀很小的喬許；抱著還沒長頭髮的寶寶，想必是克里斯多；坐在草坪上，被三個兒子圍繞。長髮的、鮑伯頭的、頭髮打層次的珍妮佛。珍妮佛在滑雪，佝僂地往前蹲，滑雪杆縮在身後。與衆人合影或獨照的珍妮佛。

最能打動我的照片，是她完全沒察覺有人在拍照，不再流露警惕的目光。那是張略爲模糊的側身照，一縷亮麗的髮絲貼著她的臉。她的臉頰看起來光滑，朱唇微啓，半舉著一隻手。她看似若有所思，近乎面露愁容。卸下心防的她，終究像是我生活圈裡可能認識的人了。我突然一驚，驚嚇好似利刃刺進體內：她也有點意思了。我發現她可能引人注目的地方，看出她爲什麼能令人神魂顚倒了。哦，天哪。

我默默放下照片，面向喬許。「可憐的孩子，」我這一說，他便哭了起來，但接著強忍淚水：大口吸氣、抽鼻涕、悲慟地喘不過氣、輕輕唸了聲「天哪」、把頭埋在他的肘彎。我一手搭在他肩上等他平復過來，最後他坐直身子，從口袋掏出一張皺巴巴的面紙，擤得盡是鼻涕。

「抱歉，」他說。

「別這麼說，」我說。「有人為她哭泣也不失為一件好事。」

「我該走了，」他說著說著，便把相片收好，塞回信封。

「你不會有事吧？」

「不會的。」他拿衣袖擦鼻子。

「我拿名片給你，如果你想打來，就不用再找黃頁了。等一下哦。」

我走向臥室的書桌，喬許則在門口閒晃。他好瘦，彷彿沒倚著東西隨時會倒地似的。一堆排骨。

「妳也不算愛整潔嘛，」他說。

出言不遜的小鬼頭。「對。我不知道你要來，所以沒為你特別打掃。」

他尷尬地咧嘴一笑。「妳的電腦可以當古董了，」他評論道。

「大家都這麼說。」

我在抽屜翻找名片。

「妳上網嗎？」

「上網？沒有。」

他坐下來，開始敲擊鍵盤，望著螢幕的表情，彷彿把它當成舷窗，窗子另一頭有什麼滑稽的東西。

「妳硬碟有多大？」

「你考倒我了。」

「這就是關鍵。妳需要更多動力，不然電腦就像蚊子拉卡車。妳需要有足夠記憶體的系統。」

「好，」我說，但暗自希望他閉嘴。

「更快的倉鼠。」

我找到名片，抽出來在半空揮舞。

「拿去。娜蒂亞・布蕾克，兒童節目表演藝人、人偶師、雜耍師、魔術師以及非職業級……」然後我一愣。「什麼？你剛剛鬼扯什麼？」

「別生氣。因爲這樣電腦其實是堆沒用的廢鐵，除非擁有足夠的……」

「不是啦，你剛到底說什麼？」

「我說妳需要多點動力。」

「不是，你他媽的到底用了什麼形容詞？」

喬許頓了一下、思考片刻，接著展露我第一次在他臉上見到的笑容。「不好意思，那只是一個很白癡的形容詞。更快的倉鼠代表更多的動力。」

「你從哪兒聽來的？」

「只是比喻啦。大概是從倉鼠繞著滾輪轉衍生的吧。以前我沒想過這個問題。」

「不不不。你是從哪兒聽來的？」

「從誰那兒嗎？」喬許扮了張鬼臉。「我們學校教課後電腦班的一個男的。」

「什麼？是學生嗎？」

「不是，是其中一個教課的，名叫哈克。他一直對我很好，在老媽死後更是。」

我不由自主地發抖。「哈克，這是什麼鬼名字？」

「這是他的藝名。他的假名。」

我試著控制自己、緊握雙手。「喬許，」我說：「你知道他的本名嗎？」

他皺起眉頭。拜託拜託拜託。

「應該叫莫里斯吧。他對電腦一把罩，不過他如果看到妳的電腦，也會說同樣的話。」

16

我手抖得厲害到幾乎無法按電話按鍵。我請人幫忙轉接林克斯，從經驗得知，只要你夠堅定，最後他人一定會在辦公室。電話上的他戒愼恐懼，與我保持距離。從我偷逃開始，他大概就拿我沒什麼辦法。不用說也知道，他想幫我安個什麼罪名，問題出在我根本沒犯法。然而，屈於弱勢的他至少有耍脾氣的權利。

「有事嗎？」他說。

「我剛跟喬許・亨特沙姆說過話。」

「什麼？」

「他是珍妮佛・亨特沙姆的兒子。」

「這我知道。妳幹麼找他講話？」

「是他過來找我的。」

「怎麼會？他怎麼知道妳是誰？」

假如他在我伸手可及之處，我應該會傾身向前狠狠搖他，用指關節敲他頭蓋骨，可惜他不在。

「不勞你操心。這又不是重點。重點是，我發現我跟他認識同一個人。」

「什麼意思？」

「幾天前我電腦掛了，打了宣傳單上的電話，有個名叫莫里斯的傢伙就過來幫我修電腦。

其實只是小毛病，但我對電腦一竅不通。後來，有天我開溜的時候碰巧又在街上撞見他。他非常友善，所以我也沒多想什麼。但我跟喬許聊了之後，才發現他去上和學校合作的電腦班。其中一位老師就是這個叫莫里斯的傢伙。」

此時電話彼端陷入冗長的沉默。我的這番話讓他有東西反芻思量。

「是同一人嗎？」

「感覺像是。」我忍不住加了句：「或許這不代表什麼。要不要我去查查看？」

「不不不，」他馬上接話。「千萬不要。交給我們負責。妳對他了解多少？」

「他名叫莫里斯・伯賽。大概二十五、六歲吧。我對他了解不多。看起來人好又聰明。但是話說回來，只要是能讓電腦開機的人，我都很佩服。喬許很喜歡他。他長得不像宅男。滿帥的。並不害羞，跟我講話也不彆扭什麼的。」

「妳跟他有多熟？」

「我根本不認識他。就像我剛說的，我才跟他見過兩次面。」

「他有沒有試圖聯絡妳？」

我回想先前見面的經過。我跟他交集不多。

「他大概喜歡我吧，但我說我剛分手。他若有似無地約我，不過我拒絕了。但他只是單純約我出去而已，後來又提議要幫我買一台功能強大的電腦，我沒答應，可是這似乎無法構成要殺我的理由。」

「妳知道他住哪兒嗎？」

「我有他電話號碼，這樣可以嗎？」

我把卡片上的號碼唸給他聽，印在兩星期前我無比雀躍能找到的卡片上。

「好，交給我們處理就好。不要試圖跟他搭上線。」

「你會約談他嗎？」

「我們會去調查他。」

「或許只是巧合，」我說。

「到時候就知道了。」

「也許根本不是同一人。」

「我們會去查。」

我掛掉電話，真想崩潰、痛哭、昏厥、被人抱上床好好照料。無奈身邊只有琳恩，她像隻討人厭的蒼蠅盤旋不去，我巴不得拿拍子揮擊。她一直聆聽我電話這頭的對話，聽得興致漸增，如今一臉期盼地看著我，想要我透露多點內情。我心一沉。這種感覺有時像保母住在家裡，可是沒小孩給她照顧。我非得離開這裡不可。我甚至沒給自己時間開口，馬上拾起話筒撥電話。

「你見過他。」

柴克停下腳步，彷彿無法同時走路跟絞盡腦汁地思考。

「什麼時候？」

「前幾天。你來我家的時候，那個小夥子剛把我電腦修好。你是在他正要離開時見到他的。」

「分文不取的那個？」

「沒錯。」

「黃棕色頭髮的那個？」

「不對。深色頭髮，滿長的。」

「有沒有看過我的頭髮？」

柴克走過來，想在商店櫥窗前看自己的倒影。我們沿著卡姆登大街走，進店裡瞎逛，偶爾試穿試戴，但什麼也沒買。琳恩雙手插口袋，走在離我們二十碼遠的後方。

「開始禿了，」他繼續說。「如果我有骨氣，應該要理光頭。妳覺得呢？」

他焦慮的臉轉向我。

「保持原樣就好，」我說。「剃光的頭蓋骨應該不適合你。」

「我的頭蓋骨哪裡不好？」

「就像我說的，原來那個名叫莫里斯的傢伙，也認識其中一位女性死者的兒子。」

「妳的意思是他也可能是殺她的凶手？」

「這個嘛，他是我們唯一找到的連結。」

「但不可能啊。雖然我只見了他八秒，但他看起來像正常人呀。」

「那又怎樣？我跟一位心理學家聊過，她是這方面的權威。她說下手的看起來很可能是正常人。我只是希望是他。只要他被關，我的人生就能從頭來過了。」我伸手去抓柴克的手。「你也知道，本來我以為自己必死無疑。警方試著保護另外兩個女的，可是功敗垂成。她倆還是遇害。我腦子裡不斷想到死和死亡的滋味。我好害怕。」

淚水開始滾落我的臉頰。這其實不是潸然淚下的好時機跟好地點，因為購物者一直在我們身旁來來去去。柴克雙臂環繞著我，親吻我的頭頂。他有時候人挺好的。他從口袋掏了幾張滿新的面紙遞給我。我拿來擦臉擤鼻涕。

「妳該對外求助，」他說。

「你會怎麼做？」

「總得做點什麼，」他說。「比方，關於死亡。想想妳在出生之前死了幾百萬、幾萬億年。妳也不覺得那很可怕，對吧？」

「不對。」

突然有個什麼碰我手肘。原來是琳恩。

「林克斯總督察捎來訊息。他現在就要見妳。」

「怎麼了？」

琳恩聳聳肩。「他只是說想見妳。」

警局裡的人對我好得不得了，直接帶我入內，進一間更豪華的辦公室，遠離開放式平面布置的其他桌椅。他們請我坐在辦公桌前的椅子上，不只為我端茶，還用小碟裝了兩塊餅乾，跟我說林克斯馬上就到。茶我頂多只喝了兩口、拿餅乾往茶水浸了一下，林克斯跟卡麥隆就走進房裡。他倆都神情凝重，一臉拘謹。卡麥隆坐在沙發的一頭，林克斯往辦公桌後坐。原來這是他的辦公室。

「他們幫妳泡茶了嗎？」他說。

我舉起茶杯。沒什麼好多說的。

「我想馬上告訴妳，」他說。「我們偵訊了莫里斯‧伯賽，現在他已不在我們的調查名單了。」

整個房間好像在我周圍天旋地轉，令我反胃暈眩。

「什麼？」

「我想向妳保證，警方採取了積極的手段。」

「可是怎麼這麼快就從嫌疑名單上清除？」

先前他從桌上拾起一根迴紋針。起初把它展開，所以它是直的。現在又想把它彎回原形。我也曾這麼做過，只是彎回原形後再也不如從前好用。不過做這麼一項活動，起碼他不用正眼看我了。

「席林大夫告訴我妳發現還有另外兩起凶殺案，我的意思是，偵訊中還牽涉兩起凶殺案。文獻分析百分之百確定涉入柔伊．阿拉圖妮安跟珍妮佛．亨特沙姆的嫌犯，跟妳收到恐嚇信的寄信人是同一人。不只是文獻顯示。」此時林克斯宛若承受巨痛地說話。「我們也得知凶手為了混淆視聽，費盡苦心把亨特沙姆太太的東西放進阿拉圖妮安小姐的公寓。」他又將迴紋針解開。「柔伊．阿拉圖妮安遇害的那天早上，莫里斯．伯賽人在伯明罕參加為期整個週末的資訊科技研討會。我們打了幾通電話，有許多人能證明他整個星期日，從早到晚，都待在研討會。」

「難道他不會中途開溜嗎？」

「不，他沒辦法。」

「他被偵訊有什麼反應？」

「自然是有點驚訝，但是非常客氣，配合度也高。是個很好的年輕人。」

「他沒發火？」

「完全沒有。總之我們沒說是妳把他的名字提供警方的。」

我身子前傾，把茶杯擱在桌上。

「茶放這裡可以嗎？」

「當然可以。」

我腸枯思竭了。彷彿一切都被掏空。原本以爲自己沒事了，現在又回到原點。我無法面對。我筋疲力盡。「我以爲都結束了，」我麻木地說。

「妳不會有事的，」林克斯嘴上這麼說，但還是不肯正視我。「警方會持續保護妳。」

我起身，在恍惚中環視找門。

「妳要將它視爲積極的手段。我們排除了一名可疑的嫌犯。這可是一項進展。」

我轉過頭。

「什麼？」

「少一個人調查了。」

「但還有六十億人要查，」我說。「哦，女人跟小孩應該可以排除，這樣差不多二十億吧。扣掉十億。」

林克斯起身。「史塔德勒會送妳到門口，」他說。

其實這是一半帶路，一半攙扶我出門。走到半路，他在一條靜謐的走廊停下腳。「妳沒事吧？」他說。

我發出呻吟。

「我必須見妳，」他說。

「什麼？」

「我沒有一刻不在想妳。娜蒂亞，我很想幫妳。我需要妳，而且我認爲妳也需要我。妳需要我。」他碰觸我的胳臂。

「呃？」我花了點時間才意識到他在做什麼。我又咕噥了什麼，把他甩開。「不要碰我，」我說。「再也不准碰我了。」

17

恐懼開始發酵了。我動彈不得，五臟六腑彷彿也隨之融化。我爬上床，躺著凝視天花板，一方面盡量不去想，另一方面又要拚了命去想。希望和欣喜才維持幾小時，現在呢？現在該怎麼辦？我又回到起點，幾天、幾星期、又或是多久前的起點。唯獨這不像只有短短幾天，而宛如幾個月或幾年，陰沉死寂的無限恐懼。我睡了又醒，醒了又睡，陳腐發癢的睡眠，夢境在第一層的淺眠蟄伏、伺機抓人，好似粗厚的水草在水面下隨波飄動。先是黑暗，再來微暗，到了最後又重現光亳，窗外映了鐵灰色的天空。我望著手錶。六點半了。我把被子往頭上一罩。今天能拿自己怎麼辦？

我做的第一件事是打給柴克。他接電話時，嗓音裡摻著濃厚的睡意。

「柴克，是我。娜蒂亞。不好意思，我非打來煩你不可。結果不是他。不是莫里斯。他不是凶手。」

「該死，」他說。

「是啊。那我該怎麼辦？」我發現自己在哭。淚水淌進我的口中，騷得我鼻子好癢，一路流到我的脖子。

「警方確定嗎？」

「對，不是他。」

「該死，」他再罵一聲。他大概正在動腦，試著加點什麼話，免得給我驚慌失措的印象。「柴克，我又回到原點了。他最後會抓到我的。我撐不住了。我沒辦法這樣撐下去了。什麼都沒用。」

「不，娜蒂亞，妳行的。妳可以的。」

「不。」我拿睡袍的衣袖擦拭淚汪汪、盡是鼻涕的臉。我的腺體疼、喉嚨也痛。「不，我辦不到。」

「聽我說。妳很勇敢。我對妳有信心。」

他不斷複述：「我對妳有信心；妳很勇敢。」而我只顧著哭和抽鼻涕，回他：「我只是普通人，」還有「不，我辦不到。」但反覆說一樣的話莫名讓我好受一點，我也漸漸不再抗議。柴克保證我一定會活到一百歲時，我還聽見自己在竊笑。他要我保證給自己做早餐，說再過一小時左右會打給我，晚點也會過來找我。

我聽話地烤了幾片快壞的麵包，配一大杯黑咖啡下肚。我坐在廚房，眺望窗外。街上過客匆匆，我不禁暗忖：凶手可能是他，頭戴棒球帽、穿寬版褲、噘嘴吹口哨但我聽不見。或者是他，頭戴耳機、拖著一隻狂吠的狗。也可能是他，鬍子散亂、頭髮稀疏，在八月底如烤爐的天氣縮在縫襯墊的禦寒外套裡。任何人。任何人都有可能。

我盡量不去想珍妮佛的死狀。假如我想起那張照片，恐慌就幾乎要鎖喉。在我看檔案前，凶手只是一種潛伏的威脅，很抽象而且近乎虛幻。然而，柔伊甜美的臉或珍妮佛古怪的屍體，卻半點也不抽象；如今，我在騷動、在猶豫的內心，開始對他產生私人恨意：一種私人、有目的性的感受。我坐在廚房餐桌前，緊抓著那個感受，讓它在我心裡清晰成形。他不是一片雲、一道陰影或我吸進鼻裡的一縷駭人空氣。他是個活生生的男人，殺了兩個女的，現在想找我下手。他和我勢不兩立。

我找到一封沒拆的信，信封上表明這是獲獎通知；我開始在背面做筆記。我知道些什麼？他在七月中殺了柔伊，八月初做掉珍妮佛。一如葛蕾絲所說，他在「進化升級」。珍妮佛失蹤數星期的盒飾吊墜竟在柔伊的公寓找到，柔伊的一張相片被發現夾在克萊夫的私人用品中；但連接兩個女人的就只有這些。我、珍妮佛和莫里斯之間唯一的連結不只脆弱，而且結果證明沒有意義。我想起其他接受偵訊的嫌犯：不用講也知道，早在凶手犯下柔伊的謀殺案前，弗雷就洗脫罪嫌了；克萊夫；房仲蓋伊；名叫尼克·謝爾的生意人；柔伊環遊世界認識的前男友；珍妮佛請來的那群建築師、工人、園丁和清潔工。現在多了個莫里斯。在我看來，警方唯一的成就，就是把明顯的嫌犯刪除。

我啜飲變涼的咖啡。這樣還剩什麼線索？我只能坐在廚房餐桌前，可悲地試圖當自己的偵探，一面眺望窗外一面忖度：是他，還是他，又或者是任何人。我腦袋撞的那面牆，跟警方撞了好幾星期的是同一面。

我走進臥室，找到那張小紙片，上面寫的姓名跟地址是從卡麥隆出示的檔案上偷抄的。我盯著那些字，直到它們變得模糊。後來因爲還是沒有靈感，我深吸一口氣，拾起電話。

「早安，克拉克房屋。我能爲您效勞嗎？」是個女人假裝熱情的聲音。

「我聽說你們在賣哈洛威街上的一間公寓。我可以去看看嗎？」

「請稍等，」她說；我坐了兩分鐘，聽兒童迷你電子風琴吹奏巴哈的曲目。

男人在電話彼端以壓抑的咳嗽現「聲」。「我是蓋伊。能爲您效勞嗎？」

我重複一遍請求。

「棒極了，」他說。「有絕佳的地點。非常方便，鄰近哈洛威街地鐵站。」

「今天可以去看房子嗎？」

「沒問題。今天下午方便嗎？」

「屋主在嗎？」

「由我帶妳看房。」

我眞走運。

我照紙條的下個通訊資料打電話。我也不曉得爲什麼，大概檔案裡的所有人，只有她感覺起來是傷心的。

「喂？」

要怎麼起頭呢？我決定開門見山。

「我是娜蒂亞．布蕾克。雖然妳不認識我，但我想跟妳聊聊柔伊。」電話的另一頭默默無語。我甚至聽不見她的呼吸。「抱歉，」我說。「我無意惹妳生氣。」

「妳是誰？是記者嗎？」

「不是。我跟她一樣。我的意思是，殺害她的凶手也寄信給我。」

「老天哪。我很遺憾。妳叫娜蒂亞？」

「沒錯。」

「我能幫上忙嗎？」

「可不可以跟妳見個面？」

「當然沒問題。我還在放假。我是老師。」

「那兩點在她家見好嗎？」

「她家？」

「有人會帶我看房子。」

「爲什麼？」

「我想看看。」

「妳確定？」她疑惑地問。她可能以爲我瘋了。

「我只是想多了解柔伊一點。」

「我會到。妳不曉得這眞的很詭異。」

距離會面還有四小時。今天來的女警換人了。柏妮絲。我跟她說兩點前我想去哈洛威街上看房子，她連眼睛也沒眨一下，只是無動於衷地點了個頭，在她隨身攜帶的筆記本上做個記號。或許她不知道柔伊生前的住址，又或許成天等著什麼事情發生，等到每個人都厭煩了。後來我悠哉地泡澡洗頭，浸在滿是泡沫的洗澡水裡，直到手指腳趾的皮膚軟化皺縮。我在腳上擦指甲油，換上我沒穿過幾次的洋裝。我一直留著，想等特殊場合再穿，等參加五光十色的派對、見下一位眞命天子再穿；可是現在想想，空等似乎很蠢。我穿去看柔伊的房子，穿給露意絲和蓋伊看也行。那是件淺藍綠色的緊身短袖洋裝，圓領口開得較低。我看起來清新亮麗，彷彿準備參加一場夏日派對，在什麼蔥鬱的庭園暢飲香檳。癡人說夢。我上了點唇膏，畫龍點睛。

到了中午，柏妮絲進門，說有兩個年輕男子要見我。我從門廳的窗戶往外望，看見喬許煩躁不安地站在門口。他身旁站了個男的，深色頭髮蓬亂，穿了件黑色布外套。他一手拿了包菸，另一手握了一束花，對著我即將現身的門口微笑。

我以爲莫里斯是殺人凶手時，曾興高采烈了幾小時，印象中他的臉就跟殺人犯無異：狡滑，眼神如鯊魚般死寂。可是眼前的他俊俏且充滿孩子氣。他爲我擠出那張笑臉、捧著包裝紙包著的花束，模樣很惹人愛。

「兩位請進。」

喬許低聲嘀咕，踩到鬆了的鞋帶絆了一跤。莫里斯把花往前一伸。

「應該是我送花給你才對，爲我的疑神疑鬼致歉，」我說。「不過謝了，花很漂亮。」我一時衝動，往前一探，在他臉頰種下一吻。柏妮絲活像獄卒，關上我們身後的門。

「希望妳不介意我這麼唐突地拜訪，」莫里斯邊說邊看我在水罐裡注滿水，把花往裡插。

「哈克覺得我們應該一起來，」喬許補充道。

他還是一樣靜不下來，在客廳裡來回轉，東西拾起再放下，或是拿在手中把玩。

「喬許，你坐著，不然搞得我很緊張欸。很高興看到你們兩個，只是有點怪怪的。」

「什麼？」

「得了吧，看看我們。」我開始可憐兮兮地竊笑，喬許出於神經質的禮貌也跟著笑了。莫里斯皺眉盯著我倆。

「妳怎麼還笑得出來？」等我不再歇斯底里地竊笑，他開口問我。「外面有人想把妳幹掉欸。」

「你應該看看今天早上或昨天的我，剛發現你不是凶手的樣子。我真的真的希望你是凶手，不過我希望你知道我這麼說沒有惡意。」

「希望是殘酷的，」莫里斯一邊說一邊凝重地點頭。

我一臉愁容地看著喬許。「你沒事吧？」

「沒事，好得很。」

他看起來完全不好，簡直糟透了，臉色白到發青、雙眼充血。我起身將他領到沙發，往靠墊推。「你上次吃東西是什麼時候的事？」

「我不餓。」

「我幫你弄點吃的。義大利麵好了，如果家裡有剩的話。你想不想吃？」我問莫里斯。

「我幫妳弄，」他說。「坐著休息就好，」他對喬許說，並在他肩上輕拍一下。「恢復體力。」

喬許懶洋洋地往後躺，閉上眼。臉上綻放一抹蒼白的笑容。

莫里斯在剁番茄。我找到半包螺旋麵，嘩啦啦地倒入平底鍋，然後燒水。

「妳是不是很怕？」他的問題跟喬許先前問的一樣。

「恐懼時有時無，」我說。「我努力保持堅強。」

「那很好，」他邊說邊剁。「他們有幫上忙嗎？」

「誰？」

「警察。」

「算是有吧，」我不屑地說。

我不想深入這個話題。我找到一罐去核黑橄欖，等麵煮好就往上頭扔一把，最後再灑點橄欖油。看起來頗簡約雅緻。不過我倒是該拿帕馬森起司跟黑胡椒收尾。算了。莫里斯還在切番茄，非常緩慢、有條不紊地切成丁。

「在妳的想像中，他是怎樣的人？」他問我。

「我不想像他，」我說，堅定的口吻把我自己都嚇了一跳。「我想的是女性受害者。柔伊跟珍妮佛。」

他把番茄撥進碗裡。

「有什麼我能做的，」他說：「儘管開口。」

「謝了，」我說，只是口氣不太鼓舞人心。我朋友夠多了。

吃飯的時候，我跟喬許和莫里斯說我要去看柔伊的家。他倆一副被嚇呆的模樣。「你們兩個要不要跟我一起來？」我脫口而出，但話一出口就有點後悔。

喬許搖搖頭。「葛蘿莉亞要帶我們一家去見她媽，」他老大不爽地說。

他吃完義大利麵，整個人看起來好多了，不過橄欖全都整齊地堆在餐盤的邊邊。

「好，」莫里斯面帶笑容地說。「我跟妳去。」

「我還要在那裡跟柔伊的朋友碰面，」我說。「一個叫露意絲的女人。」

「眞詭異，」莫里斯說。

「哪裡詭異？」

莫里斯似乎有點吃驚。「妳去認識那些認識喬許媽媽的人，現在又要認識柔伊的朋友。這好像怪怪的。」

「會嗎？」我說。「我只是覺得這是我該做的事。」

他嘴裡咕噥什麼，像在含糊附和。他吃完義大利麵後，從外套口袋取出一支輕薄的手機。

「收一下簡訊，」他說。他站在窗畔，按下按鍵皺眉聆聽。「該死，」最後他邊說邊扣外套鈕釦。「有通緊急電話。去不成柔伊家了，抱歉。都答應要幫妳了，我眞的很不好意思。」

「沒關係。」

他抓住我的手，緊握一下，然後離開。他喜歡我，我感覺到他喜歡我。他來幫我修電腦，與我初次見面就喜歡我了。難道他看不出來我完全沒興致談戀愛嗎？興致缺缺到可能永遠都沒辦法感到情慾？

不久後喬許也告辭了。我在門口親吻他的臉頰，他熱淚盈眶。

「再見，」我強打精神地說。「自己好好保重。」

然後，他在無精打采地上路前脫口而出：「妳才是。我是說，妳自己好好保重。」

18

蓋伊穿了一襲巧克力色的西裝，打了條印有霸子・辛普森的領帶，臉上掛著燦爛的笑容。他有一口皓齒和古銅色的皮膚。他強而有力地握我的手。問我能不能直呼我的名字，然後一直把娜蒂亞掛在嘴邊，好像那是他在課堂上學的單字。正當他開大門，我們的身後傳來人聲：「娜蒂亞？」

我轉身看見一個身材和年齡都跟我差不多的女人。她穿了件無袖黃色上衣和一條正紅色的短裙，裙子短到我幾乎能看見她臀部的曲線；她曬成褐色的腿強健勻稱，柔亮的褐髮往後綁成馬尾，嘴唇上了和裙子相稱的紅色唇彩。她看起來開朗、機敏、好鬥。我精神一振。「露意絲？很高興妳來了。」

她鼓舞地展露笑顏。我們一塊進入灰暗的門廊，步上狹窄的樓梯。

「這裡是客廳，」蓋伊多此一舉地說，我們踏進狹小的空間，這裡聞起來有霉味但沒人氣。

一對薄薄的橙色窗簾半掩小窗，我走過去把簾子拉開。這間小公寓真教人鬱悶。「這樣好了，」我對蓋伊說：「我們自己看就可以了。麻煩你在門外等。」

「難道妳們……？」

「不用，」露意絲說。他出門時，她又說：「討厭鬼。柔伊很受不了他。他還約她出去呢，一直騷擾她。」

我倆給彼此一個苦笑。我感覺淚水扎得眼睛好疼。笑容甜美的柔伊曾住過這裡。在那扇門內死去。

「感覺她人很好，」我說。「我希望……」我打住不說。

「她生前是個很棒的人，」露意絲說。「我討厭用『生前』這兩個字。學校裡的孩子很喜歡她。男人也都拜倒在她的石榴裙下。她就是有這種魅力……」

「嗯？」

露意絲在屋裡繞，一雙眼顯然探及我肉眼看不見的回憶。她開口時幾乎像在自言自語。「妳知道嗎？她很小的時候母親就不在了。不知怎地，她一直給我這種印象——像個沒娘的孩子。所以我特別想保護她。或許這就是爲什麼……？」

「什麼？」

「誰曉得呢？爲什麼特定的女人會被挑中？」她迎上我的目光。

「這我也一直搞不懂，」我說。

我繞著房間轉，發現她的東西都沒被清空，不過顯然有人將這裡打掃乾淨。書整齊地堆在桌面，兩枝鉛筆、一把尺、一塊橡皮擦擱在窗畔小桌的橫條筆記本上。我翻開筆記本，看見第一頁列了教學發想，編列整齊、標註號碼。柔伊的筆跡：字母小而成圈，字體工整。牆上掛著裱框的一頁報紙，還有柔伊捧著西瓜，被十來個小孩簇擁的照片。

我們走進廚房。馬克杯擱在排水板上，幾朵枯萎的花在花瓶裡癱垂。水壺旁擺了一瓶白酒。冰箱門是開的，隱約可見裡面空了。

「現在房子歸她姑姑了，」露意絲說，彷彿我問了她房子是怎麼處置的。

我拾起擺在桌面的計算機，隨便按了幾個鈕，看總數在螢幕出現。

「她怕不怕？」

「怕啊。後來住在我家。她整個人非常不適，可是生前最後一天似乎比較冷靜。她以爲一切都會沒事的。妳知道嗎？我人就在外面。」露意絲頭往街道的方向一扭。「把車停在路邊的雙黃線，坐在車上等她。等呀等的。然後按喇叭，又等了一下，咒罵她幾句。後來我乾脆按電鈴，最後不得已報警。」

「所以妳沒看見她的屍體？」

露意絲對我眨眨眼。

「沒，」最後她說。「警方不讓我看。後來他們才帶我來看她家。太不可置信了。她才剛出我的車門，還說馬上回來。」

「妳們兩位還好嗎？」蓋伊從樓梯口喊道。

「馬上就好，」我回吼道。

我倆一塊走進她的臥室。床單被剝下來了，椅子上堆了一疊床單和枕頭套。我打開衣櫥。她的衣服還在裡面，但不多就是了。三雙鞋擺在衣櫥地板上。我伸手去摸淺藍色洋裝和縫邊脫線的棉外套。

「妳認識弗雷嗎？」我問她。

「當然。大帥哥一個。不過柔伊跟他分手是對的。他沒給她什麼支持。最後她跟弗雷提分手，心裡如釋重負。」

「這我現在才知道。」

我一度闔上眼，讓自己重溫她屍體的照片，她宛如沉睡，安詳地躺在地上。或許她沒受苦吧。我睜開眼，只見露意絲臉上寫滿憂慮地望著我。

「妳來這裡幹麼？」她問我。「爲什麼要來？」

「不曉得，」我說。「希望可以得到什麼資訊吧，但我也不知道能有什麼資訊。也許我是來找柔伊的。」

她微微一笑。「妳是來找線索的吧？」她問道。

「很蠢，對吧？有什麼線索遺漏的嗎？」

露意絲環視四周。「這點警方也想知道。我看不出來就是了。我只知道房裡原本有塊弗雷送她的壁氈，可是現在不見了。」

「對，」我說。「命案現場的檔案也是這麼記載的。」

「偷這玩意也太詭異了，那根本值不了多少錢。」

「警方認爲凶手用它包東西帶走。」

露意絲一臉疑惑。「幹麼不拿廚房裡的塑膠購物袋？」

「考倒我了。大概殺完人很難保持理性吧。」

「總之她家裡東西不多。她姑姑可能已經清理過了。警方當然也會把一些東西帶走。大致上看起來跟我印象中一樣。死氣沉沉的，對吧。」

「對。」

「她討厭這裡，尤其到了末期。不過光聽這些，妳也不曉得她的爲人。」露意絲走回客廳，往沙發上坐。「她生前最後一天跟我去逛街，總之就是在她回家收拾東西前先買個幾件衣服穿。買了幾條內褲、一件胸罩、幾雙襪子，然後她說她還想買件T恤。我的衣服她穿都嫌大。她是個紙片人，這件事又把她嚇得體重直掉。所以最後我們去逛我家那條路上的兒童服飾店，她找到一件輕薄的夏日洋裝和繡滿小花的白色T恤。標籤上寫適合十到十一歲的兒童穿。十到十一歲：她穿起來正好。她在更衣間試穿，穿著新衣走出來的時候，整個人看起來甜美極了，頭髮亂糟糟的、纖細的胳臂、開朗的面孔，穿著童裝咯咯竊笑。」

淚水淌過露意絲的臉龐，但她無意拭去。

「我是這麼懷念她的，」她說。「她二十三歲，有份正派的全職工作，房子什麼的都有了。每當我想起她，就看見她穿童裝站著對我傻笑。她好嬌小、好年輕。」她在包裡翻找，掏出一張面紙拭淚。「她遇害時就是穿的那樣。穿全新的衣服。一如雛菊清新潔淨。」

「兩位小姐，」蓋伊又喊了一聲，頭也探進門裡。他一臉困惑地看著我倆在客廳中央擁抱，淚水從我們的臉上滑過。我不曉得我在為誰垂淚，但我倆就那樣站著哭了片刻；準備離開時，露意絲用雙手貼著我的兩邊臉頰，那樣捧著我的臉好一會兒，目不轉睛地望著我。

「娜蒂亞，我的新朋友，祝妳好運，」她說。「我會惦記妳的。」

19

隔天傍晚快要七點，我躺在家裡的沙發上，聽見門鈴響起。在那之前，整天都不對勁。到了夜裡，柔伊跟珍妮佛一直在我腦中縈繞不去。現在我把她們看做朋友了。或許不只是朋友。那晚我躺在床上，幻想自己走在小徑上，知道柔伊跟珍妮佛在我之前相繼走過那條小徑。有時我會看見她們走過的痕跡，自始至終都曉得她們見過我眼前的這片風景。她們比我早走一步，那天清早晨光從窗簾邊角往裡透，我想像她們正在黑暗與空無中等我。

她們想過死亡這件事嗎？又做了什麼？我指的不是她們採取什麼預防措施，而是想知道她們生活的方式有沒有因此不同。假如只剩一天或一星期可活，你會做什麼？應該把日子過得更珍貴才對。我該保持思路清晰，讀些名家大作。只是我不確定家裡有沒有字字珠璣的好書。起床後我幫自己泡了杯咖啡，然後瀏覽書架，找到一本別人送給我當生日禮物的詩集。特別適合銘記於心，只可惜我有眼無心，腦袋好像有問題，無法體會詩篇的箇中涵意。它的意義好似隔壁播放的歌曲，音量小到我分辨不出曲目。最後我把它放回書架，打開電視。

不過一天前我才在思考怎麼建設性地度過餘生，今天卻收看討論跟姐妹男友不倫戀的談話性節目，然後轉到遊戲性質的烹飪節目，接著看重播的七十年代情境喜劇，最後轉到不知在何處拍的珊瑚礁紀錄片，看起來年代相當久遠。此外，我也看了許多氣象報告。

假如我二十八歲香消玉殞，別人幫我寫訃聞究竟會寫些什麼？但話說回來，也不會有人寫的。「近年她在兒童派對的藝人殿堂小有名氣，表現可圈可點。」雖然柔伊自己像個孩子，但好歹也當上老師。珍妮佛則有三個兒子，很有大人架勢的喬許是其中之一。

我在沙發上睡著了，醒來之後繼續收看一部西部片的結尾，接著是室內保齡球、益智問答節目、另一個烹飪節目；就在此刻，門鈴響了。我打開門，見喬許跟莫里斯站在門外。濕潤溫暖的印度菜香味撲鼻而來。莫里斯正在和一名女警溝通。

「對，她眞的認識我們。之前在這裡駐守的女警已經留過我們的姓名地址了。需要的話，我可以再留一次。」他轉頭看見我。「我們買了外帶，人剛好在附近，所以過來找妳。」

我一臉茫然。不是他們害的，要怪就得怪我整天待在電視機螢幕前。我覺得自己像被打了鎮靜劑。

「沒關係，」莫里斯繼續說。「別擔心。我們可以帶食物，到哪裡找張長椅或人家的門口坐著吃。在街燈下。在雨中也行。」

我不由自主地綻露笑容。明明陽光普照、晴空萬里。

「別傻了。進來吧。」女警一臉不情願。「沒問題。我認識他們。」

他們帶著宜人的香味入內，把購物袋扔在桌上。

「妳大概要出門參加聚餐吧，」莫里斯說。

「碰巧沒有，」我向他坦承。

他倆都脫掉外套、扔到一邊，看起來非常自在。

「我把喬許從家裡的可怕晚宴救出來，一起外出找女人。」

喬許的笑容尷尬到我幾乎覺得該給他一個擁抱，只不過那會使場面更加難堪。他倆開始取出錫箔紙包的餐盒。

「不知道妳能吃多辣，」莫里斯邊說邊剝開硬紙板蓋。「所以我們從加奶油烹煮的微辣料理，到標註大辣等級的咖哩，乃至於介於中間小辣中辣的菜色都買齊了，還有印度薄餅、烤圓麵包、豆泥糊跟好幾種蔬菜。大人喝啤酒，喬許你將就點，喝淡啤酒。」

我揚起一邊眉毛。「喬許，你能喝酒嗎？」

「當然，」他不甘示弱地說。

算了。要煩惱的事已夠多了。我取出餐盤、玻璃杯和刀子。

「要是我不在家，你們怎麼辦？」我問道。

「莫里斯說妳一定在家，」喬許說。

「是嗎？」我一邊問，一邊轉頭用嘲弄反諷的表情看莫里斯。

他微微一笑。「我不是取笑妳的意思，」他說。「只是覺得妳可能有點受驚。」

「沒錯，」我說。「這段日子不好過。」

「可以理解，」他說。「開動吧。」

我們開始用餐，印度菜很美味。我需要大快朵頤一番，拋開端莊形象吃到杯盤狼藉；我把薄餅剝成一個一個小塊，沾不同的醬料吃。後來我們玩起大挑戰，每個人吃好幾口辣咖哩，旁邊準備清涼到底的啤酒待命。莫里斯好像作弊，只含一小口但故做堅強；反觀喬許深吸幾口氣，眞的拿湯匙紮實地舀了一口勁辣咖哩肉往嘴裡送，嚼一嚼吞下肚。我們目不轉睛地望著他，只見他前額的毛孔開始冒出汗珠。

「你要爆炸了，」我說。「我們還是閃遠一點好。」

「不用，我沒事，」喬許哽咽地說，我們全都笑了。這是我第一次見他眉開眼笑，而不是尷尬扭捏的怪樣，我也想不起來上次笑得前仰後合是什麼時候的事。畢竟沒有值得歡笑的事。

「該妳了，」喬許說。

我故做優雅，舀一大口吃進肚裡。他們站著看我，彷彿我是花太久時間才爆炸的煙火。

「妳是怎麼辦到的？」最後莫里斯問我。

「我喜歡吃辣，」我說。「而且有辦法很淑女地吃。」

「佩服佩服，」喬許肅然起敬地說。

我接著趕緊喝一大口冰啤酒。

「妳沒事吧？」喬許問我。

「口渴而已，」我泰然自若地說。

沒想到一轉眼，桌上只剩涼掉的殘羹剩菜。在我收拾餐桌，也就是把鋁箔容器彼此堆疊的同時，他倆晃到我惡名昭彰的電腦前彎腰看螢幕。我偶爾會聽見幾聲驚呼跟爆笑。我又倒了杯啤酒，一面啜飲一面走回去，感到暈眩地令人愉悅。「我知道很可笑。」

「哪有？這棒呆了，」喬許說著說著，便熟練地拿滑鼠點擊。「所有程式的原始版本妳都有耶，什麼1.1S跟1.2S。簡直像一座軟體侏儸紀公園哦。等等，這是什麼？」

原來我的電腦不知哪裡內建了一套單人玩的撲克牌遊戲，但我先前根本沒發現。他們吼著問我知道遊戲規則嗎？不知道。於是，他倆在操縱裝置前又打又吵，開始玩起來了。

「我好像跟兩個小朋友共度夜晚哦，」我說。

「所以呢？」喬許問我。

他彷彿卸下心防，跟我相處肯定比較放鬆，彼此之間再也沒有惱人尷尬的行禮如儀。他倆吼著說還要喝啤酒，所以我又從冰箱拿了透心涼的兩罐。

「這一幕我感覺自己像是星際大戰裡的莉亞公主，」我說。

喬許從螢幕面前轉頭，若有所思地看著我。「我覺得比較像丘巴卡，」他說。

「誰？」

「沒事啦。」

也許太暈頭轉向不是件好事，所以我去泡了壺咖啡。給自己倒了杯既純又燙的咖啡。「有咖啡哦，」我吼道。

喬許玩得渾然忘我，似乎一度沒發覺我的存在。不過莫里斯晃過來給自己倒了一杯。「有牛奶嗎？」

「我去拿。」

「妳別忙，我來找。」

莫里斯走進廚房，我望著房間另一頭的喬許，只見他目不轉睛、聚精會神地盯著螢幕。他的胳臂看起來瘦白地驚人。還是個小男孩嘛，只是骨架很大。莫里斯回來了。

「妳家不錯，」他說。「很安靜。」

「你在找房子嗎？」我問他。「是的話該看看昨天我去的那家。但不很靜就是了。」

「看得如何？」

「我也說不準，」我說。「不曉得自己到那裡幹麼。這麼做或許很蠢，但我莫名覺得該跑那麼一趟。我跟柔伊的朋友露意絲講上話。她人很好。這使我更貼近柔伊了。」

莫里斯啜飲一口咖啡。「妳真的在乎一個素昧平生的人？」

「該怎麼說呢？我感覺跟柔伊和珍妮佛隱約有那麼點連結。」

「妳有沒有看新聞報導上星期宏都拉斯發生山崩？」

「沒。」

「當局找到兩百多具屍體，還不曉得有多少人沒找到。」

「好可怕。」

「它在報紙國際版上佔了非常小的版面。要是發生在法國，肯定造成轟動。如果發生在英語系國家，絕對登上頭版。」

「抱歉，」我說。「我最近有點沉浸在自己的世界，還請見諒。時時刻刻感覺恐懼噁心。

受到死亡威脅就是這麼回事。」

莫里斯屈身向前，輕巧地把咖啡放在雜誌上，好像擱在餐桌上的話，會貶低它原本微乎其微的價值。

「妳真的這麼感覺嗎？」他憐憫地說。

「對，」我說。「我試著遺忘或掩蓋，問題是它一直都在。你懂的，人如果生了小病，無論吃什麼都沒那麼美味。我現在就是這種感覺。」

「妳想聊的話不用顧忌。可以跟我聊聊妳的感受。聊什麼都行。」

「你人很好，不過這沒什麼複雜的。我只是想快點了結。」

莫里斯環顧四周。喬許依舊沉醉在遊戲中。

「妳有什麼打算？」他問道。

「不曉得欸。我很蠢，原以爲可以靠自己找線索，但這大概只是浪費時間。警方什麼都徹底搜查了。」

「妳在找什麼？」

「我也不知道。這是不是天大的笑話？海底撈針是一回事，但在海底亂撈，不曉得自己要找什麼豈不更扯。也許我在找波紋浪花吧。我看過一點警方留存的檔案。」

「警方讓妳看檔案？」莫里斯驚叫道。

我笑了。

「這個嘛，算是吧。」

「看起來怎樣？有驗屍報告嗎？」

「多半是很官僚的文件。有幾張嚇人的照片。珍妮佛慘遭蹂躪的屍體。你不會想聽的。就算我閉上眼仍看得見。」

「可以想見，」莫里斯說。「有什麼收穫嗎？」

「其實沒有。看了很多資料沒錯，不過沒什麼幫助。恐怖歸恐怖，但其實沒什麼用。我大概希望可以認出什麼、找到什麼共通點，將我們：柔伊、珍妮佛、娜蒂亞這三個異父異母的姐妹連在一塊兒。」

「妳找到我啦，」他面帶笑容地說。

「對。莫里斯，別擔心，我還是沒對你鬆懈。另外還有房仲蓋伊，他可能也是柔伊跟珍妮佛之間的連結。他感覺滿怪的。不過機率這東西我略知一二。我們都住在北倫敦，假如之間都沒關聯也太奇怪了。我們肯定去過同家商店、肯定曾在街上擦肩而過。但那些都不重要，是我一直鑽牛角尖。一定有什麼蛛絲馬跡。一定有。我跟一位心理學家談過，她提出幾項原則，說罪犯總會把什麼東西帶到犯罪現場，也總會從那裡帶走什麼。論點教人無法忘懷，對吧？」

莫里斯聳聳肩。

「這個嘛，」我繼續說：「總之我無法忘懷。我感覺線索全塞在腦裡。我的腦袋是一片汪洋，海底有兩根針，好像只要我把針兜在一起，就能救自己一條小命。」

「妳當然會活下去，」莫里斯說。「千萬不要放棄希望。」

「有時我覺得應該放棄。你知道什麼是真正的痛苦嗎？我偶爾有種自己熬過去了、過正常人的生活、漸漸變老的感覺。」在淚水滾落臉頰前，我得先緩一下、振作精神。我發覺身旁多了個人。那是喬許。我幫他倒了點咖啡。「今晚就有點那種感覺，」我說。「意外但是輕鬆。」

我們沉默片刻。喬許跟兩個大人坐在沙發，好像又變成熟了。我們全都啜飲咖啡，互瞄彼此，相視而笑。

「所以妳在做的，」莫里斯說：「是試圖找到妳跟另外兩名女性，柔伊和……呃……喬許媽媽的關聯。」

「沒錯。」

「這我也一直在想，如果妳不介意，我想發表一下拙見，總之就是一個想法。」

「說吧，」我說。「總比我一個人瞎談的好。」

「妳們三人之間有個明顯的關聯。」

「是什麼？」

「其實這是腦筋急轉彎。妳們三人都認識誰？」

「誰？」

我把目光從莫里斯移到喬許身上。喬許靈光乍現，臉上閃過一抹微弱的笑容。

「我知道了，」他沾沾自喜地說。

「到底是誰？跟我說呀。」

「妳大概要再等一下才會猜到。」他像個討人厭的弟弟，真的逗起我來。

「喬許，他媽的快跟我說，否則我要捏你鼻子哦。」我故做威脅地舉起手。

「好啦，好啦，」他說。「是警察啊。」

「是同一批人嗎？」莫里斯問我。

「應該是，」我說。「不過，說眞的……」

「其實呢，」他說：「我這高明的理論有個大漏洞。」

「什麼漏洞？」

「第一名受害者柔伊。警方在她收到第一張字條後才開始注意她。」

「這倒是。」

我們再次陷入沉默。我突然像是後腦裝了彈藥。這就是我一直以來尋尋覓覓的。「不對哦，」我說。

「什麼？」莫里斯問我。

「你說警方在她收到第一張字條後才出現。」

「什麼意思？警方之前怎麼可能認識她？」

「檔案裡記載了。柔伊收到字條前才剛登上報紙。她在街上撂倒一個搶劫犯，用西瓜砸中他，因此紅透半邊天，報上都登了她的照片，所以警方確實知道這號人物。」

「我只是隨便講講啦，」莫里斯說。「但話說回來……或許值得想想警方對妳有沒有什麼古怪之處。應該是警察一般的冷淡風格吧。」

我抬起頭，略顯緊張。一定要裝得沒啥異常之處。

「對，」我說。「很一般。」我知道自己不是撒謊高手。說實話的人是不是都會這麼說？

「妳沒事吧？」莫里斯問我。

「我好得很，怎麼會有事？」我的思緒開始飛馳。太多可以想的了，太多思緒在我心頭穿梭。「我要說的是，不可能是警察幹的，對吧？」

「喬許，你說呢？」

喬許困惑地搖頭。「不，不可能的。這太詭異了。除非，我……不，這太扯了。」

「怎樣？」我說。「你說啊。」

「我不曉得妳有沒有聽說，在我媽……嗯，那個之前，警察還逮捕我爸，因為有個屬於我媽的東西，被人放在另一個女人——柔伊的家。還有誰能幹這種事？」

沉默宛如黑暗的巨穴。

「我得想辦法搞清楚，」我說。「這就像是字謎遊戲，可是我不夠聰明。」

「對不起，」莫里斯說。「看來是我無事生非。眞該閉上嘴巴。」

「沒這回事，」我說。「別傻了。這的確值得好好想。我只是不敢相信。我該怎麼辦？」

莫里斯和喬許面面相覷，聳了個肩。

「照顧自己就對了，」莫里斯說。「眼睛睜亮點。」他對喬許眨了個眼。「我們該走囉，」他說。

我送他們到門口。

「我該怎麼辦？」我可悲地複述道。

「妳好好想，」莫里斯說。「我們也會幫忙想。這樣說不定能想出什麼。別忘了，我們跟妳同一國的。」

我關上門，但是坐不住。我站在門邊絞盡腦汁地思考，努力把思緒捏成適合的形體。想得我頭都疼了。

我身在核心。無影無形。我站在她面前，她對我綻露招牌笑容，笑得雙眼都皺起來了。我講笑話，她捧場地咯咯笑。她把手搭在我肩上。她往我臉頰一吻：柔軟乾燥的一吻，灼燒至我皮膚底層。她任自己熱淚盈眶，也不將淚水拭去。她信任的人不多了，但是她相信我。她對我深信不疑。跟她在一起的時候，我說什麼都不能笑。但笑聲像是炸彈，在我體內鬱積。

她堅強有活力。遇到困境彎而不折。她沒有崩潰。不過我也很堅強。比她堅強，比任何人都堅強。我很聰明，比那些明明沒有線索還到處瞎找的白癡聰明。而且我有耐心。要我等多久都行。我監視、等待、在心裡竊笑。

20

「你，」我說。

「我，」卡麥隆說。我跟他倆倆相望。「今天我代琳恩的班。這是命令。」

「哦。」我以為來的是柏妮絲或琳恩，穿著短小的睡袍、頂著蓬亂的頭髮就去開門。我不想要他見我這麼狼狽。他的目光從我的臉移到胸膛，再移到光溜溜的腿，我出於本能地把手伸向喉頭，看見他面露一絲微笑。「我去穿衣服，」我說。

我換上整潔樸素的T恤和牛仔褲，把頭髮往後梳再綁好。天氣轉涼了，我幾乎以為能在空中聞到秋天的味道，聞到一抹清新。我想要見到秋天：綠葉轉黃；迅速轉移的灰色天空；風中的雨水。庭院裡結果的梨樹；路邊墓園的黑莓。我想起從前穿過爸媽家附近的灌木林，靴子把落葉踏得嘎吱響。我憶起在珍娜家，坐在爐火邊吃塗奶油的吐司。盡想起這些小事。

我可以聽見卡麥隆在廚房熟悉地使用器具。我記起莫里斯昨天說的話，不禁暗忖：對，有可能，真有可能。我陷入回憶，想起我跟卡麥隆間發生的事，而他人就在隔壁，把杯子弄得哐啷響。他曾呻吟著把頭埋進我的雙峰；把我壓倒；野蠻、粗暴、溫柔。他用貪婪的眼神望著我時，究竟看到什麼？我該怕他嗎？

我深吸一口氣，也走進廚房。

「來杯咖啡？」他說。

「謝了。」

我倆默默無語。接著我說：「我準備今天去看我爸媽。他們住在瑞汀附近。」

「好。」

「我希望你到時候在外面等。我不會跟我爸媽提起你。」

「他們是不是很焦慮？」

「不是爲了這個。這件事他們不知道。我還沒說。」

但是我在心裡暗忖：他們一向都很焦慮。這就是爲什麼我一個字都沒跟他們說。每次只要我拾起話筒，就可以想像母親溫和焦躁的嗓音，和她隱藏的恐慌口吻。她老是等我宣布壞消息。每回只要在話筒彼端聽見我的聲音，她就認爲我要昭告什麼慘事，而她沒聚焦的恐懼將會找到焦點。不曉得爲什麼，她對我總是沒信心。她不相信我有能力照顧自己、爲自己創造人生。但我今天得向他們攤牌了。非這麼做不可。

「娜蒂亞，我們必須談談……」他放下杯子，向我湊近。

「我有事想問你……」

「關於我們。妳和我。」

「這件事跟柔伊跟珍妮佛有關，我想問你。」

「娜蒂亞，我們必須談談妳我之間發生的事。」

「不用，沒必要。」我努力維持實事求是的嗓音，把注意力放在怎麼把咖啡杯拿穩。

「妳不是眞心的吧，」他說。

我望著他。高大挺拔，好似我跟外在世界間的一堵牆。他的手強壯厚實，指關節上長毛。抱過我、碰過我、摸遍我所有秘密的那雙手。他的眼彷佛盯著我就能將我看穿。

「我愛上妳了，」他嘶啞地說。

「你跟你老婆說了嗎？」

他怯懼了一下，然後說：「她跟這件事無關。這件事只關於妳跟我，在妳家解決。」

「跟我聊聊柔伊跟珍妮佛，」我堅持不讓。「你從沒跟我提過她們。她們是怎樣的人？」

他惱火地搖頭，但我不肯放棄。「這是你欠我的。」

「我什麼也不欠妳，」雖然他嘴巴這麼說，還是伸手比了個投降的手勢，一度闔上眼。「柔伊：我跟她不熟，根本沒機會……妳要知道，我是在她拿西瓜攻擊搶劫犯後，才在局裡張貼的報紙上看過她的巨幅相片。對男生來說，她就像個女英雄，也算是下流玩笑的笑柄。」

「那她是怎樣的人？」

「我從沒見過她本人。」

「珍妮佛呢？你一定跟珍妮佛很熟吧。」我注視著他的臉。

「珍妮佛就另當別論了。」憶起佳人，他幾乎要咧嘴而笑，後來又克制自己。「身材也很嬌小。妳們都很嬌小，」他冥想地補充道。「但是堅強、有活力、不易看透、憂鬱、易怒。珍妮佛是條繞成圈的鐵絲。機伶。沒耐性。有時精神錯亂地很嚴重。」

「不快樂？」

「也是。」他把手搭在我膝上，我讓它擱了一會兒；儘管被他碰，我體內掀起一波嫌惡的浪潮。「不過她如果聽到妳這麼說，一定會厲聲斥責。她有點潑辣。」

我起身擺脫他的手，幫自己添了點咖啡，給自己找點事做。

「最好出發了，」我說。

「娜蒂亞。」

「我不想遲到。」

「夜裡我躺在床上，只看見妳，妳的臉和妳的身體。」

「閃遠點。」

「我了解妳。」

「你覺得我快死了。」

我們出發前，我趁著卡麥隆跟我共處一室，打給林克斯，告訴他史塔德勒探長要載我去探望爸媽，應該下午到傍晚會回來。我可以從林克斯的嗓音聽出一絲困惑：他不懂我幹麼打去，向他報告我的行程。反正我也不管那麼多了。我高聲清楚地複述一遍：所以他就算有千百個不願意，也只能聽；卡麥隆就算再怎麼不想聽，也拿我沒轍。

途中我們鮮少交談，先上M4高速公路，再穿過小巷道。我簡明扼要地帶路，他一面開車，一面用沉重的眼神注視我。我兩手放大腿上坐著，雖然盡量望向窗外，仍感覺他把頭轉向我，向我發送沉思的目光。

「妳爸媽是做什麼的？」快到目的地的時候，他問我。

「我爸是老師，教地理的，不過很早就退休了。我媽做過很多工作，但多半留在家裡照顧我跟我弟。就在那兒，丁字路口。別忘了，你不准進來。」

爸媽家是三〇年代的半獨立式住宅，跟這條死胡同的其他房子大同小異。卡麥隆把車停在屋外。「等一下，」就在我伸手拉門把時，他對我說。「有件事我該跟妳說。」

「什麼事？」

「又來一封信了。」

我往汽車椅背一躺，閉上眼。「天哪，」我說。

「是妳要我發誓什麼都不准隱瞞的。」

「上面寫什麼？」

「很短。只寫了：『妳勇敢是裝的，繼續撐對妳沒好處。』類似這樣的話。」

「就這樣？」我睜開眼，轉頭望向他。「什麼時候寄的？」

「四天前。」

「有沒有從這張字條得到什麼線索？」

「我們拿它來加強心理評估。」

「還是一無所獲，」我嘆息道。「那情況還是沒變嘛。我們知道他仍然逍遙法外，對吧？」

「對，沒錯。」

「兩小時後見。」

「娜蒂亞。」

「怎樣？」

「妳勇敢是裝的。」我盯著他。「這是事實，」他說。

我的目光沒有閃躲。

「你是說跟柔伊和珍妮佛一樣勇敢嗎？」

他沒回話。

老媽燉羊頸配飯——煮過頭了，所以黏成一塊一塊——外加蔬菜沙拉。原本我小時候很愛吃燉羊肉的。到底要怎麼跟母親說食物煮壞了。煮得太軟，又有太多尖刺的骨頭，導致難以下嚥。老爸開了一瓶紅酒，不過他倆誰也不在午餐時間飲酒。見到我，他們都開心得不得了，把我當陌生人似地噓寒問暖。我感覺自己像個陌生人，跟兩個和藹可親但實際年齡不大的老人共處。

他倆總是小心翼翼，謹慎度日，對我一樣無微不至，每次我晚上外出，他們都爲我等門；

寒冷的夜裡，在我床上放熱水袋；天冷不忘提醒我多加件衣服；新學期快要開學，就幫我把蠟筆削尖。他們的關懷、為我生活的每個細節設想周到，曾經令我抓狂；但如今這份回憶卻使我懷抱濃濃鄉愁：每根肋骨下都有思鄉情懷蠢蠢欲動。

還是等午餐過後再跟他們說好了。我們在客廳喝咖啡，吃薄荷巧克力。我看見卡麥隆坐在駕駛座後方。我清清喉嚨：「有點事想跟你們說，」我說。

「什麼事？」

老媽期待又憂慮地看著我。

「我……有個男的……」我看她臉上綻放出喜悅，於是止住不說。她以為我終於跟人認真交往了；她一直覺得麥克斯不是長期交往的料。這話我開不了口。「哦，其實沒事啦。」

「怎麼了，說呀。跟我們說。東尼，我們很想聽，對不對？」

「等等好了，」我草草回了句便驟然起身。「我要先叫老爸帶我去看院子的植物。」樹上的梅子正熟著，此外他也栽種紅花菜豆、萵苣跟馬鈴薯。溫室裡還種了番茄，他堅持我走的時候要拿塑膠托盤給我帶櫻桃番茄回家。

「妳媽幫妳準備了幾罐草莓醬帶走，」他說。

我勾起他的胳臂。「爸，」我說。「爸，我知道有時候我們意見不同，」——寫功課、抽菸、喝酒、化妝、外出晚歸、政治傾向、毒品、交什麼男友、還是不交男友、正經工作，能說出來的，我們的看法幾乎都不一致——「但我想說的是，你是一個好父親。」

他顯得難為情，在喉底發出咂的一聲，並輕拍我的肩膀。「我們在外面杵這麼久，妳媽要講話了。」

我在門廳向他倆道別，因為拎著番茄和果醬，沒辦法好好抱一下爸媽。我跟老媽互貼臉頰，聞她身上熟悉的香草、粉末、肥皀和樟腦丸味。那是我童年的氣味。

「再見，」我說，他們微笑揮手。「再見。」

有那麼一瞬間，我覺得再也沒有機會見到爸媽了，可是我不能這樣，如果放任自己這麼悲觀，哪有辦法步上小徑、上車、保持微笑、活下去。

回家的路上從頭到尾我都在假寐。我跟卡麥隆說檢查過我家之後就該待在車上。我想獨處一陣子。他正準備抗議，繫在褲腰帶的呼叫器卻嗶嗶作響，我順勢當著他的面把門關上。

我坐在床畔，雙手垂在膝上。我眼睛閉了又張，聆聽自己呼吸。我等待著，不是等什麼事情發生，而是等這種感覺退去。

後來，電話鈴響，彷彿從我頭蓋骨裡響起似的。我伸手接起。

「娜蒂亞。」莫里斯的嗓音嘶啞急迫。

「怎麼了？」

「是我。什麼都別說。娜蒂亞，妳聽著，我找到線索了。電話上不方便講，只能見面說。」

我感覺恐懼在胃裡積聚，一個巨大的恐懼腫瘤。「發現什麼？」

「快點來我家。有個東西妳一定得看看。妳身邊有人嗎？」

「沒有。屋裡只有我。」

「誰在留守？」

「史塔德勒。」

我聽見莫里斯的吸氣聲。他再開口時，話語冷靜緩慢。「娜蒂亞，把他甩掉。我等妳。」

我放回話筒，起身靠腳後跟保持平衡。原來真是卡麥隆。我的恐懼褪散，只感覺到堅強輕盈、茅塞頓開。這一刻終於到來。等待和所有的哀傷與懼怕都結束了。我準備好了，是時候出發了。

21

我走向大門，思緒變得清晰。該怎麼做，我已了然於胸。此刻一切都變得易如反掌。那層恐懼雖然仍在，竟然稍微褪卻。卡麥隆馬上下車，到我身邊，一臉疑惑甚至懷抱希望。

「我要到街上買東西做晚餐，」我說。

我倆肩並肩走著。我默默無語。

「這一切，」最後他說。「我很抱歉。我只是想把事情處理好。妳跟我。我倆之間的事。」

「你在說什麼？」我問他。

他沒答腔。我們穿過大街，沿著人行道走，最後站在馬莎百貨門外。千萬不能吵架，千萬不能讓他起疑。我手搭著他的前臂。「現在我沒辦法理性面對事情。時機不對。」

「我懂，」他說。

我轉身走進店裡，嘆了一聲。「我馬上好。」

「我在這兒等。」

「要幫你買點什麼嗎？」

「不用麻煩了。」

位於卡姆登的馬莎百貨有個小後門。上了行人輸送帶出門，幾分鐘後我已上了地鐵列車。

我下手扶梯到月台，暖風拂面而過，我往回望。他人當然不在這兒。

我在這趟短暫的地鐵旅程中，試圖釐清莫里斯說的話。我感覺過去這幾個星期一直被困在五里霧中，但如今撥雲見日，霧霾變得稀薄，風景也逐漸清晰。假如眞是警察幹的，假如凶手眞是卡麥隆，那一切看似不可能的謎團就能迎刃而解。警方能輕而易舉、不受爭議地進出柔伊的公寓和珍妮佛的豪宅。我心一沉。他們也能自由進出我家。但他們爲什麼要這樣？卡麥隆爲什麼要這樣？

只要想到卡麥隆凝視的目光，我就知道答案了。我還記得初次和警方見面時，卡麥隆在角落緊盯著我。跟我上床的卡麥隆。從沒有人那樣注視我，那樣觸摸我，彷彿我是魅力無窮又極其珍稀的玩意兒。當時我覺得他想同時看我、摸我、穿透我、品嚐我，像是怎樣都塡不滿他的慾望。一開始美妙刺激，後來令人反感，如今似乎水落石出但又教我毛骨悚然。緊鄰著受你驚嚇的女人，去上她，去挖掘她所有的秘密。多撩人啊。但話說回來，有證據嗎？莫里斯找到什麼我能當做呈堂證供的嗎？

莫里斯家離地鐵站很近，步行只有幾分鐘之遙。主街人潮衆多、水洩不通。他住的小巷很難找。第一次我走過頭了，後來問人，沿著路走拐過轉角才找到。鋪鵝卵石的小街在這個週末夜顯得荒涼。最後我在一道門的門鈴邊找到門牌：伯賽。我按門鈴。一度靜默無聲。他是不是出門了？後來我聽見一連串轉開圓門把、拉開鎖桿和他的開門聲。他看起來神采奕奕，通電般地活力四射。他穿了件短袖上衣和上面盡是口袋的累贅長褲，打赤腳。最特別的是他的雙眸，炯炯有神、生氣蓬勃，教人神魂顛倒。他渾身是勁，像被力場圍繞。他很有魅力，而且不只如此——想到這裡，我不免心一沉——他以爲自己陷入愛河。但願他沒有小題大作，懷抱追求我的希望。

「娜蒂亞，」他揚起歡迎的笑容說。

他站在門口，往我身後望。我也轉頭看。整條街上連一個人影都沒有。

「妳怎麼開溜的？」他問道。

「我是魔術師，」我說。

「進來吧，」他說。「我都沒打掃呢。」

在我看來非常整潔。我們一腳踏進小而舒適的客廳，遠處盡頭的那扇門通往一條短廊。

「這裡以前是倉庫嗎？」

「應該是某種工作坊吧。朋友出國了，所以我幫他看房子。」

屋裡唯一突兀的是桌旁的熨燙板和熨斗。

「你自己燙衣服啊，」我說。「我好崇拜哦。」

「只燙這件襯衫啦，」他說。

「我還以爲是新的咧。」

「這就是訣竅，」他說。「衣服只要燙了，看起來就像新的。」

我微微一笑。

「眞正的訣竅是直接穿新衣，」我說。

我在屋裡晃。我迷上看房子了。牆上有一大張軟木板，各處釘了外賣菜單、水管工和電工的名片，最有趣的是，還有一張張的小快照，讓帶著八卦女王本能的我看得目不轉睛。莫里斯參加派對、莫里斯在海灘、莫里斯跟一個女孩合照。

「她看起來人很好，」我說。

「凱絲，」他說。

「你交往的對象？」

「可以說我們互有好感吧。」

我暗自竊笑。這個女的是他在交往的對象。男人說對女孩有好感，就形同在輕敲他的婚戒。他們只是想對交往狀態保持模糊。

「其他的跑哪兒去了？」

「什麼？」

「照片，」我說。「圖釘很多，但照片很少。」我指出。軟木板上到處是間隙。

「哦，」他說。「有些我看膩了啦。」他笑道。「妳該改行當偵探才對。」

「說到偵探，你的消息最好要夠勁爆，因爲史塔德勒探長肯定會氣炸。他們不告我浪費警察時間，大概就算我走運。」

莫里斯手一比，要我往桌前的椅子坐，他自己則坐我對面。「我重溫我和史塔德勒還有……另一個叫什麼來著的偵訊？」

「林克斯？」

「對，我深信史塔德勒有什麼地方怪怪的。他談到另外兩個女人時，態度眞的很怪，所以我想跟妳討論一下，又覺得應該叫妳遠離他。」

「你有證據嗎？」

「什麼？」

「我以爲你找到什麼對他不利的證據。」

「抱歉，」他說。「要是我找到就好了。」

我試著思考。心裡原本煙消雲散的謎團，又在轉瞬間開始聚攏。接著我突然感到一陣寒氣逼人。

「反正也兜不攏，」我無精打采地說。

莫里斯一臉困惑。「什麼兜不攏？」

「凶手是警察的推論啊。想到柔伊在收到字條前的西瓜事件，還有她跟警方的關聯，我興奮過頭了。可是這跟珍妮佛的案子沒有關聯。」

「怎麼說？」

「她的盒飾吊墜早在柔伊遇害之前、珍妮佛收到字條跟報警之前，就被人放在柔伊家了。」

「盒飾吊墜放她家的事，可能是警方作假的啊。」

我想了一下。「嗯，或許吧，」我狐疑地說。「但還是解釋不了跟珍妮佛之間的關係啊。為什麼挑上她？」

「史塔德勒可能在哪裡看過她吧。」

「這種說法可以套用在任何人身上。凶手是警察的推論，取決於他們跟所有受害女性的往來。」

我感到沮喪反胃。「全都錯得一塌糊塗，」我說。「我還是先走了。」

莫里斯傾身向前，碰我胳臂。「再待一會兒嘛，」他說。「娜蒂亞，再待一會兒。」

「原本進行地這麼順利，」我提不起勁地說。「推論這麼完美，可惜還是兜不攏。」

「又回到海底撈針了，」莫里斯說。他對我微笑的樣子，像是覺得這件事很滑稽。他的牙齒、眼眸、整張臉都在發光。

「我跟你說，」我恍惚地說。

「怎樣？」

「我曾經覺得很怪，自己居然沒見過柔伊跟珍妮佛。可是現在不同了。有時我覺得我們是姐妹，不過愈來愈覺得我們其實是同一個人。經歷相同的遭遇。承受同樣的恐懼，夜不成眠。而且也會以同樣的方式死去。」

莫里斯搖頭。「娜蒂亞……」

「噓，」我像對小孩說話。此刻我幾乎像在自言自語，不希望別人打斷我的白日夢。「我跟露意絲——也就是柔伊的朋友——一塊看房子的時候，實在太美妙了。感覺她根本早就是我的姐妹淘，好像我們早就認識彼此了。好玩的是，當她提到柔伊生前最後一天快傍晚時跟她一同購物，幾乎像是描述我倆一塊兒血拚遠征。我看得出來她也這麼覺得。」

就在那個節骨眼，迷霧在轉瞬間消散，風景一覽無遺——就在眼前——攤在陽光下，冰冷堅硬，盡收眼底。錯不了了。打從看了鑑識檔案，我就不斷在腦海重溫。

「怎麼了？」

我嚇了一跳。差點忘了莫里斯的存在。「啥？」我問他。

「妳好像在神遊，」他說。「剛在想什麼？」

「我在想，」我說：「柔伊遇害時穿的T恤是剛跟露意絲一起買的。很好笑對吧？」

「這我就不懂了，」莫里斯說。「娜蒂亞，跟我說是哪裡好笑。跟我說。」

「搞砸就可惜了，」我說。

莫里斯凝視我的樣子，彷彿想看透我的心思。他是不是覺得我要發瘋了？很好。我身子往餐桌傾，牽起他的手。濕濕黏黏的。我的手則乾乾涼涼。我用兩手夾住他的右手，用力一壓。

「莫里斯，」我說：「我想喝茶。」

「好，」他說。「娜蒂亞，當然好。」他臉上的微笑散不去也止不了。

他起身走出客廳。我望向大門，大門上有幾道鎖桿和門把。門外是五、六十碼荒涼的馬路；杳無人煙。我走向軟木記事欄。

「要我幫忙嗎？」我叫道。

「不用，」他從廚房回吼。

我注視記事欄。它底下有個附抽屜的書桌。我盡量小聲地打開第一個。支票簿跟收據。再開第二個。明信片。第三個。目錄本。第四個。一疊照片。我拾起其中兩張。心裡大概有底會看見什麼，但還是打了個寒顫。莫里斯跟某人和某人以及弗雷。莫里斯跟凱絲和弗雷。莫里斯跟某人和弗雷。我把其中一張塞進牛仔褲的後口袋。萬一我死了，人家會在我身上找到照片。我關上抽屜，走回桌前坐下。我環顧四周。該動手了。我釐清頭緒。不，這麼說不對。我沒有釐清頭緒，而是把腦袋塡滿。我逼自己回想珍妮佛身亡的照片。逼自己細數每個枝微末節。假如珍妮佛坐在我現在坐的地方，會怎麼做？

莫里斯回來了，眞有他的，竟一次端了一壺茶、兩個馬克杯、一盒牛奶、一包消化餅乾，放在桌上，然後坐下。

「等一下，」在他泡茶前我搶先說道。「我有東西要給你看。」我起身繞過桌子。「也算是變魔術。」

他再度對我綻露笑容。笑得多燦爛哪。開心與興奮溢於言表。興奮在他眼底點亮一道光。

「我對魔術了解不多，」我說：「但是學到的第一件事，就是事先千萬不要跟觀衆說你要做什麼。假如搞砸了，還能假裝是故意的。看好了。」我掀起茶壺蓋、提起茶壺，然後以迅雷不及掩耳的速度往他臉上扔。有些茶水也濺到我身上了，但我根本沒有感覺。他發出動物般的哀號。我順勢伸手拿熨斗，用雙手拿。我只有一次機會，所以非得叫他大吃苦頭。他抓著臉不放。我高舉熨斗，接著使出全身的力氣往他的右膝砸。傳來劈啪爆烈聲，然後是一聲尖叫。他從椅子上頹然倒地。接下來呢？我想起照片，彷彿變身撥火棒，白熱而炙烈。他的左腳踝外露，於是我再拿熨斗猛擊。又是劈啪和尖叫聲。我往後退，可是感覺有隻手抓住我的褲子。我再次舉起熨斗，手一往後收，他的手就鬆了。

我退離他可觸及的範圍。他在地上攤開四肢，扭絞啜泣。一眼望去，他的臉又紫又紅、起了水泡。

「你再敢靠近我半步，」我說：「我就要砸碎你他媽的每根骨頭。不相信試試看啊。我看過照片了。我看過你是怎麼蹂躪珍妮佛的。」

但我還是往後退，目光一刻也不肯離開他。我機靈地環顧四周，找到電話。我仍舊不敢放下熨斗，拖著在地上收縮的肌肉，撥打電話。

22

我放下話筒，盡量在客廳跟他保持最遠的距離站著。他依然倒在地上呻吟喘氣。不曉得他是不是在儲備體力，會不會爬起來撲向我。我該向前再次朝他痛擊嗎？還是應該奪門而出？可是我動彈不得。什麼事都辦不了。我頓時從頭到尾打起寒顫。我靠著牆壁，努力穩住陣腳。

我看見動作的跡象，起初是嘗試性的，後來更有目的性了。他想要起身，呻吟著用力。我馬上發現他不可能站起來了。他的兩條腿顯然失去作用了。他只能拖著身軀、痛苦抽噎，往書架那頭靠。他把自己往上撐一點，再轉過身子，好往我這頭看。他臉部燙傷眞的很嚴重，雙頰跟前額盡是水泡，一隻眼幾乎睜不開。口水溢出嘴巴，流到下頷。他咳了幾聲。

「妳幹了什麼好事？」

我沒回話。

「我不懂，」他說。「人又不是我殺的。」

我使勁抓住熨斗。

「你再動一下，我就把你其他哪裡也給砸碎。」

他微微挪動身軀，放聲叫嚷。

「天哪，」他喘息道。「我痛得要命。」

「你爲什麼要殺人滅口？」我說。「人家有小孩的。她哪裡犯到你了？」

「妳瘋了，」他說。「娜蒂亞，我發誓，人不是我殺的。警察不是跟妳說了嗎？柔伊遇害的時候，我人根本不在倫敦。」

「這我知道，」我說。

「什麼？」

「我知道柔伊不是你殺的。你打算殺她但是沒殺成。不過珍妮佛是你殺的。」

「妳搞錯了，我發誓，」他說。「老天哪，妳把我的臉怎麼了？爲什麼要這樣對我？」

他哭了起來。

「你也打算要把我幹掉。就像你殺她那樣。」

我連講話都有困難了。我呼吸不順，心跳加速。

「娜蒂亞，我發誓，」他氣若游絲地說。

「閉上你的鳥嘴。照片我都看過了。在抽屜。」

「什麼？」

「你跟弗雷的合照，你趁我來之前從牆上拿下來的。」

他不假思索地接話。

「我承認，照片是我藏的。合照看起來不妙，所以我慌了。但這也不代表我殺人啊。」

「像我們約好要跟露意絲在公寓碰面一樣慌嗎？」

「不，我眞的收到簡訊。娜蒂亞，妳都搞錯了……」

我不知道我在期待什麼。或許只是要他坦承自己做了什麼，說的話就算再不得體，至少也能幫助釐清案情。現在我才發現他嘴硬得很，案情我永遠都參不透。他謊話連篇，說不定到最後連自己都相信那套謊言。我死命地盯著他，他那張剝落的臉，他痛苦蠕動的身子，和向上凝視我的一隻眼。

「我該把你殺了，」我說。「該在警方趕來之前就把你幹掉。」

「或許妳眞該動手，」他說。「娜蒂亞，因爲人不是我殺的，也沒有證據對我不利。警方會把我放了，把妳關進監獄。妳下得了手嗎？娜蒂亞，妳行嗎？妳敢殺我嗎？」

「我向你保證，我樂意得很。」

「那就動手啊。來啊，寶貝。放馬過來。」他口沫橫飛，努力擠出笑容。

「我要你像柔伊還有珍妮佛那樣受苦。」

「我來幫妳，」他說，氣喘得更兇、呻吟得更厲害，像隻肥大可怕的蛞蝓，在地上向我這頭爬。進展非常緩慢。

「你敢再靠近，我就打爆你的頭，」我邊說邊握緊熨斗。

「動手啊，」莫里斯說。「反正牢飯妳是吃定了。警察會放我走的。就算不放，我也很快就會出獄。何不現在就把我做掉一了百了？」

「閉嘴、閉嘴，」我吼著說，忍不住哭了。我感覺他不只在地板，同時也在我的腦裡蠕動。我正準備拿熨斗攻擊他，卻聽見敲門巨響，有人呼喚我的名字。我轉頭一看，發現屋外有光亮，趕緊跑過去開門。原來開門挺簡單的，不到兩秒就搞定。幾個模糊的人影閃過眼前。定睛一看，是兩名制服員警和卡麥隆。他的身後停了兩部警車，另一部也正在抵達。卡麥隆注視現場。他汗流不止，領帶翻過肩膀。「妳做了什麼？」

我沒答腔。只是彎腰把熨斗放在地上。

「叫救護車了嗎？」

我搖搖頭。他對其中一名踏出門的員警吼叫。

「她攻擊我，」莫里斯說。「她發瘋了。」

卡麥隆丈二金剛摸不著頭腦，目光從莫里斯移到我身上，再望向他。「你受傷了嗎？」他問莫里斯。

「當然，」他說。「我傷得可重了。瘋子。」

卡麥隆走向我，一手搭在我肩上。「妳還好嗎？」他輕聲問道。

我點點頭。死命盯著頹倒在地的莫里斯，每次看他，他都會回望。用那隻彷彿一下也不眨的眼回望我。員警彎腰對他說了什麼，可是他的目光始終沒離開我。

「先坐著，」卡麥隆對我說。

我環視四周。他帶我到房間彼端餐桌前的一張椅子。我坐下來，這樣就不用看見莫里斯了。我覺得只要再多看他一秒，我就會嘔吐。

「好了，娜蒂亞，在我們採取任何行動前，我必須向妳說明，所以聽好了。妳有權保持緘默。但是如果妳選擇發言，一旦遭到起訴，妳所說的每一句話都會做爲呈堂證供。另外，妳有權請律師。妳願意的話，我們可以爲妳安排。聽懂了嗎？」

我點點頭。

「不行。妳必須高聲說妳聽懂了。」

「我聽懂了。我願意發言。」

「那這是怎麼回事？」

「去看抽屜。在那裡。」

他走向敞開的大門，吼著要找犯罪現場的警官。一輛救護車嘈雜地抵達。穿綠色連身褲的一男一女匆匆進門，在莫里斯面前彎腰檢視。卡麥隆目不轉睛地望著我。他從口袋掏出薄薄的塑膠手套，與其說是外科醫生用的，其實更像人家在加油站發的爛手套。他打開抽屜，注視照片。

「他認識弗雷，」我說。

現場變得像是一齣鬧劇。卡麥隆目瞪口呆地望著照片。莫里斯被醫護人員脫掉褲子，痛得抽噎哀鳴。林克斯到了。

「這是怎麼……？」他邊問邊試圖掌握現況。

「她拿熨斗攻擊莫里斯，」卡麥隆說。

「搞什麼——爲什麼？」

「她說人是他殺的。」

「可是……」

卡麥隆把其中一張照片遞給林克斯。他望著照片，然後將目光移向我。

「好，可是……」他轉向卡麥隆。「你警告她了嗎？」

「警告了。她說她願意發言。」

「很好。那伯賽呢？」

「我還沒時間跟他講話。」

林克斯在莫里斯旁邊屈身，拿照片給他看。搖頭跟呻吟是他唯一的回應。接著，他走來坐在我身旁。現在我思緒清晰，冷靜下來了。

「莫里斯有沒有攻擊妳？」

「沒有，」我說。「假如莫里斯攻擊我，我早就死了。不，還沒死。是正在死去。正被虐殺。」

「可是，娜蒂亞，」林克斯語調溫柔地說：「妳很清楚，怎麼說呢，比方說，莫里斯・伯賽不可能殺害柔伊・阿拉圖妮安吧。他有不在場證明。」

「這我知道。我知道是誰殺了柔伊。」

「什麼？是誰？」

「我是靈光乍現。你們全都認定寄字條的一定就是殺人凶手。但萬一有人搶先一步把她殺了呢？」

「怎麼會有其他人想置她於死？」

「我一直在想葛蕾絲．席林說過的話。罪犯總會在犯罪現場留下痕跡，也總會從中帶走什麼。你聽過嗎？」我抬頭看正忙著檢查抽屜內容物的卡麥隆。「我看過犯罪現場的鑑識報告。你記不記得報告上是怎麼寫她屍體被人發現時所穿的上衣？」

「我記得，但妳是怎麼——」

「你記得上面是怎麼寫的嗎？」

「上衣有公寓的背景微量跡證，和她的其他衣物、地毯、床鋪相同。只有她跟她前男友的痕跡。」

「問題是那件上衣不該有弗雷的痕跡。她是用塑膠袋提著上衣進公寓的。衣服是她當天跟朋友露意絲買的。」我轉頭望莫里斯，只見他聚精會神。「弗雷在勒死柔伊時，留下頭髮跡證。」

我好像差點在莫里斯臉上發現最細微的一抹笑容。

「你沒猜到，對吧？」我對他說。「你朋友先你一步殺了柔伊。」我望著史塔德勒和林克斯。「兩名凶手，看到了吧。你們沒想過犯案手法爲何那麼不同？這不是什麼該死的加強火力，而是因爲根本是不同人下的手。莫里斯，所以你才這麼兇殘對吧？錯失柔伊，所以把氣出在珍妮佛身上？」

「我不曉得妳在說什麼，」他說。

「但你也得到補償，」我說。「突然發現自己有完美的不在場證明，所以有機會近距離地接近我，真實地看我受苦。」

「但怎麼可能是弗雷下的手？」林克斯問道。「阿拉圖妮安小姐根本沒打算要回家。」

「這應該不是出自事先預謀，」我說。「我坐在這裡苦思冥想的就是這個。我想到那個被偷走的怪東西，弗雷送她的破爛壁氈。怎麼有人想偷那個？我覺得那不是被人偷走的，而是被弗雷拿回去的。我猜他是回來收東西的。沒想到柔伊突然回家，他抓了她的浴泡帶子將她勒斃。

「所以鑑識工作才這麼困難。他取走的東西原本就屬於他。他帶來的現場早就有了。更多弗雷的痕跡。太多弗雷的痕跡了。他也有完美的不在場證明。警方知道字條不可能是他寫的。況且除了揚言要殺柔伊的人之外，還有誰會對她痛下毒手？莫里斯，很可笑吧？你跟弗雷原來是最佳拍檔，可惜你先前不知道。」

醫護人員把莫里斯抬上擔架，為他打點滴。

「你們不檢查他的口袋嗎？」

「為什麼？」

「不曉得。我認為他準備要攻擊我。」

卡麥隆瞄了一眼林克斯，後者點點頭。莫里斯帥氣的新褲子如今一分為二，上面有非常多口袋。卡麥隆開始伸手翻找。我看見他手裡握了個發光的東西。他高舉一條金屬絲。

「這是什麼？」他問莫里斯。

「我在修東西，」他說。

「修什麼需要把鋼琴線綁成一扯就緊的活結套繩？」

他沒答話，只是盯著我低聲說：「寶貝。我會回來的，寶貝。」

醫護人員抬起擔架出門。林克斯對其中一位制服員警吼叫。「你們兩個跟他一起去醫院。路上嚴加警戒。確保他安全無虞，不准任何人接近。」

我目送他離開。他始終緊盯著我，那隻明亮的眼、殺手的友善臉龐，直到被帶離轉角。他透過鮮血與水泡的面具對我微笑。

接下來：「那弗雷呢？」我問道。

林克斯嘆了口氣。

「我們馬上會偵訊他。不然也會盡快處理。」

「那我呢？我可以走了嗎？」

「我們開車送妳回家。」

「我一個人用走的就行了。」

林克斯堅決地擋在我面前。

「布蕾克小姐，如果妳拒絕上警車、接受警方保護，我就要對妳下禁制令了。」

「我覺得，」我盡量心平氣和地說：「我覺得我一個人比較安全。」

「非常好，」他沉重地說。我在他的臉上看見恐懼：他怕事情鬧大了顏面無光、葬送前程。

「我自己一個人一向比較安全。」

23

下一步該怎麼走？重獲新生後該怎麼做？

頭一天我在爸媽家待了一整天，幫父親粉刷花園；在我從前的臥室，面朝下躺在褪色的絨繩線床單上，樟腦丸和灰塵撲鼻；在此同時，焦慮的母親弄得廚房哐啷響，做一杯杯的奶茶和我不能吃的薑餅。每回見到她，她就會用眼眶泛紅的雙眸凝視我、壓我肩膀或輕拂我的頭髮。發生的事，我吐露一點，但其他有所保留。重要的都沒說。

然後我回家打掃公寓。我的第一個念頭是馬上搬家、打包行李、重新開始——但那有什麼意義？我無法和自己重新開始。無法也不想。於是我敞開落地窗，換了一條棉質粗布工作褲，穿在我身上像是被人惡整，我自然也記不得買過它。我打開收音機，任歡樂膚淺的音樂在滿屋子響亮繚繞。每個抽屜我都翻遍了。我把垃圾袋裝滿扯破的褲襪、舊信封、硬掉的殘餘肥皂塊、空的衛生紙捲筒、漏水的筆、發霉的起司。報紙堆成疊回收，瓶罐裝在大箱子裡。衣服要嘛摺好，要嘛掛在衣櫥，要換洗的衣物扔進洗衣籃，帳單集好堆疊，在水槽、廁所或其他看起來有需要的地方倒漂白劑。我將冰箱解凍、刷廚房地板。清潔窗戶。看在老天的份上，我狠狠大掃除。

掃了兩天。這兩天從早到晚我專心掃除。這就像是冥想。就算沒眞的想些什麼，也能萌生想法，任回憶載浮載沉，而不苦苦追趕、查找它的源頭。我並不感到愉快，甚至稱不上如釋重負；可是我感覺自己正一點一滴恢復原貌。我從書桌上拾起莫里斯的名片，想起他被抬走時一雙炯炯有神的眼注視著我，把它扔進垃圾袋跟其他垃圾作伴。我從卡麥隆偷來的案件檔案所抄下的筆記，也被我塗亂後扔掉；但在此之前，我不忘先抄露意絲的地址。我從地上找到兩顆小鈕釦。是卡麥隆的嗎？我捧在掌心片刻，然後扔進鞋盒；從現在起，那裡會是我放針線的地方。

我過濾電話——破案投下的第一顆震撼彈已炸到媒體，所以來電不計其數。《參與者》甚至在第三頁頂部刊出我們的照片——柔伊、珍妮佛和我排成一列，好像我們全都死了、還是全都活著；媒體如何神通廣大找到我的照片，我就不得而知了。記者打來，朋友也突然想要聯絡，卡麥隆用氣音、語氣急迫地打來好幾次，這輩子僅一兩面之緣的泛泛之交也打來了，認識的人在一夕之間變得小有名氣，令他們興奮得喘不過氣。我沒接電話。

直到破案後第四天的清早，美好的一天風兒徐拂，陽光從敞開的落地窗流洩而入，剛有幾片秋葉散落在梨樹下，那裡正是我第一次環抱卡麥隆和他接吻的地方。我正打算把整理花園、砍掉蕁麻列爲下個目標，這時電話響起，自動轉到答錄機。

「娜蒂亞，」這個人聲使正對茶包倒熱水的我暫停動作。「娜蒂亞，我是葛蕾絲。葛蕾絲・席林。」頓了一下。「娜蒂亞，假如妳人在旁邊聽，請妳接起電話好嗎？」接著是：「拜託。我有急事。」

我走到電話前。「我在。」

「謝了。聽著，可以跟我見面嗎？我有件重要的事要跟妳說。」

「不能在電話上講嗎？」

「不能。得當面講。」

「眞有那麼重要？」

「我是這麼覺得。這樣好了，我再過四十五分鐘到妳家？」

我環視窗明几淨、聞起來有漂白劑和亮光漆味的家。「換個地方。漢普斯特德公園？」

「我到離妳那頭近的公園。十點涼亭見。」

「好。」

時間還沒到，她人就來了。早晨明明溫暖，她卻縮在長大衣底下，彷彿冬日尚未遠離。她把頭髮樸素地往後綁，導致整張臉平得很怪，也比我印象中更蒼老疲憊。我們正式地握了個手，開始往山丘上爬，看見有個男人形單影隻，在放紅色巨型特技風箏，風箏在風中拍擊抽動。

「妳好嗎？」她問我，但我只是聳聳肩。我不想跟她討論我的心理健康狀況。

「有什麼事？」

她停下腳步，取出一盒菸；拿火柴劃過她手中的杯子點火，然後吸一大口菸。接著目不轉睛用她的灰色雙眸注視我。「娜蒂亞，我很抱歉。」

「這就是妳所謂重要的事？」

「對。」

「哦，這樣啊。」我把一塊石頭踢出小徑，看它哐啷滾進草叢。頭頂的紅色風箏俯衝飛舞。「那妳要我怎麼回？」

她眉頭緊蹙，但一聲不吭。

「要我原諒妳還是怎麼的嗎？」我好奇地問她。「我的意思是，死的人又不是我。」她聽了臉部肌肉抽搐。「又不能光是抱妳，說：『乖，沒事了。』」

她比了個不耐煩的手勢，像要把我倆之間的一群飛蟲打跑。

「我要的不是那個。我說抱歉，是因爲我覺得抱歉。」

「是警察派妳來的嗎？集體道歉？」

她微微一笑，深吸一口菸。「天哪，沒這回事。局裡上上下下嚴禁和證人聯絡。」她又露出一抹苦笑。「法律程序跟內部調查都未決。還要做電視紀錄片。」

「妳遇上麻煩了？」

「沒錯，」她口吻含糊地說。「但這不要緊。娜蒂亞，是我們活該。因爲我們所做的……」她克制自己。「我本來想用『不可饒恕』這個字眼。不專業。愚蠢。盲目。判斷錯誤。」

她把香菸往小徑一扔，用窄鞋的鞋尖使勁壓熄。「也許我該把這段話錄給克萊夫的律師聽。」她眉頭一皺。「沒錯，他採取法律行動。柔伊的姑姑也是。但我真的不在意。我在意的是柔伊跟珍妮佛。還有妳。我在意的是妳們經歷的遭遇。」

我們離開小徑，走下坡往池塘的方向前進。微風吹皺水面，葉子如陣雨嘩啦啦落在我們腳邊。有個小孩站在母親身邊，朝漠不關心的肥鴨扔厚片麵包。

「這真的不是妳的錯，」我謹慎地說。「決策也不是妳下的，對吧？我說的是，不向受害者透露案情。」

她望著我，沒有回話：她已決定毫不閃躲，一肩挑起所有責難。

「無論如何，」我硬是打破沉默：「受限於那種情況下，其實妳已經很坦白了。」

「娜蒂亞，謝謝。不過這句美言我應該不會放進履歷。說也奇怪，」她繼續往下說。「我老是把『掌控生命』掛在嘴邊，但這件事卻完全失控。一步錯——不讓媒體知道柔伊的死訊，免得嚇到當地居民，又讓警方落得無能的形象，甚至更糟——再一步錯，步步都錯，不知不覺我們就踏上這條不歸路。最後謊話撒了一個又一個，反而沒顧到那些向我們尋求幫助的人。」

她悔恨地對我苦笑。「順帶一提，這不是藉口。」

「那些恐懼排山倒海，」我說。

「是啊。」

「我一直無法真心相信上帝。妳呢？」

她搖搖頭。

「雖然我跟這兩個女的素未謀面，」我說：「卻感覺心靈相通。後來出現的這兩個男的，我自然見過。妳見過他們嗎？」

她深吸一口氣。「我見過弗雷，當時他正在接受柔伊命案的偵訊；後來我當然也見過莫里斯，那是在妳揭發他認識妳和珍妮佛・亨特沙姆之後的事。」

「葛蕾絲，我要妳幫我。妳是這方面的專家。他們看起來都是正常人。我想問的是，妳見到他們的時候，可以想像或者看出他們是凶手嗎？他們有什麼異於常人之處——好比說，弗雷？他有沒有暴力史？」

「現在有了。」

「我的意思是……」

「我懂妳意思。妳想聽我說，這些男的異於常人，對不對？妳想在他們身上貼危險人物或瘋子的標籤。」我們在池畔駐足，她點燃另一根香菸。「當然這都是將要發生的事。像我這種人會偵訊莫里斯，進而發現他曾遭人凌虐或忽視，曾被暴力相向或集三千寵愛於一身，曾看過什麼影帶或從攀緣架跌下來摔到腦袋。最終有人會聯絡媒體，說弗雷在五年前曾對他施暴之類的。然後會有政客或名嘴大發雷霆，怒罵怎麼都沒人事先注意。」

「然後？」

「其實根本沒什麼好注意的。謀殺案的凶手大多是鎖定他們認識的人犯案。數據會說話。弗雷被柔伊甩了，覺得丟臉，覺得火大，偏偏他倆運氣不好，柔伊運氣更差，碰巧兩人共處一室，男的就把女的殺了，就這麼簡單。這種戲碼常常上演。他可能還沒多數人兇殘呢，只是剛好犯下一起沒人注意的謀殺案，因為女性死者剛好收到別人寄的恐嚇信。」

「真令人欣慰啊，」我乾巴巴地說。

「我不認為妳是來找慰藉的。也從不認為妳想向我討溫暖。這不是妳的風格，對吧？說到莫里斯，莫里斯異於常人沒錯，或許妳可以叫他瘋子，任何犯下冷血罪行的，妳都能叫他們瘋子，或惡魔，如果妳信這套說法。但這也無法幫我們歸納什麼結論，對吧？因為讓妳煩惱的，是這些恐懼、戰慄、死亡，沒辦法給我們教訓，沒辦法被貼上標籤。」

「對。」

「就是這樣。」我們繼續走，走回剛才離開的小徑，好幾分鐘都沒人說話。

「娜蒂亞，可以問妳一件事嗎？」

「當然。」

「這困擾我很久了。妳怎麼有辦法看那些檔案的？」

「哦，這件事哦。我跟卡麥隆・史塔德勒上床，然後勒索他。」

她看我的眼神像是剛被我甩了一巴掌。表情很滑稽。

「別再問了，」我說。「妳不會想知道的。」

她開始笑了，發出震顫但不完全喜悅的笑聲；我也跟著笑了，沒過多久就和她挽著彼此的胳臂，宛如青少年咯咯笑個不停。後來她笑聲嘎然而止，臉色也變得凝重。

「妳不能一直背負內疚過下半輩子，」我說。

「想跟我賭嗎？」

「不想。」

我們走到小徑的分岔路，她停下腳步。「我往這頭走，」她說。「那麼，再會了，娜蒂亞。」

「再見。」

她伸出手，我接過手握了握。接著我往來時路走，到風箏依舊擺盪的所在。

「娜蒂亞！」

我回過頭。「怎樣？」

「妳救了所有人，」她喊道。「我們、妳自己，還有以後可能的女性受害者。妳救了我們大家。」

「葛蕾絲，那全憑運氣。算我走運。」

24

天冷到雪都不肯下。天空是一片寒冰藍，人行道仍因昨夜結的霜閃閃發光。我的呼吸像在空氣中吐霧，淚眼汪汪、鼻子泛紅發疼；令人發癢的破爛羊毛舊圍巾刺得我下頷好痛。風刀霜劍。我低頭快步。

「娜蒂亞？娜蒂亞！」有個稚氣的聲音從街頭吹來。我轉身瞇著眼望。

「喬許？」

是他。他的身旁是一群同齡男女，全都裹著厚重的外套和帽子，緊挨著彼此，但他向我走來。「我等等再找你們，」他對他們吼道，揮手告別。他身材比我印象中更結實，不像以往那麼蒼白和弱不禁風。他走到離我幾呎遠之處止步，我倆有點尷尬地相視而笑。

「喬許·亨特沙姆，我一直在想你，」我努力用歡快的語氣說。

「妳好嗎？」

「還沒想。」

「那就好，」他回話的口吻彷彿對這個話題存疑。他急躁地左右張望。「我該跟妳保持聯絡的，」他說。「之前心情很差。要從莫里斯那件事，還有所有的一切中恢復。」

他上回像具可憐兮兮的瘦排骨坐在我家沙發，好像不只五個月前的事了。我不曉得該說什麼才好，因為彼此之間累積太多情緒了：驚懼、失去，和恐懼堆疊的一座高山。

「有空喝杯咖啡嗎？」他邊問邊脫下他的羊毛帽，我發現他把頭髮染成亮橘色，耳朵上還穿了個飾釘。

「你朋友怎麼辦？」

「沒關係啦。」

我倆默默無語地走，最後來到一家義式小咖啡廳。裡面昏暗暖和、煙霧繚繞，櫃台有台咖啡機嘶嘶噴濺液體。

「天堂啊。」我嘆息道，脫掉外套、帽子、圍巾、手套。

「我請客，」他表現地一派輕鬆，一副洋洋得意，把口袋的銅板弄得叮噹響。

「好的，公子哥。我要卡布奇諾。」

「要吃什麼嗎？」他滿懷希望地問。

我不想讓他失望。「一個杏仁牛角麵包好了。」

我在角落的一張桌前入座，看他點餐。珍妮佛的長子頂著橘髮、倚著櫃台，努力變成大人，努力在我面前展現沉著自信的一面。我暗忖：他肯定滿十五歲了。差不多是大人了。再過幾年就念完大學了。

他把我要的咖啡和牛角麵包擺在我面前。他自己點了杯熱可可，小心翼翼地啜飲著，上唇形成一小撮泡沫鬍鬚。我倆再度相視而笑。

「我該跟妳保持聯絡的，」他複述道。

我們大口喝飲料，從杯緣互望彼此。

「聽說妳痛扁莫里斯一頓，」他說。

「不是他死就是我活。」

「妳眞的用熨斗K他？」

「沒錯。」

「一定把他揍慘了。」

「那還用說？」

「那我該高興才對，」他說。「妳知道日本黑社會的極道嗎？他們殺人的時候無所不用其極，把你凌虐到失去意識，再拖到戶外開車從你身上輾過一遍又一遍，壓碎你的每根骨頭。有人說，最原始的疼痛程度是即使妳陷入昏迷或快掛了，還是可以感覺到痛。」

「好樣的，」我扮了張鬼臉說。

「有時候我覺得我該給莫里斯什麼教訓。我想起他跟我混在一塊兒，但從頭到尾他都知道他對我媽做了什麼。」

「這大概是他的目的之一。」

「然後我就想：去他的。但或許等他出獄再說。」

「他出獄的時候，已是個步履蹣跚的老頭了。」

「步履蹣跚而且膝蓋有關節炎的老頭，」喬許咧嘴笑道。

「但願如此。弗雷會比較早出獄。我跟林克斯聊過這個。雖然要等明年才會受審，但因爲被前女友甩了憤而將她勒死的這種小罪，大概關不到十年、八年就會出來。」

他把杯子放回桌上，拇指滑過上唇擦去可可。「我不曉得我想問妳什麼，」他沮喪地說。「我在心裡翻來覆去，想把一切問個清楚，可是現在又不曉得自己想問什麼了。我知道發生了什麼事，這些我都知道，也不是我想問的。」他皺眉蹙額，用那雙總令我想起珍妮佛的眼睛，無助地凝視我；轉眼間，他突然變得好稚氣，變得更像我印象中毀滅性夏季的那個喬許。

「你覺得有什麼是我應該可以跟你說的。」

「差不多那樣吧，」他咕噥著說，手指劃過桌面一小堆的砂糖。我記得幾個月前在漢普斯特德公園也對葛蕾絲說過同樣的話。我吸一口氣。

「莫里斯殺害你媽是出於好玩，然後他挑中我。要是我倒楣的話，你現在可能會跟他選中的下一名或下下名受害者同桌。沒有道理可言。受害者可能是任何人，只是碰巧被珍妮佛遇上了。我眞的很抱歉，」我頓了一下後又補了這句。

「不要緊，」他呢喃道，仍舊在砂糖上畫圖，不肯抬頭。

「學校還好嗎？」

「我轉學了。轉學似乎是個好主意。」

「是啊。」

「情況改善了。我也交到朋友。」

「很好。」

「我也有約會的對象。」

「女友嗎？」

「不是。算可以談心的對象。」

「這樣啊，那也很好。」我莫可奈何地看著他。

「那妳呢？」

「我？」

「在做什麼？」

「什麼都做囉。」

「妳是說跟以前一樣嗎？」

「不是啦，」我生氣蓬勃地說，比了比我椅子下的小尼龍袋。「你知道裡面裝什麼嗎？」

「裝什麼？」

「別的不說，裡面有五顆雜耍球。」

他看我的眼神像沒把話聽懂。

「五顆哦，」我複述道。「你覺得呢？」

「太強了，」他萬分佩服地說。

「我的總體規畫是，再也不碰這一行了；可是同時我也還沒想到具體的下一步。」

「表演給我看，」他說。

「在這兒？」

「快嘛，表演。」

「眞的要我拋球？」

「我一定要眼見爲憑。」

我環顧左右。咖啡廳裡幾乎空無一人。我拿出球，一手三顆，一手兩顆，然後起身。

「有沒有全神貫注？」我問道。

「有。」

「一定要專心哦。」

「我很專心。」

我開始拋接。情況只順利一秒，球就四分五散。一顆打中喬許，一顆擊中我的咖啡杯。

「這樣你大概懂了吧，」我邊說邊爬到桌底下找那顆彈到桌底的球。

「就這樣？」他微笑著問。

「嗯，眞有這麼簡單，人人都能雜耍啦。」

「不，妳棒呆了，」他說，然後笑個不停。或許這就是我給喬許的禮物與道別吧：命大的小丑娜蒂亞在昏暗的咖啡廳拋接彩球。不知是一聲竊笑還是啜泣，從我胸口升起。我把球撿回來，收進袋裡。

「我該走了，」我說。

「我也是。」

我倆在咖啡廳門口互親雙頰道別，然後踏進凜冽寒冬。我們轉身各奔東西時，他說：「妳知道嗎？我現在還會在她墓前獻花。」

「我很欣慰，」我說。

「我沒有忘記。」

「哦，喬許，」我說。「偶爾忘記一下沒關係的。每個人都可以遺忘。」

但當我下坡沿著運河步道朝我家走，卻在心裡思忖。那些喪命的女人，柔伊和珍妮佛，我不能忘記，也不會忘記。有時候，雖然明明知道她們不在了——知道這些我素昧平生的女人已經不在人世了，無論我怎麼等也不會再次現身——我卻依然相信：無論我拐過轉角；還是搭上一台人擠人的公車，沿著走道尋找座位；或我在人山人海中掃視臉孔，尋覓約好要見面的朋友；還是做了一個真實的夢，做完夢境依舊真實，一早醒來睜開眼，我都會看見她們。

她們的臉龐，我瞭若指掌，比其他任何人的臉龐、我父親母親的臉龐、或我曾滿心盼望，深情款款凝望的愛人臉龐，還要清楚。她們的臉龐，好似我鏡中自己的臉，我瞭若指掌。我一而再、再而三地凝望，尋找蛛絲馬跡，求她們提供一點線索幫我。鼻頭一傾、下巴一抬、怎麼綻露微笑、皓齒又是怎麼發光；怎麼皺眉的，眉心皺起小溝。每條皺折、溝槽、細紋、陰影、坑洞、瑕疵、傷痛。

雖然素未謀面，我卻想念她們。過去不認識她們，現在認識卻來不及了。我對她們的了解無人能及。要是有機會，她們也會認識我。儘管我們或許不會互相喜歡，但在這層皮囊下我們情同姐妹，因爲她們的恐懼是我的恐懼，她們的恥辱是我的恥辱，她們的憤怒、驚慌、受到的侵犯、無能爲力的感覺、對恐懼步步進逼的意識，我全都感同身受。我也感覺到了。

其他人會將她們淡忘，或者至少釋懷了。有人死了，身邊的人就該這樣。口口聲聲說愛她們的人，會對別人說同樣的話。這沒什麼，也沒錯；這是我們唯一面對生命的方式。要是什麼都記得一清二楚、對回憶緊抓不放，人是會發瘋的。所以，她們會悄然溜走。她們所有的缺點、討人厭的習慣、與衆不同之處會漸漸褪去，她們會變得模糊，不那麼鮮明，也少了點人味。美好到難以置信：她們成了空白光亮的表面；人們一照，只見到自己的倒影。愈來愈少人探訪她們的墓碑；要不了多久，只剩週年紀念日和特別重要的日子才有人探望。人們會講起怎麼認識她們的，因爲接近悲劇使我們覺得自己莫名重要。人們會壓低音量，用恭敬的嗓音談論她們——哦，是啊，發生在柔伊和珍妮佛身上的事很恐怖吧？很令人難過吧？

但是我不會這樣將她們遺忘。現在，無論我走到哪兒，都得背負著她們；過我失而復得的人生、經過她們錯失的歲歲年年、體驗她們永遠無法得知的愛、失去與變化。我每天都向她們複述一遍：再會。